SV

Ivy Pochoda
SING MIR VOM TOD

Thriller

Aus dem amerikanischen Englisch
von Stefan Lux

Herausgegeben von
Thomas Wörtche

Suhrkamp

Die Originalausgabe erschien 2023 unter dem Titel
Sing Her Down
bei MCD, einem Imprint von Farrar, Straus and Giroux, New York.

Die Arbeit des Übersetzers am vorliegenden Text
wurde vom Deutschen Übersetzerfonds gefördert.

Erste Auflage 2025
suhrkamp taschenbuch 5462
Deutsche Erstausgabe
© der deutschsprachigen Ausgabe
Suhrkamp Verlag AG, Berlin, 2024
Copyright © 2023 by Ivy Pochoda
Alle Rechte vorbehalten.
Wir behalten uns auch eine Nutzung des Werks
für Text und Data Mining im Sinne von § 44b UrhG vor.
Umschlaggestaltung: Rothfos & Gabler, Hamburg,
nach Entwürfen von Sara Wood.
Umschlagfotos: Laura Fay/Getty Images (Palmen),
Jose A. Bernat Bacete/Getty Images (roter Fleck)
Druck und Bindung: CPI books GmbH, Leck
Printed in Germany
ISBN 978-3-518-47462-4

Suhrkamp Verlag AG
Torstraße 44, 10119 Berlin
info@suhrkamp.de
www.suhrkamp.de

SING MIR VOM TOD

*Für Louisa Hall –
leidenschaftlich, weise und unermesslich loyal*

Und schlechte Menschen lassen sich überhaupt nicht bei der Stange halten. Wenn, habe ich jedenfalls noch nie davon gehört.
    Corman McCarthy, *Kein Land für alte Männer*

Doch das war bloß eine Geschichte, etwas, was die Menschen sich erzählen, etwas, womit man sich die Zeit vertreiben kann, die die Gewalt in einem Mann braucht, um ihn zu verschleißen oder selbst verzehrt zu werden, je nachdem, wer die Kerze ist und wer das Licht.
    Denis Johnson, *Engel*

PROLOG

KACE Ich will Ihnen eine Geschichte erzählen.
Ich kenne die Geschichten von allen. Hab sie über Jahre gesammelt – eine gottverdammte Bibliothek aus Stimmen, die in meinem Kopf eingestellt sind. Manchmal gibt es nicht viel zu erzählen.

Aber diese hier müssen Sie sich anhören.

Sie handelt von zwei Frauen, zwei Frauen in einer Welt von Frauen, die mit der Welt der Männer lange nichts zu tun hatten. Bis eines Tages ...

Man glaubt nicht, wozu Frauen in der Lage sind.

Diese Frauen ... Ihr Fehler war, dass sie glaubten, in ihnen würde ein ganz einzigartiger Hass brennen. Etwas Tieferes und Schwärzeres, als wir anderen empfinden.

Ich will Ihnen etwas sagen – im Inneren rasen wir alle auf dieselbe Weise. Der Unterschied besteht darin, wie wir es rauslassen.

Diese Geschichte endet sieben Stunden westlich von hier, wenige Meilen vor dem Ozean. Wie die Frauen, die darin vorkommen, hat auch die Geschichte nicht die ganze Strecke geschafft. Sie ist hier in der Wüste losgegangen, aber nicht bis zum Wasser gekommen. Dumme Sache, wenn man schlappmacht, bevor man die Brise des Ozeans riecht. Man sollte denken, das Zeug wäscht eine Menge Sünden ab. Der Versuch könnte jedenfalls nicht schaden.

Aber vielleicht wollten sie gar nicht so weit. Vielleicht gehörte das nicht zu ihrem Plan. Zu ihrer Geschichte.

Bei beiden nicht.

Ich weiß nicht genau, was zwischen hier und dort alles passiert ist. Ich weiß nur, was ich gehört hab.

Ich habe von einem Mural gehört.

Wahrscheinlich halten Sie das für Blödsinn. Dass ich nur Ihre Zeit verschwende, wenn ich von einem Bild erzähle, das irgendjemand auf eine Wand gesprüht hat, in einer Stadt, in der ich kein einziges Mal gewesen bin. Aber ich sag's Ihnen – nach allem, was ich gehört hab, ist es etwas ganz Besonderes.

Eines Tages werde ich es sehen. Dann haue ich ab aus diesem Knast und schaue es mir mit eigenen Augen an.

Die Wand mit dem Bild steht jedenfalls hinter einer Tankstelle an der Kreuzung von Olympic Boulevard und Western Avenue in Los Angeles. Bis vor Kurzem haben mir diese Straßennamen nichts gesagt. Aber langsam bekommen sie ihre Bedeutung.

Soweit ich weiß, ist es bloß eine dieser Kreuzungen von Schlimm und Schlimmer – in jeder Richtung droht Ärger.

Und soweit ich weiß, endet die Geschichte genau dort.

Es ist so: Das Mural ist nicht irgendein Mural. Die Leute sagen, es lebt. Die Leute sagen, es hüpft und bewegt sich. Die Leute reden immer irgendwelchen durchgeknallten Scheiß. Was mich angeht, ich höre Stimmen im Kopf, aber ich mache kein Geheimnis draus.

Wissen Sie, was ich dachte, als ich zum ersten Mal von diesem lebenden Wandbild gehört hab, von diesem Gemälde, das sich bewegt? Ich dachte, die Idioten waren derart zusammengepfercht, so auf ihre Sicherheit zu Hause, aufs Flachhalten der Welle fixiert, dass sie den Verstand verloren haben.

Die Idioten hätten so lange durch ihre scheiß Masken geatmet, dass sie unter Sauerstoffmangel litten.

Ein lebendes Mural, na sicher.

Aber dann wurde mir klar, dass etwas dran sein musste.

All diese Stimmen in meinem Kopf – all die Opfer der Frauen hier im Knast –, sie leben in mir weiter. Was zum Teufel spricht also dagegen, dass auch ein Wandbild lebendig sein kann? Warum sollte diese Geschichte sich nicht erzählen können?

Im Lauf der Zeit hab ich einiges gesehen, was weniger einleuchtet.

Meine Tochter Cassie hat mir endlich ein Foto geschickt. Den ganzen letzten Monat hab ich sie drum gebeten, hab Briefmarken und Telefonzeit geopfert, um sie zu erreichen.

Ich hab gesagt: *Wenn du das nächste Mal in Los Angeles bist, musst du mir ein Foto von diesem Ding machen, diesem Mural.*

Wozu brauchst du ein scheiß Foto von einer Wand?, hat sie gefragt.

Das ist doch wohl das Mindeste, was du für eine Frau wie mich tun kannst, die hier drin versauert. Mach einfach das scheiß Foto.

Also hat sie es gemacht. Hat ihren Arsch zu dieser Kreuzung geschleppt und mit ihrem Handy ein Bild gemacht. Wie gesagt, das ist doch wohl das Mindeste.

Die Arschlöcher haben Ewigkeiten gebraucht, um es auszudrucken und mir zu zeigen.

Bis dahin hatte ich Cassie längst telefonisch erreicht und sie gefragt, wo zum Teufel mein Foto bleibt.

Bitch, sagt sie zu mir. *Du glaubst es nicht. Ich hab gedacht, du bist bekloppter als bekloppt, mich mitten in einer scheiß Pandemie zu diesem Bild zu jagen. Aber das verdammte Mural bewegt sich. Auf meinem Foto siehst du das nicht, aber ich schwöre, eine dieser Frauen geht auf die andere zu.*

Am nächsten Tag haben sie mir den Ausdruck gegeben. Ohne Ende verschwommen, aber trotzdem.

Los Angeles kenne ich nur aus Filmen, aber auf dem Mural sieht es aus wie eine Geisterstadt. Scheiß tot. Leer. »Hohl«, ist vielleicht das richtige Wort. Sogar verschwommen sieht man das.

Keine Ahnung, warum Kunst etwas zeigen kann, was nicht da ist, statt dem, was da ist.

Und das muss ich sagen: Man hört die Leere fast. Den Klang von herumgewehtem Müll und Echos. Den Klang von nichts.

Plus all die Masken und den Mist, der wie Wüstensträucher über die Straßen wirbelt. Mein Granddad hat sich immer dieses Zeug mit John Wayne und Henry Fonda angesehen, ich weiß also, wovon ich rede.

Wie gesagt, der Künstler hat eine Geisterstadt gemalt.

Ehrlich, ich weiß nicht, wie es funktioniert, aber sogar auf dem miesen Ausdruck scheint das Ding sich zu bewegen.

Zuerst dachte ich, es ist das Licht in meiner Zelle.

Dann dachte ich, es liegt an meiner zerkratzten Scheibe.

Aber es ist das verdammte Foto. Ganz sicher.

Ganz sicher, ganz sicher. Ich mag eine Mörderin sein. Ich mag Stimmen hören. Aber das heißt nicht, dass ich verrückt bin.

Auf dem Bild sind zwei Leute zu sehen, zwei Frauen. Dios und Florida. Sie werden alles über die beiden erfahren.

Die Kreuzung ist der Endpunkt ihrer Tour.

Florida geht die Western Avenue Richtung Norden. Vor ihr, auf dem Hügel, thront das Hollywood Sign und schaut zu.

Dios blockiert ihr den Weg. Sie stützt die Hände in die Hüften. Ihre kohlschwarzen Haare sind geflochten und glatt. Ich kenne ihren Blick. Sie meint es ernst. Sie meint: Leg dich nicht mit mir an, oder trau dich, und finde raus, was passiert.

Wenn man genau hinschaut, sieht man, wie der Wind eine einzelne Haarsträhne anhebt. Ehrlich.

Dios' Augen sind wie die einer Schlange, sie blinzelt nicht. Da bewegt sich nichts, egal wie lange ich das Foto anstarre. Das Starren ist fix. Kalt wie Stein.

Florida ist diejenige, die sich bewegt, sie kommt die Straße hoch, genau in der Mitte. Keine Autos. Keine Leute. Nur diese beiden Frauen. Als hätte die Stadt für die beiden Platz gemacht. Für das, was kommt.

Man sieht Florida im Profil. Ihr Gesicht sieht seltsam aus, als hätte sie sich für Halloween geschminkt. Ihre Haare sind nach hinten frisiert. Fast zwölf Monate hab ich mit ihr die Zelle geteilt, ohne ein einziges Mal den Gesichtsausdruck mitzubekommen, den sie auf dem Bild hat.

Ein Teil von mir möchte glauben, dass der Maler Scheiße gebaut hat.

Aber der andere Teil … Na ja, der andere Teil glaubt, dass es diese Seite von Florida immer schon gegeben hat.

Überraschend, wie lange wir brauchen, bis wir uns selbst kennen. Manchmal so lange, bis es zu spät ist.

Ich selbst bin eigentlich keine Mörderin, auch wenn ich jemanden umgebracht hab. Trotzdem erzählen mir Leute – eine Menge Leute –, dass ich genau das bin. Das und nichts anderes.

Bei Florida bin ich nicht ganz sicher, wer sie ist. Aber die Frau auf dem Gemälde scheint es zu wissen. Auf dem Bild trägt sie immer noch die vom Staat gestellten Stiefel.

Fast kann man sie auf dem Asphalt hören.

Sie macht einen Schritt.

Und noch einen.

Sie hat was in der Hand, aber das Bild zeigt nicht, was es ist.

Alles, was ich sehe, ist das bevorstehende Patt. Das endlose Sich-Annähern. Das letzte Durchatmen. Die letzten Augenblicke von Dios und Florida.

TEIL 1

DIOS Schau dir deinen Baum an, Florida. Schau, wie er sich unter dem bedeckten Himmel biegt und krümmt. Schau ihn dir durch das zerkratzte Glas an – durch das Werk von Klingen und Fingernägeln und endlosen verzweifelten Nächten. Vom Regen geprügelt und vom Sturm gequält.

Du hast wieder mal den White-Girl-Blues, Florida. Ich weiß es. Ich merke es durch diese Mauern hindurch. Ich kann es in meiner Zelle gleich nebenan *spüren*. Ich empfange die Schwingungen deines Schmerzes – eine tiefe Saite, die den Betonstein zum Zittern bringt wie Basstöne aus einem Autoradio.

Du steckst tief in der *Ich-gehöre-nicht-hierhin*-Scheiße.

Aber du gehörst genau hierhin.

Reiche Mädels wie du, Florida – ihr seid viel blinder als der Rest.

Du hast keine dieser mitleiderregenden Geschichten zu erzählen, die den Privilegierten beim Zuhören das Gefühl geben, Teil einer raueren Welt zu sein. Deine Geschichte bringt Frauen wie deine Mutter nicht dazu, wenigstens für einen Moment Krokodilstränen über die Ungerechtigkeit der Welt zu vergießen.

Man muss nicht allzu genau hinsehen, um zu merken, dass dieses Lied hier drin zu oft gesungen wurde – in praktisch jedem Bett liegt eine Frau, die draußen ungerecht behandelt wurde, vom System ungerecht behandelt wurde, hier drin ungerecht behandelt wurde. Auf dem Weg nach unten stößt eine Ungerechtigkeit die nächste an, es ist ein Domino der Ungerechtigkeiten.

Wer wird *unsere* Geschichten erzählen, Florida?
Wer wird dem Lied über ein kaltes Herz lauschen?
Wer wird singen: »Pero nunca se fijaron / En tan humilde señora«?

Schau, wie dein Baum sich hinunterbeugt, bis er fast zerbricht. Mit seinem Aufkeimen, Blühen und Blätterabwerfen markiert er die Zeit. Schau dir deinen Baum zwei Jahre, fünf Monate, zweiundzwanzig Tage und ein paar Stunden lang an. Schau dir an, wie deine Haftzeit langsam verstreicht, bis sie irgendwann vorbei ist.

Heute Nacht, in der Agonie des Unwetters und der Gewalt, die deine Träume erfüllt – schau dir an, wie dein Baum gegen den Wind, den Regen und den Sand kämpft, die rasend durch diesen flachen Wüstenstaat ziehen. Wie Daphne, die fest verwurzelt ihrem unerwünschten Liebhaber widerstand.

»Schaust du noch hinaus? Schaust du noch hinaus, Florida? Bist du …« Ich höre Kace' Geschwafel bis hier. »Denn Marta sagt, es ist nicht gut, hinauszuschauen. Marta sagt, so kommt der Teufel rein. Marta sagt, er beobachtet dich aus dem Baum heraus. Marta sagt, du lädst ihn ein. Willst du den Teufel, Florida? Willst du ihn?«

»Hör auf mit Marta«, sagst du zu ihr.

Ich höre den dumpfen Schlag, als Kace mit den Fäusten auf das Bett hämmert, dich durch die Federn und die dünne Matratze hindurch schlägt. Ich spüre, wie du gegen die Wand prallst.

Jetzt hör zu.

Hör Kace zu, die Stimmen hört. Hör zu, wie sie ihnen antwortet und für sie spricht. Einen Teil der Nacht oder, schlimmer, die ganze Nacht. Hör zu, bis du die Stimmen selbst erkennst, als wären sie deine Freundinnen. Ein wirrer Chor, der vor den Mauern einer gefallenen Stadt klagt. Ein ganzer Haufen verrückter Furien.

Also hör ihnen und ihr zu, und vermiss sie, wenn sie nicht da sind. Dann ist Kace tödlich still und in dieser Stille erst recht furchteinflößend. Hör ihnen zu, weil du glaubst, es ist besser, als mir zuzuhören.

Ich habe Angst vor Frauen mit nichtlinearer Wut, hast du gesagt, als wir noch eine Zelle geteilt haben. Bevor du ausgezogen bist und deine alte Zellengenossin Tina bei mir eingezogen ist.

Glaubst du, Wut bewegt sich nach einem festen Schema von Punkt A zu Punkt B?, hab ich gefragt. *Du glaubst, es gibt immer eine klare Kausalkette.* »Kausalkette« hat dich zum Schweigen gebracht.

Du dachtest, du hättest als Einzige hier drin ein bisschen Bildung genossen.

Aber Kace ist alles andere als linear. Also lass sie die ganze Nacht reden, wenn sie das braucht. Mich macht es verrückt, obwohl ich eine Zelle weiter wohne.

Weil es nur diese eine Tauschmöglichkeit gab, hast du zugegriffen. Hauptsache, ein bisschen Abstand zwischen uns beide bringen, hast du gedacht. Hauptsache, weg von mir – weg von dem Teil von dir, den du in mir gesehen hast.

Du hättest bei den alten Erzählungen ein bisschen besser aufpassen sollen. Dein Schicksal ist dein Schicksal.

Daran kannst du verdammt nichts ändern.

Wir treffen uns an der Kreuzung.

Du hältst dich für einzigartig, weil du ein Auge für schöne Dinge hast – Kondensstreifen, die sich bei Sonnenuntergang am Himmel kreuzen, ein zufälliges Muster aus Knospen an deinem Baum, das sanfte Geräusch des auf den trockenen Boden fallenden Wüstenregens.

Ich weiß, wie sehr du dich an diesen Dingen festhältst, denn ich habe dir zugehört, wenn du gar nicht mehr davon aufhören konntest, dass du nicht hier sein solltest. Dass du nicht atmen, nichts spüren, nichts richtig wahrnehmen kannst – als wären deine Sinne normalerweise schärfer als die von uns anderen. Ich weiß, dass du glaubst, die Leute hier sind nicht deine Leute, deine Verbrechen sind nicht deine Verbrechen. Ich hab zugehört, wie du alle anderen für das verantwortlich gemacht hast, was du getan hast. Nur dass ich weiß, dass deine Schuld tiefer geht als in der Geschichte, die du dir zurechtgelegt hast. Da ist ein winziges Detail, nicht größer als eine Streichholzschachtel. Ich weiß es, weil Tina es mir erzählt hat. Und ich weiß noch mehr.

Du bist kein Opfer, Florida.

Es gab diesen Sommer, den du in Israel verbracht und mit dem Schmuggeln von Diamanten nach Luxemburg finanziert hast. Das Jahr im Ausland, in Amsterdam, wo du in vollem Bewusstsein einen Hypothekenvertrag unterschrieben hast, der faule Kredite von Gaunern absicherte.

Und natürlich gab es die Angelegenheit, wegen der du hier bist – Beihilfe zum Mord. Du hast das Fluchtfahrzeug gefahren, als bei einem Brand in der Wüste zwei Menschen ums Leben gekommen sind. Als hättest du von alldem nichts gewusst.

Drinnen wirst du Florida genannt. Wegen des Tons, in dem deine Haare gefärbt sind – gefängnisblond.

Florence ist kein Name, den man hier trägt. Also ruinierst du dir die Haare mit billiger Tönung.

Draußen fällt ein heftiger Wüstenregen, ein derart mächtiger Monsun, dass man ihn durch die dicken Fenster zu spüren glaubt – ein ungestümer Rhythmus, den wir innerlich spüren. Das Unwetter prescht heran wie ein angreifendes Bataillon und reinigt die Luft vom nächtlichen Lärm hier im Block. Eine Grundreinigung.

Kace redet. Marta antwortet. Der Baum schwankt still hin und her.

Blitze durchziehen den Himmel, der an eine von einem Stein getroffene Windschutzscheibe erinnert. Sie röntgen den Gefängnishof und den Zaun.

Jetzt kann ich euch beide über das Unwetter hinweg kaum noch hören. Ich schließe die Augen und lege mich aufs Bett, dankbar, dass ich heute Nacht nicht zuhören muss.

Am Morgen hat das Unwetter eine tiefliegende Wolkendecke zurückgelassen. Wegen des Regens haben wir alle gut geschlafen und konnten einander für einen Augenblick vergessen.

Beim Aufwachen erwarten uns die üblichen Geräusche der durch die Gänge schreienden Frauen. Sie rufen von Bett zu Bett, von Zelle zu Zelle. Und das Husten – auch das erwartet uns.

Das Fenster ist schmutzverschmiert und voller Wasserflecke.

Der Hof ist voll Matsch.

Der Baum ist weg.

Den Rest lasse ich dich erzählen.

FLORIDA Seit dem Unwetter letzte Nacht ist die Hölle los. Die elektrische Energie der Blitze ist in den Blocks noch spürbar, sie strahlt von den Gitterstäben jeder einzelnen Zelle ab, an der Florida vorbeikommt. Fast glaubt man die angestaute Spannung vibrieren zu sehen. Mehr Zellen als sonst bleiben während der Mahlzeiten besetzt – mehr und mehr ältere Frauen halten sich von gemeinsamen Aktivitäten fern, holen sich ihr Essen in der Kantine und nehmen es dann auf den Betten zu sich.

Aber selbst bei reduzierter Belegung ist die Cafeteria mit einer Energie aufgeladen, die sich in plötzlichen Ausschlägen und sich ausbreitenden Wellen offenbart. In kleinen Geräuschexplosionen – fallen gelassene Tabletts und verschüttete Getränke. Aber als Florida ihren Teller füllt, bemerkt sie, dass der Raum mit einem Mal seltsam still geworden, dass vom üblichen Geplauder kaum etwas zu hören ist. Nur ein Husten durchbricht die Stille.

Sofort zucken die Frauen zusammen und bringen sich in Sicherheit, als hätten sie einen Schuss gehört. Dann ist es wieder still – sicheres Zeichen für einen sich zusammenbrauenden Sturm.

Floridas Blicke huschen hin und her, sie bemüht sich, nichts und niemanden zu fixieren. Kopf runter. Sich um die eigenen Angelegenheiten kümmern. Sie setzt sich auf den freien Platz neben Mel-Mel, die trotz ihrer mächtigen Statur nicht bedrohlich wirkt, und widmet sich ihrem sogenannten Frühstück.

»Entweib mich, Miststück!«

Diana Diosmary Sandoval erhebt sich mit ausgebreiteten Armen von ihrem Platz und stampft mit dem Fuß auf, um sich die allgemeine Aufmerksamkeit zu sichern. Die Wärter heben angesichts des sich anbahnenden Ärgers den Blick, aber kaum, dass sie steht, schauen sie wieder weg.

Was jetzt passiert, wird schnell und schmerzhaft werden. Dios hat Stacheldraht in den Venen. Oder Quecksilber, man weiß es nie.

»Ich hab gesagt, entweib mich, Drecksstück.«

Florida sitzt zu nah am Geschehen. Plötzlich spürt sie Dios' Blick auf sich.

Dann lächelt sie, freudlos und gemein, dabei blitzen ihre perfekten Zähne auf. Ohne die orangefarbene Gefängniskluft könnte man meinen, Dios käme geradewegs aus einer anderen Welt – einem Ort der Sauberkeit und der Ordnung, an dem man sich dem Luxus hingeben darf, sich auf oberflächliche Details zu konzentrieren. Die Stirn unter ihren pechschwarzen Haaren ist eine polierte Kugel, die Augenbrauen sind gemalte Gewölbe, die Augen kalte grüne Steine. Ihre Haut schimmert von der inneren Hitze golden.

Sie tritt an Floridas Tisch und stellt sich gleich hinter Mel-Mel. Florida zuckt zusammen, als sie die Gabel in Dios' Hand bemerkt.

Wenigstens sitzt Mel-Mel wie ein schützendes Gebirge neben ihr – eine wellenförmige Kette kleiner Gipfel, die Mel-Mels Persönlichkeit perfekt widerspiegelt: weich und leichtgläubig, eine Spielfigur, nie die Spielerin.

Florida weiß, dass manche Schließer unaufmerksam sind oder absichtlich wegschauen, weil in der Küche oder in der Kapelle ein schneller Deal gemacht wurde. Ein Tauschgeschäft, ein Geben und Nehmen, ein schmutziger Handel.

Manche schauen vielleicht sogar mit perversem Vergnügen zu, warten auf den Kampf, können es nicht abwarten, Diana Diosmary Sandoval in ihrem Element zu sehen.

Sie können nicht verbergen, dass sie auf prügelnde Frauen stehen, besonders auf jemanden wie Dios, die Männer wie sie draußen keines Blickes würdigen würde, hier aber durch ihren Status gezwungen ist, die Anzüglichkeiten der Schließer über sich ergehen zu lassen. Florida glaubt, dass die Schließer sie unbehelligt prügeln lassen, weil es Dios auf ihr eigenes animalisches Niveau reduziert.

Dios hebt die Faust mit der Gabel. Über Mel-Mels Kopf hinweg täuscht sie eine Attacke auf Florida an. Dann setzt sie wieder ihr gemeines Grinsen auf. Florida zuckt nicht mit der Wimper.

Man nimmt die Prügel, wie sie kommen. Manchmal erfährt man den Grund erst im Nachhinein.

Wie schmerzhaft wird es? So schlimm wie die wiederholten Prügel in Floridas erster Zeit hier – die Schläge, die von ihrem Hals bis zur Hüfte hinab ein einziges Aquarell in Blau und Lila hinterließen? Wird es wochenlang brennen und pochen, sich im eigenen pulsierenden Sound bemerkbar machen, eine brutale, rhythmische Kakophonie wie nach der Gehirnerschütterung, die sie einem Wärter oder einer Wärterin in der Dusche verdankte? Oder wird es ein Kunstwerk ganz eigener Art? Ein metallisches Kontrastprogramm – die kalten, scharfen Zacken der Gabel tief unter der Haut, der Eisengeschmack des Bluts auf ihrer Zunge?

Dann folgt eine unerwartete, kaum wahrnehmbare Veränderung der Atmosphäre. Dios lockert ihren Griff um die Gabel, dreht sich ein Stück zur Seite und fixiert Mel-Mel. Jäh begreift Florida, dass das, was jetzt kommt, nicht sie betrifft.

In diesem Moment streckt Dios ihr die Gabel entgegen. Ihr Blick fordert Florida unmissverständlich heraus, die Initiative zu ergreifen und zu beenden, was Dios angefangen hat.

»Komm schon, Florida«, sagt Dios. Ihr Tonfall impliziert, dass das Zufügen von Schmerz Vergnügen bereitet. »Du weißt, dass du es willst.«

Florida verzieht keine Miene.

»Wie du meinst«, sagt Dios. Mit einem kurzen Hochziehen der Augenbraue packt sie die Gabel wieder fester. Ohne Florida aus den Augen zu lassen, greift Dios um Mel-Mel herum und stößt ihr die Gabel tief in die Wange, woraufhin das Blut sofort zu fließen beginnt. Sie drückt noch fester zu, dann zieht sie die Gabel an Mel-Mel Kiefers hinunter.

Florida malt sich das Geräusch reißenden Fleischs aus, als würde eine Stoffnaht mit einem grässlichen Platzen der einzelnen Stiche aufgetrennt. Aber sie hört nur Mel-Mels kurzen Aufschrei, der schnell erstickt, als Dios ihr mit der freien Hand den Mund zuhält. Dann dreht sie die Gabel und wickelt das zerfetzte Fleisch zu einer grausigen Spirale.

Mel-Mels Blut strömt über Dios' Hand. Dios dreht weiter, als wolle sie sämtliche Hautfetzen in einem blutigen Strudel versinken lassen, der Doppelkinn und Tränensäcke immer dichter an sein zerfleischtes Zentrum zieht.

Dios hört auf, lässt die Gabel aber in Mel-Mels Wange stecken. Sie tritt vom Tisch weg. Mel-Mel hebt die Hand an ihr traktiertes Fleisch, dabei öffnet und schließt sie den Mund wie ein Fisch auf dem Trockenen.

Dios lässt Florida nicht aus den Augen. »Dann beim nächsten Mal«, sagt sie.

Florida liegt auf ihrem Bett. Es sind noch wenige Wochen bis zum längsten Tag des Jahres. Die Sonne ist nicht mehr zu sehen, durch das bedrohliche Schwarz der ans gestrige Unwetter erinnernden Wolken dringen nur vereinzelte orange Strahlen.

»Teufelshimmel«, sagt Kace. »Wüstenregen ist ein deutliches Zeichen des Teufels. Wenn er fertig ist, lässt er sein Mal zurück, vergiss das nicht.«

Florida blinzelt in den Himmel. Tatsächlich sieht er wie die Hölle oder das Feuer der Hölle aus.

Man muss nicht lange suchen, um hier drin den Teufel zu entdecken. Ein Teufel steckt in allem und jedem.

»Ständig siehst du Zeichen des Teufels«, sagt Florida. »Dreimal niesen, und er hat dich.«

»So denkt Marta. Das sind ihre Gedanken«, sagt Kace und kreist in ihrem Zehn-Schritte-Rhythmus durch die Zelle, von dem Florida glaubt, dass sie ihn noch Jahre später nicht aus dem Kopf bekommen wird.

Florida ist klug genug, um Martas Existenz nicht zu hinterfragen. Es ist ratsam, die unsichtbare Frau hinter Kace' heftigsten Gewaltausbrüchen zu ignorieren.

»Kletterst du auf einen Baum, wenn du hier rauskommst? Ich wette, du kletterst als Erstes auf einen Baum«, sagt Kace. »Auf eine ganze Bande von Bäumen.«

Ein knappes Jahr noch, bis sie zum ersten Mal die Chance auf bedingte Entlassung erhält – genug Zeit, um Pläne zu schmieden, sie wieder und wieder umzuwerfen.

»Ich klettere nicht auf Bäume«, sagt Florida. »Und ich verlasse den Staat, sobald das Tor hinter mir zufällt.«

Zehn Schritte – eine volle Runde. »Und dann?« Kace schlägt mit beiden Händen gegen das obere Bett.

Florida seufzt. »Dann gehe ich nach Kalifornien«, sagt sie.

»Florida geht nach Kalifornien«, sagt Kace. »Schade, dass du während deiner Bewährungszeit hierblieben musst.«

»Ich beantrage vorher eine Überstellung«, erklärt Florida. »Damit ich einen Bewährungshelfer in Los Angeles bekomme.« Sie erfüllt die nötigen Kriterien – geeignete Unterkunft, Behandlungspläne für ein Problem, dass sie eigentlich nicht hat, finanzielle Unterstützung.

»Und dann?«, fragt Kace.

»Dann hole ich mir mein Auto.«

»Du glaubst, dass nach all der Zeit ein Auto auf dich wartet? Du glaubst, dass niemand den Wagen für hartes Bargeld verkauft hat? Eine Spritztour damit gemacht hat? Ihn geschrottet hat? Ihn wegen unbezahlter Raten zurückgeholt hat? Du vergisst, dass man uns vergisst, wenn wir weg sind.«

»Das Auto ist noch da«, sagt Florida.

»Und du glaubst, die Karre fährt noch?«

Die Karre – Florida kann ihr nur raten, noch zu fahren. Ein Jaguar E-Type von 1968. Florence' Mutter hat ihn von ihrem Vater geerbt. Im selben Jahr, in dem sie aufgehört hat, Freeways zu benutzen. Bevor sie ganz mit dem Fahren aufgehört hat. Ihre Therapeuten haben von einer vorübergehenden Paranoia gesprochen. Ihre Angst, einen Unfall zu bauen, die Kontrolle zu verlieren, das Gaspedal bis zum Boden durchzudrücken oder das Bremsen zu vergessen, würde vorbeigehen. Sie haben gesagt, so etwas passiere Frauen im mittleren Alter gelegentlich. Sie haben gesagt, sie werde sich wieder reinfinden.

Stattdessen verkaufte ihre Mutter den Mercedes und den BMW und brachte Florence nirgends mehr hin.

Der Jag stand einfach vergessen in der für sechs Autos

konstruierten Garage und sammelte Staub. Bis Florence anfing, ihn ohne Führerschein und ohne erwachsene Begleitperson für den Schulweg zu benutzen. Ihrer Mutter war es egal. Hauptsache, sie musste ihre Tochter nicht selbst fahren.

Florida starrt an die Decke, auf das Spinnennetz aus feinen Rissen. Wenn sie die Augen ein Stück zusammenkneift, verwandeln sie sich in die Freeways ihrer Teenagerjahre. Nicht die durch Los Angeles führenden Hauptadern – die 10 zum Strand, der PCH an der Küste entlang, die 101 von Echo Park nach Santa Barbara, die 405 von der Westside ins Orange County –, sondern die Straßen, auf die ihre Freunde und ihre Mutter sich nicht getraut haben – die 105, die 710, die 605. Die Freeways, die vom respektablen Los Angeles nach Vernon, Commerce, Bell und Carson geführt haben – kleine, in der Metropolenregion aufgegangene Städte, die von all denen ignoriert werden, die zwischen Hancock Park und der Westside wohnen. Was zunächst als Abkürzung oder als Schleichweg bei Staus gedacht war, verwandelte sich in Strecken von eigenständigem Wert. Dort konnte Florence, gerade mal fünfzehn, den Motor des Jag hochjagen und kreuz und quer über die schmalen Freeways brettern, an Casinos, Kraftwerken, Rennbahnen und Kiesverladeplätzen vorbei. Schnell wurde die unvertraute Umgebung so vertraut wie die Kurven der Straßen.

Wo treibst du dich den ganzen Tag nach der Schule rum?, fragte ihre Mutter einmal, mehr neugierig als besorgt.

Nirgendwo, antwortete Florence.

Ihrer Mutter reichte das aus.

»Was hast du mit dem Auto vor? Wo fährst du hin?«, fragt Kace.

»Überallhin«, antwortet Florida.

»Hast du mal Nachrichten gesehen? Niemand darf irgendwohin. Wir müssen im sicheren Zuhause bleiben.«

Bis zu Floridas bedingter Entlassung würde sich das geändert haben. Ihr erstes Ziel ist das Haus ihrer Mutter. Dort holt sie sich den Wagen und fährt los.

Dann bist du also eine, die es zurück an den Tatort zieht, hat Dios gesagt, als Florida ihr von dem Auto erzählt hat. *Du bist eine, die ins Auge des Sturms zurückkehrt. Nach all der Zeit hier drin suchst du gleich Ärger und reißt dir als Erstes das Fluchtfahrzeug unter den Nagel.*

Es ist bloß ein Auto, sagte Florida.

Du bist ein gemeines Miststück, auch wenn du anders tust. Dann stieß Dios ihr typisches scharfes, kaltes Lachen aus. *Ich wette, der Jag ist eine Menge Kohle wert. Vielleicht verkaufst du ihn besser, statt ihn zu fahren.*

Mindestens zweihundert Riesen, schätzt Florida. Davon hat sie Dios nichts gesagt. Wozu auch? Dios hat keine Ahnung.

»Fahr einfach«, sagt Florence laut. Wie Carter, ihr Komplize, kurz nachdem er die selbstgebastelte Bombe in den Trailer geworfen hatte. Er hatte es ihr nicht zweimal sagen müssen. Sie war high vom MDMA, ihr Fuß spielte schon mit dem Gaspedal.

»Verdammt, mit wem sprichst du?«, fragt Kace.

»Mit niemandem.«

»Mädchen, der Laden hier lässt dich noch durchdrehen.« Kace wirft Florida einen Blick von der Seite zu. Seit der Randale, seit Tina, wirft Kace ihr diese Blicke häufiger zu. »Alles cool, Florida?«

»Alles cool.«

»Du bist im Kopf nur ganz woanders?«

Florida wackelt mit den Zehen und versucht, den Widerstand des Gaspedals zu spüren, das sie tiefer, tiefer, tiefer drückt. Sie fährt immer schneller und fühlt, wie das Lenkrad an ihren Handflächen vibriert. Selbst jetzt noch, nach allem, was sie mit dem Auto erlebt hat – nach der rasenden Flucht von dem explodierenden Trailer –, will sie den Druck in der Wade spüren, das durch den ganzen Körper aufsteigende, ihr fast den Atem raubende Gefühl der Beschleunigung.

»Sag mir, wo du mich hinbringst, Florida. Sag mir, wohin wir mit dem Auto fahren.«

»Warst du schon mal in Los Angeles, Kace?«

»Großstädte sind nicht mein Ding.«

»Dann fahren wir aus der Stadt raus«, sagt Florida. »Ich bringe dich raus.

Über die 110 zur 105. Dann auf die 605, durch Norwalk, Bellflower, Los Alamitos, dann bei Seal Beach zurück auf die 405.«

»Ich mag den Strand«, erklärt Kace. »Das klingt genau richtig.«

Florida schert sich nicht um den Strand. Was zählt, ist die Fahrt, der Weg durch das Spinnennetz von Freeways, nicht das Ziel. Als sie zum ersten Mal ins Orange County gefahren ist, ohne die 5 oder die 405 zu benutzen, kam sie sich vor, als hätte sie den Code zu einer geheimen Stadt geknackt. Als hätte sie den Code zu sich selbst geknackt. Als könnte sie sehen, wie sie innerlich funktioniert, statt nur ihr Bild im Spiegel zu betrachten.

Sie tickte anders als alle anderen.

Sie schließt die Augen, spürt die Schwingungen des Autos in ihrem Bein, die leichte Anspannung im linken Handgelenk, sobald sie schneller als siebzig Meilen pro Stunde fährt. Sie stützt die Hand auf das imaginäre Lenkrad, greift nach der

Gangschaltung und tritt mit dem anderen Fuß auf die imaginäre Kupplung.

Auch nach allem, was geschehen ist – fahr einfach. Denn was sonst sollte sie tun?

Dann aber verändert sich die Atmosphäre in der Zelle, Kace schaltet in einen anderen Gang.

»Du hast bei der Scheiße heute Morgen ja in der ersten Reihe gesessen. Was zum Teufel wollte Dios damit sagen? Das Miststück muss sich immer beweisen. Wir wissen ja, weshalb sie hier ist. Wegen einer Kleinigkeit. Körperverletzung. Notwehr, die aus dem Ruder gelaufen ist.«

Florida legt einen Finger auf die Lippen und deutet zur Lüftungsöffnung, durch die Dios sie hören kann. Aber es ist zu spät. Auf der anderen Seite wird gegen die Wand gehämmert.

»Immer musst du dich beweisen, Dios. Immer musst du uns zeigen, dass du so ein krasses Verbrechen begehen könntest wie wir. Bloß dass es nicht so war. Stinklangweilige Körperverletzung. Und nicht mal besonders schlimm.«

»Schsch«, beharrt Florida.

Kace verdreht die Augen. »Was kümmert's dich, ob sie uns hört? Egal, was hat Mel ihr überhaupt getan? Da kann sie mit ihrer Gabel gleich auf einen armen Zoo-Elefanten losgehen. Man kann einer Frau keinen Vorwurf machen, nur weil sie dumm wie Brot ist.«

»Doch, wenn man Dummheit für ein Verbrechen hält.«

»Aber das ist es nicht. Ein Verbrechen ist ein Verbrechen. Wenn man Leute für ihre Persönlichkeit bestrafen würde, bekämen wir alle Probleme«, sagt Kace. »Dann wäre es im Knast so voll, dass es kein Knast mehr wäre.« Sie schweigt einen Moment und deutet mit dem Kopf zur Wand. Dadurch hat Florida freie Sicht auf das Kobra-Tattoo, das sich von Kace' Hals hinauf bis in die wüsten braunen Locken zieht. »Ich weiß, dass du zuhörst, *Diana*«, sagt sie und zieht Dios' Taufnamen in die Länge. »Marta hat es mir verraten.« Sie hämmert gegen die Wand. »Sie hört dich sogar, wenn du nicht redest.«

»Wir sind cool, Kace«, meldet sich Dios' gedämpfte Stimme. »Red einfach weiter.«

Kace dreht eine Runde, dann senkt sie die Stimme. »Hast du sie danach gesehen, Florida? Hast du Mel-Mel gesehen? Hast du ihr Gesicht gesehen?«

Florida hatte es gesehen. Und sie hatte noch etwas anderes gesehen – den herausfordernden Blick von Dios. *Bring zu Ende, was du angefangen hast.*

»Ich war dabei, schon vergessen?«

»Rat mal, was Mel-Mel den Schließern erzählt hat. Dass sie beim Abräumen mit dem Tablett gestolpert ist. Dass die Gabel sie wie eine Bärenfalle erwischt hat. Die Kerle haben es geglaubt.«

Bevor Florida antworten kann, dröhnt ein bellendes Husten durch den Gang. Kace erstarrt mit verzerrter Miene. Als das Husten aufhört, scheint sie sich zu entspannen. »Mel-Mel hat sich nicht mal auf die Krankenstation bringen lassen. Alles cool, hat sie gesagt. Aber hast du sie gesehen?«

»Es war schlimm, Kace, richtig übel. Ihre Wange sah aus wie Spaghetti. Dünne Streifen und Blut. Und man konnte etwas Weißes sehen, an der Innenseite der Haut. Das, was man eigentlich nicht sehen sollte.«

Florida weiß, dass Kace so etwas liebt. Nicht den Schmerz, aber die Details. »Das meine ich doch«, sagt Kace. Sie atmet tief durch, saugt alles in sich auf und entspannt sich.

Schon bald wird ihr Tagtraum von einem weiteren Hustenanfall unterbrochen.

Kace stampft zur Tür. »Schnauze!«

»Ruhig«, sagt Florida. »Ganz ruhig.«

Die Husterin ignoriert Kace' Anweisung.

»Schnauze, hab ich gesagt.«

»Ganz ruhig.«

»Nein, halt du die Schnauze. Halt deine verdammte Schnauze«, ruft jemand von draußen.

Kace brüllt zurück. Aber der Streit wird von neuerlichem Husten übertönt.

»Gott-ver-dammt«, schreit Kace. »Jetzt gib endlich Ruhe.« Sie hämmert mit den Fäusten gegen die Wand.

»Ganz ruhig«, wiederholt Florida. »Ruhig, ruhig, ruhig.«

Aber Kace ist nicht mehr zu bremsen. Ihre Stimme klingt mit einem Mal viel tiefer. »Du willst uns alle umbringen. Hör endlich auf mit deinem Husten. Du gottverdammte Mörderin. Mörderin!«

Einen Moment lang bleibt es still. Florida spürt, wie alle den Atem anhalten. Eine erstickende Anspannung hält den Block in eiserner Umklammerung. Erst der nächste Hustenanfall setzt dem Schweigen ein Ende.

Kace schlägt mit erhobenen Fäusten gegen die Wand. »Dein Atem ist tödlich. In dir wohnt der Tod. Behalt ihn drin. Behalt ihn drin, sonst sorge ich dafür, dass du deinen Atem nie wieder brauchst.«

Florida liegt auf dem Bett, so reglos wie möglich. Am liebsten würde sie sich hinausschleichen. Im Gang hört sie die schweren Schritte von Stiefeln, dann schlägt jemand gegen ihre Tür.

»Baldwin! Schluss jetzt!«

Als sie die Stimme des Schließers hört, tritt Kace einen Schritt von der Tür zurück, legt den Kopf zur Seite und denkt nach, denkt nach.

»Schluss damit, Baldwin«, wiederholt der Schließer und klopft noch einmal gegen die Tür.

Kace rennt zur Tür, als wollte sie den Beamten durch das kleine Fenster hindurch attackieren.

»Baldwin.«

Kace lässt die Halswirbel knacken, rollt ihre Schultern und tritt wieder zurück. Kurz darauf entfernen sich die Schritte des Wärters. »Scheiß Arschloch.« Sie dreht sich zu den Betten um. »Arschloch«, wiederholt sie und schlägt auf Floridas Matratze.

»Wer war es?«, fragt Florida.

»Bergman. Er lässt sich von Mel-Mel einen blasen. Ob es ihn wohl stört, dass ihr Gesicht wie Spaghetti aussieht? Wahrscheinlich gefällt es ihm sogar. Kranker Dreckskerl. Marta sagt, Männer wie er bekommen ihre Strafe in der Hölle. Marta sagt, der Teufel hat sich für sie was ausgedacht. Marta sagt ...«

Sie wird von lautem Husten unterbrochen. Als Kace zur Tür prescht, fährt Florida sich mit den Fingern durch die Haare.

»Halt die Schnauze«, brüllt Kace. »Halt die Schnauze.«

Aber sie wird von einer anderen, lauteren Stimme übertönt, die sich gegen das Husten und das Gezeter behauptet. »Frau am Boden.«

Frau am Boden. Der Satz hallt den Gang auf und ab. Alle sind an ihren Türen, skandieren die drei Worte, mit denen sie den Schließer und das ganze System wegen allem verdammen, was schiefläuft.

Schon bald sind jede Menge Stiefel zu hören. Florida schaut durch das kleine Fenster in der Tür und sieht drei Wärter mit Masken vorbeilaufen.

Sie hört, wie eine Zellentür geöffnet wird. Die Gefangenen schweigen. Die Stille draußen wird nur vom Knistern der Walkie-Talkies und kurz darauf vom Klappern einer fahrbaren Krankentrage unterbrochen.

Normalerweise halten die Frauen sich bei Notfällen zurück und verzichten darauf, das Chaos durch ihren Lärm und ihre Wut noch anzufachen.

Diesmal ist es anders. Irgendwo weit weg von Florida und Kace fangen die Schläge an – ein einfacher Zweierrhythmus. Ein Herzschlag.

Bam, bam.

Bam, bam.

Eine weitere Zelle stimmt ein. Und noch eine. Bald hämmert der ganze Gang im Gleichtakt. Kace und Florida postieren sich zu beiden Seiten der Tür und schlagen jeweils mit einer Handfläche gegen das Metall.

Bam, bam.

Bam, bam.

Florida hört, wie sich die Trage nähert, die Räder rollen jetzt langsamer. Immer noch schlagen die Frauen an die Türen, als könnten sie den Puls der Patientin mit ihren Händen unterstützen.

Bam, bam.

Florida weiß, dass es ein Zeichen der Solidarität sein soll. Aber es klingt nach etwas anderem.

Sie hat gehört, dass männliche Gefangene in den Nächten vor Exekutionen Totenwache halten – dass sie mit ihren Fäusten, Stimmen oder irgendwelchen Lichtern versuchen, den Verurteilten so lange wie möglich am Leben zu halten, seine Seele und seinen Geist bis zum unausweichlichen Moment zu stärken.

Die Trage rollt an ihrer Zelle vorbei, die Identität der Patientin wird von einer Sauerstoffmaske verborgen.

»Todesmarsch«, sagt Kace. »Sie kommt nicht zurück. Sie kommen nie zurück.«

Der Himmel flimmert vor Hitze – ein Blau, das schon wehtut. Die Sonne brennt in den Härchen auf Floridas Armen. Der Gefängnishof ist voller Frauen, die versuchen, Abstand voneinander zu halten, obwohl sie doch bald alle wieder dieselbe Luft atmen.

Florida sieht Mel-Mel auf einer Bank gegenüber sitzen. Ihre Wange ist notdürftig mit einem blutigen Verband bedeckt.

»Baum.«

Florida schreckt auf, als ihr Name durch den Lautsprecher dringt.

»Baum. Rapport.«

Florida merkt, dass alle sie anstarren, dann aber schnell den Blick abwenden, als wäre der Ärger, der sie erwartet, ansteckend.

Sie stemmt sich von der Bank hoch, wischt sich den Wüstensand vom Hosenboden und den Beinen und geht hinein.

Kace eilt an der Bank vorbei.

»Florida«, ruft sie. »Sie kommen nicht zurück. Das soll ich dir von Marta ausrichten.«

Ein Sergeant erwartet sie mit einer Miene, die so undurchdringlich ist wie eine Totenmaske. »Baum, gehen wir.«

»Wohin?«

»Wollen Sie dem Befehl gehorchen oder Fragen stellen?«

Florida folgt dem Sergeant in einen Bereich des Gebäudes, wo Kurse und Veranstaltungen stattfinden. »Setzen Sie sich«, sagt er und deutet auf eine Bank, auf der schon zwei andere Häftlinge sitzen. »Sie werden abgeholt.«

»Worum geht es denn?«, fragt Florida.

»Ich bekomme Befehle. Ich gebe sie an Sie weiter. Sie gehorchen.«

Florida setzt sich auf die Bank. Die beiden anderen Frauen kennt sie nur vom Sehen. Mavis Jackson ist schon ewig hier, eine ideale Kandidatin für eine Haftentlassung aus humanitären Gründen. Sie hat lange genug gesessen, für sich und für andere gleich mit. Man findet ihr Gesicht auf Broschüren und Websites verschiedener Organisationen. Sie sitzt seit sechsundzwanzig Jahren, weil sie ihren Dealer umgebracht hat – und Frauen wie sie gibt es hier zu viele. Niemand hier hält ihre Schuld für größer als die von Florida.

Die andere Frau ist neu hier. Sie wirkt auffällig zurechtgemacht, als habe sie die Welt draußen noch nicht richtig abgeschüttelt. Ungedeckte Schecks, Identitätsdiebstahl, irgendeine Abzocke, wenn Florida raten sollte. Sie ist jung, Mitte zwanzig, und strahlt eine provozierende Frische aus, die Florida ihr am liebten aus dem Gesicht klatschen würde.

»Weißt du, worum es hier geht?«, wendet sich die Neue an Jackson.

»Keine Ahnung«, antwortet Jackson. Ihr schleppender Ton klingt halb frustriert, halb geduldig.

Die Neue dreht sich zu Florida um. »Und du? Weißt du Bescheid?«

»Was glaubst du denn?«, blafft Florida sie an und rutscht ein Stück weiter die Bank hinunter.

Sie sitzen den Kursräumen gegenüber, in denen alles Mögliche stattfindet, von Erziehungstraining über Creative Writing bis hin zu Bürotraining.

»Und? Was soll das?«, fragt die Neue. »Wir kriegen Ärger. Was haben wir gemacht? Einen Scheiß hab ich gemacht. Überhaupt nichts.«

»Du bist im Knast«, stellt Jackson fest. »Irgendwas wirst du schon gemacht haben.«

Die Tür des Kursraums öffnet sich, ein Schließer steckt den Kopf heraus. »Baum?«

Florida verdreht die Augen. Sie ist als Letzte gekommen und muss als Erste aufs Schafott.

»Hast du Angst?« fragt die Neue. »Glaubst du, es wird schlimm?«

»Halt die Klappe«, sagt Florida. »Warte einfach, bis du dran bist.«

Marta richtet dir aus, dass sie nicht zurückkommen.

Florida geht auf die offene Tür zu.

Als sie eintreten will, steht sie plötzlich Auge in Auge einer anderen Gefangenen gegenüber, die herauskommt. Dios.

Florida erstarrt und weicht einen Schritt zurück. Dios bleibt stehen, legt den Kopf zur Seite und mustert sie von oben bis unten. Sie verzieht die Lippen – amüsiert, wütend, frustriert, wer weiß? Schließlich setzt sie ein breites, grausames Grinsen auf. »Florida«, sagt sie, »anscheinend haben wir beide sie verarscht.«

Ihre schwarzen Haare sind zu einem straffen Pferdeschwanz gebunden, die Locken fallen ihr über die Schulter. Ihre Wangenmuskeln zucken.

»Wir sehen uns, wo auch immer.« Dios verzieht den Mund, dann formt sie mit Daumen und Zeigefinger eine Pistole und richtet sie auf Floridas Schläfe. Mit einem unnötigen Rempler schiebt sie sich an Florida vorbei.

»Baum«, blafft der Schließer, als wäre es ihre Schuld, dass sie den Raum nicht längst betreten hat.

Alles ist freigeräumt. Die Tische hat man bis auf einen an die Wände geschoben. Mitten im Raum sitzt Officer Markum, dem die Wärter in ihrem Trakt unterstellt sind. Er starrt auf die oberste Mappe eines kleinen Stapels, neben dem ein Telefon steht. Das Kabel zur Dose an der Wand ist maximal gespannt.

Hinter Florida schließt sich die Tür. Der andere Schließer postiert sich davor, als rechne er mit einem Fluchtversuch.

»Nummer«, bellt Markum. Er ist im mittleren Alter, seine bleiche Haut verrät, dass er den größten Teil seines Lebens in geschlossenen Räumen verbracht hat. Das Gesicht ist von Narben und Kratern überzogen, ein permanentes düsteres Schattenspiel, das den abweisenden, mondartigen Eindruck noch verstärkt.

Florida rattert die Ziffern herunter, die zu ihrer Ersatzidentität geworden sind.

»Setzen«, sagt Markum.

Die Wände sind mit Materialien aus verschiedenen Kursen tapeziert. Ein verblasstes Poster mit einem Gedicht von Langston Hughes. Auf einem anderen sind in penibler Kursivschrift Zeilen von Walt Whitman festgehalten. Gegenüber hängt ein Diagramm mit einfachen Yogastellungen. Die hintere Wand ziert ein Whiteboard mit halb abgewischten Zahlen, die von einem Anfängerkurs in Buchhaltung oder Betriebswirtschaft übriggeblieben sind. In der linken oberen Ecke des Boards steht ein einzelnes Wort: *Trust*.

Florida lässt sich auf den harten Plastikstuhl fallen. Markum blickt von seiner Mappe auf. »Florence Baum?« Seine Stimme klingt lustlos und erschöpft, als liege eine unangenehme, beschwerliche Pflicht vor ihm.

Florida hält sich an der Sitzkante fest. Sie spürt, wie ihre Handflächen feucht werden.

»Wissen Sie, warum Sie hier sind?«

Florida hält Markums Blick stand. Aber sie sieht ihn nicht, nicht richtig. Stattdessen sieht sie Tinas zerschlagenes Gesicht vor sich wie eine faulige, zertrampelte Aubergine.

Scheiß Dios. Immer diese scheiß Dios.

Florida rechnet zurück. Seit der Nacht des Stromausfalls sind mehr als sieben Monate vergangen, und passiert ist nur, dass Dios mehr Platz in ihrer Zelle hat als zuvor. Bis ...

»Baum? Wissen Sie, warum Sie hier sind?« Markum streckt die Hand nach dem Telefon auf seinem Schreibtisch aus. Aber bevor er zum Hörer greift, scheint er eine Antwort zu erwarten.

»Wissen Sie, warum Sie hier sind?« Seine Stimme klingt jetzt angespannt.

Florida blinzelt und versucht, Tinas Totenmaske zu durchdringen und Markums Gesicht zu fixieren.

»Ich ... ich ... ich habe ein paar Fehler gemacht«, stammelt Florida. »Ich hab mich nicht perfekt verhalten. Aber hier hab ich mich gut entwickelt. Ich ...«

Markum hebt die Hand und bringt sie zum Schweigen. Dann schüttelt er kurz und heftig den Kopf, als wäre Floridas Antwort derart daneben, dass es wehtut. Er greift zum Hörer und wiederholt ihre Gefangenennummer. »Baum, Florence«, fügt er hinzu und sieht Florida an, als solle sie die Information bestätigen. »Gut«, sagt er dann in die Sprechmuschel und sucht ihren Blick. »Ich habe hier einen Beauftragten des Gouverneurs in der Leitung. Angesichts der anhaltenden gesundheitlichen Krise habe ich die Anweisung erhalten, Ihnen mitzuteilen, dass Sie die Kriterien für eine vorzeitige Entlassung erfüllen. Mit Wirkung von heute, dem 19. Mai 2020, wird Ihr Strafmaß reduziert.«

Florida starrt ihn an. Ihre Gedanken wirbeln derart durcheinander, dass sie das Gefühl hat, jeden Moment in Ohnmacht zu fallen.

»Verstehen Sie, was ich gerade gesagt habe?«

»Ja«, sagt Florida. Sie hat die Worte gehört, aber noch nicht richtig verarbeitet.

»Akzeptiert«, sagt Markum ins Telefon und legt auf.

»Warum ich?«

Markum macht eine Notiz in seiner Mappe und wühlt dann in seinen Papieren. »Ist das wichtig? Hintergrund, gute Resozialisierungschancen. Das sind wichtige Kriterien. Jemand hat Ihren Namen genannt. Direkt nach der Entlassung müssen Sie sich für zwei Wochen in Quarantäne begeben. Wenn Sie für diese Zeit keine Bleibe haben, wird Ihnen ein Motelzimmer zur Verfügung gestellt.«

»In diesem Staat habe ich nichts.«

»Wenn Sie sich nach dem Ende der Quarantäne keine Unterkunft leisten können, besteht die Möglichkeit, Sie in einer staatlich geführten Gemeinschaftsunterkunft einzuquartieren.«

»Ich komme aus Kalifornien. Ich kann hier nicht in Quarantäne gehen.«

»In den Entlassungsbedingungen ist festgelegt, dass Sie während der Quarantäne im County bleiben müssen. Falls Sie nach den zwei Wochen in ein anderes County wechseln wollten, wird Ihnen dort ein neuer Bewährungshelfer zugewiesen. Aber das alles bekommen Sie in den nächsten Tagen genauer erklärt.«

»Und wenn ich den Staat verlassen will?«

»Müssen Sie gemäß den zwischenstaatlichen Vereinbarungen einen entsprechenden Antrag stellen.«

»Kann ich das vor der Entlassung tun?«

Energisch legt Markum den Stift auf die Tischplatte und klappt Floridas Akte zu. »Darauf würde ich nicht wetten.« Er nickt dem Schließer an der Tür zu. »Schicken Sie die Nächste rein.«

»Dann muss ich also in Arizona bleiben?«, stottert Florida. »Ich kenne hier niemanden. Ich kann nirgendwohin.«

Markum senkt den Blick und sucht nach ihrem Namen. »Baum. Ich muss heute zwanzig vorzeitige Entlassungen verkünden. Freuen Sie sich einfach. Sie erhalten morgen weitere Anweisungen – den Papierkram zu den Entlassungsbedingungen und so weiter.«

»Wann komme ich raus?« fragt Florida.

»Das ist der erste vernünftige Satz, den ich aus Ihrem Mund höre«, erwidert Markum. »In zweiundsiebzig Stunden. Genießen Sie den Rest Ihres Aufenthalts.«

Er wendet den Blick ab. Gespräch beendet.

Florida taumelt in den Gang. Tränen laufen ihr über die Wangen. Auf einen Schlag hat sie sechs Monate ihres Lebens zurückbekommen.

»Was soll der Scheiß?« Die Neue ist aufgesprungen und stellt sich Florida in den Weg. »Was soll das alles? Was haben sie da drin mit dir gemacht?«

Florida blinzelt und versucht zu verarbeiten, was gerade geschehen ist.

»Was ist los? Was ist los, verdammt. Du sollst mir sagen, was los ist«, sagt die Frau.

»Schaff deinen Arsch aus dem Weg«, sagt Florida und drängt sich an ihr vorbei. Wer ist diese Frau überhaupt? Ein paar Monate hier, da kommt sie schon wieder raus?

»Oh, Scheiße, ich gehe da nicht rein. Ich hab nichts gemacht. Überhaupt nichts.«

Um allein und ungestört zu sein, müsste Florida sich jetzt in ihre Zelle zurückziehen, aber dazu hat sie später Gelegenheit genug. Also geht sie auf die Gemeinschaftsfläche, die zurzeit wenig genutzt wird, weil alle auf Abstand bedacht sind. Sobald sie anrufen darf, wird sie erst mit ihrer Mutter sprechen, dann mit ihrem Vater. Aber ihr ist klar, dass sie die beiden wahrscheinlich nicht erreicht, und selbst wenn, können sie im Moment wenig für Florida tun. Ihr Vater lebt weit vom Schuss in New Mexico, ihre Mutter hält sich wahrscheinlich in Oman oder Thailand auf, wo sie so tut, als würde sie anderen helfen, während sie es sich vor allem gut gehen lässt.

An den rund zwanzig Tischen sitzen ein Dutzend Frauen in Kleinstgruppen von maximal zweien. Florida sucht sich einen freien Tisch und kehrt so vielen Frauen wie möglich den Rücken zu. Sie will diesen Moment festhalten, ihn allein auskosten, bevor er zum Gegenstand von Klatsch, Geflüster, Spekulationen und Lügen wird.

»Florida, hast du dich mal gefragt, warum du so viel Glück hast?«

Dios setzt sich auf den freien Platz gleich neben ihr, ihre Augen unter der hohen Stirn schauen auf Florida hinunter. »Hast du dir auch nur einen winzigen Moment klargemacht, was für ein Schwein du gehabt hast? Dass du ein echter Glückspilz bist?«

Florida sieht sich auf der trostlosen Gemeinschaftsfläche um, betrachtet die auf zwei Ebenen verteilten Zellen, die an drei Seiten angrenzen. »Glückspilz, na super«, sagt sie.

»Tick-tack«, sagt Dios. »Bald darf das Vögelchen aus dem Käfig.«

»Du kommst auch raus.«

»Hast du für einen Moment innegehalten und dich gefragt?« Dios' grüne Augen kommen bis auf wenige Zentimeter an Floridas Gesicht heran. Trotz des grellen Lichts liegt ein goldener Schimmer auf ihrer Haut. »Hast du, *Florence*? Oder gehst du einfach zum nächsten Punkt über, als wäre das hier alles egal? Als wäre es gar nicht passiert?«

Dios packt Florida an der Schulter und dreht sie energisch um. »Schau sie dir an.« Sie deutet auf die an den Tischen verteilten Frauen, während ihre andere Hand sich in Floridas Oberarm krallt. »Warum du und nicht die?«

»Lass mich mit dem Scheiß in Ruhe.«

»Findest du das alles irgendwie selbstverständlich? Du hältst dich an die Spielregeln und kassierst deine Belohnung, einfach weil du es bist?« Dios zerrt an Floridas blondem, gekräuseltem Pferdeschwanz und reißt ihren Kopf hin und her. »So. Funktioniert. Es. Nicht.« Ein letztes Zerren, diesmal so weit nach hinten, dass Florida zur Decke schaut.

»Es ist vorbei, Dios. Noch drei Tage, dann ist es vorbei.«

Dios beugt sich vor, bis ihre Gesichter sich beinahe berühren, Florida spürt ihren heißen Atem. »Es ist nie vorbei. Es existiert einfach.«

Dios' Atem verrät ihre mühsam im Zaum gehaltene Wut.

»Wie kommt's, dass du es immer noch nicht begriffen hast?

Dass du immer noch glaubst, du kehrst einfach in dein gemütliches Zuhause zurück, in dein gemütliches Leben, setzt dich in dein teures Auto, und das alles hier ist eine Erinnerung, die nichts mit dir zu tun hat? Glaubst du nach allem, was du hier drin gesehen hast, immer noch, dass deine Mommy mit ihrem Geld die Vergangenheit einfach auslöschen kann?«

Florida spürt eine innere Hitze wie ein Feuer, das sich durch einen Canyon wälzt – wütend, zerstörerisch, alles verschlingend. Sie ballt die Fäuste, rollt die Schultern, müht sich um einen Rest Coolness und Ruhe. »Ich glaube nicht ...«

»Oh doch, das glaubst du. Ich weiß genau, was du denkst. Ich hab nicht umsonst ein Jahr unter dir geschlafen. *Diese Welt ist nicht deine, diese Frauen sind nicht deine Frauen. Und deine verdammten Verbrechen haben nichts mit alldem zu tun.* Aber es *ist* dein Leben, Florida, auch wenn du fast drei Jahre lang so getan hast, als wäre es nicht so.« Dios packt Floridas Handgelenk. »Stell dir vor«, sagt sie. Sie dreht ihre beiden Hände in entgegengesetzte Richtungen. Floridas Haut brennt. Sie spürt den Druck von Dios' Fingern auf ihren Knochen. »Stell dir vor«, sagt Dios mit den Lippen dicht an ihrem Ohr. Die Schmerzen im Handgelenk werden noch stärker, Dios' Daumen bohrt sich in ihre Sehnen. »Wenn ich einfach nicht aufhöre? Wenn ich weiter drücke und ziehe?«

Florida kneift die Augen fest zusammen, um den Schmerz nicht an sich heranzulassen. Aber er kommt in einer neuen, massiven Welle, überschwemmt sogar ihre Wut. Sie spürt Dios' Finger an ihren Gelenken, wie sie nach einem Angriffspunkt tasten, nach einer Bruchlinie, an der sie Florida zerstören kann.

»Stell dir vor, ich drücke weiter, reiße dir die Hand vom Körper, arbeite mich zu dem blutigen Schleim vor, den baumelnden Venen und Sehnen, und das Einzige, was du sagst, ist: *Sie war high.*« Dann lässt Dios los.

Florida greift sich ans Handgelenk, drückt es an ihre Brust und redet sich gut zu, dass es unversehrt ist.

Ihre Stirn ist schweißnass. Sie spürt den Puls in der Kehle und das Brennen in ihrer Brust. Sie schluckt schwer. »Ja und? Bin ich etwa eine Lügnerin, nur weil sie berücksichtigt haben, dass ich bei der Flucht vom Tatort betrunken war? Meinst du, sie sollten mich *deswegen* hier festhalten? Hier drin lügen alle, Dios. Auch du.«

»Mir ist egal, ob du rauskommst oder nicht, Florida. Und wen du dafür anlügst, ist mir auch egal.« Dios' Augen funkeln bedrohlich. »Ich will nur, dass du aufhörst, dich selbst anzulügen. Du bist nicht rehabilitiert. Du willst es auch nicht sein. Das ist die nächste deiner Lügen.« Sie deutet auf einen Tisch am anderen Ende der Gemeinschaftsfläche, an dem zwei Frauen sitzen. Beide sind im mittleren Alter, beide blass und dickbäuchig. Wahrscheinlich sind sie mit staatlich verordneten Medikamenten zugedröhnt, die dafür sorgen, dass jeder Tag sich anfühlt wie der andere. »Schau sie dir an. Schau dir ihre Stumpfheit an. Man hat sie betäubt und in einen Zustand getrickst, in dem sie gehorchen. Sie haben akzeptiert, dass sie genau das sind, wozu der Staat sie gemacht hat – Junkies, Opfer, was auch immer. Sie haben sich einreden lassen, dass sie bei dem, was sie draußen getan haben, nicht die Kontrolle über sich hatten. Und diese Geschichte werden sie für den Rest ihres Lebens erzählen.« Sie hebt die Stimme. »Schaut euch bloß an. Schaut euch alle an. Ihr habt vergessen, wer ihr wart, bevor ihr hierhergekommen seid. Sie haben euch verarscht und euch die Kraft geraubt. Sie haben euch dazu gebracht, eure Taten zu bedauern.« Dios lacht. »Ihr seid alle abgestumpft. Nur du nicht, Florida.« Sie beugt sich hinunter, um mit Florida auf Augenhöhe zu sein.

Florida fühlt sich alles andere als stumpf. Sie bebt vor elektrischer Spannung. Sie ist flüssig gewordene Wut. Aber das darf sie Dios nicht zeigen.

Ein langsames, tiefes Durchatmen. *Fahr schon.* Ihre Hände am Lenkrad. Das Fenster unten. Der Wind im Gesicht. Sie nimmt die Kurve, als wäre sie Teil ihres Körpers. Zweiundsiebzig Stunden.

»Egal, wo du hingehst«, sagt Dios. »Mach dir klar, dass ich die Wahrheit kenne. Du bist kein fehlgeleitetes reiches kleines Mädchen, das zur falschen Zeit am falschen Ort war. Vergiss nicht, dass ich mit Mädchen wie dir auf der Schule war, Florida. Mit vielen solcher Mädchen. So vielen fehlgeleiteten reichen Mädchen. Und was hab ich dort gelernt? Nur die Hälfte von dem zu sein, was ich sein konnte. Ich musste meiner Herkunft entkommen, um Erfolg zu haben. Ich konnte nicht ich sein, nur die anderen – diese Halb-Menschen. Und ich weiß noch was. Auch du bist nur die Hälfte von dem, was du bist. In dir gibt es etwas, das du vor der Welt verborgen gehalten hast.«

»Du weißt nicht, wovon du redest, Dios.«

»Oh doch. Ich weiß alles. Rat mal, was ich in der Highschool und auf dem College, das mir Leute wie deine Mutter finanziert haben, noch begriffen hab. Ich hab begriffen, dass sie mir die Werkzeuge gegeben haben, um das System zu zerlegen. Sie haben mir eine Führung durch den Kontrollraum spendiert. Ich hab begriffen, was sie umtreibt. Gewalt und Angst. Wie alle anderen auch. Und ich hab gelernt, wie schnell sie die Haltung wechseln. Wie schnell ihre Mildtätigkeit in Hass umschlagen kann.« Dios' grüne Augen funkeln vor Bosheit. »Meine Frage an dich lautet: Auf wessen Seite stehst du, Florida?«

»Auf keiner«, sagt Florida.

Dios nimmt Floridas Hand. »Aber ich weiß, was hier drinsteckt. Ich weiß, was du tun möchtest.«

Florida ballt die Faust. »Einen Scheiß weißt du. Bloß weil du auf ein paar teure Schulen gegangen bist, weißt du nichts von mir.«

»Wir müssen jetzt nicht darüber reden«, sagt Dios in glattem, hinterhältigem Ton. Sie lässt Florida los. »Wenn die Tore sich hinter uns schließen, haben wir alle Zeit der Welt.«

Florida stellt sich ganz dicht vor Dios. »Wenn wir hier raus sind, haben du und ich nichts mehr miteinander zu tun.«

»Schau dir an, wie du innerlich kochst«, flüstert Dios. »Du hältst es nicht aus, stimmt's? Du hältst das Feuer in dir nicht aus. Lass es raus.«

»Nein«, sagt Florida.

»Wie fest willst du mich schlagen?« Dios tritt zurück und klopft sich auf die Brust, wie um das Ziel zu markieren. »Schaut sie euch an«, brüllt sie durch den Raum. »Schaut euch Florida und ihre Wut an. Jetzt ist sie nicht mehr so hübsch, stimmt's? Nicht so sanft und still.«

»Halt's *Maul*, Dios«, ruft eine Frau.

»Florida, hast du Angst? Machst du dir Sorgen, weil sie zuschauen?« Mit einer weiten Geste umfängt Dios den ganzen Aufenthaltsbereich. »Hast du Angst, dass sie sehen, wozu du fähig bist?«

»Ich warne dich. Halt dein Maul, Sandoval«, sagt dieselbe Frau wie zuvor.

»Ich halte mein Maul, wenn sie es mir stopft«, sagt Dios. »Schlag mich«, brüllt sie. »Mach schon.«

Florida presst ihre Fäuste gegen die Oberschenkel.

Zweiundsiebzig Stunden.

»Du willst nicht, dass sie es sehen, stimmt's? Du erträgst es nicht.« Sie dreht den Kopf zur Seite, als wolle sie Florida einladen, ihr einen Schlag auf die Nase zu verpassen. Dann senkt sie die Stimme. »So wie du nicht wolltest, dass Tina es sieht. Du hast nicht ertragen, dass sie Bescheid wusste, obwohl du es ihr selbst erzählt hattest.«

Florida steht wutentbrannt da. Sie glüht am ganzen Körper.

»Na los, schlag sie«, ruft eine der Frauen.

»Ja, na los«, äfft Dios sie nach. »Schlag mich.«

»Tu es für das, was sie mit Tina gemacht hat«, ruft die Frau ganz hinten.

Dios wirbelt herum. »Du weißt nichts über Tina«, sagt sie.

»Alles wissen es«, entgegnet die Frau. »Alle wissen, was du getan hast.«

Dios verlässt Floridas Tisch und nähert sich der Sprecherin und ihrer Begleiterin. »Das bezweifle ich.« Sie funkelt erst die eine, dann die andere Frau an. Schließlich dreht sie sich zu Florida um. »Ich bezweifle es wirklich. Du nicht, Florida?«

Dios springt auf ihren Tisch und stampft so fest auf, dass das Metall klappert. Ein Wärter tritt ans Geländer vor den Zellen. Wieder stampft Dios auf. »Wir alle sind Cassandra und haben euch gesagt, wer und was wir sind. Aber keiner hört überhaupt zu.«

»Runter da, Sandoval«, ruft der Wärter.

Dios springt vom Tisch und kehrt zu Florida zurück.

»Du existierst in dem, was ich weiß. Dein wahres Ich existiert in mir.« Sie schnippt mit den Fingern, als würde sie ein Streichholz anzünden. »Ich weiß, dass du Carter die Streichhölzer gegeben hast. Dass du ihm gesagt hast, er soll den Scheißkerl abfackeln. Tina hat es mir erzählt.« Sie zündet sich eine imaginäre Zigarette an und bläst heiße Luft in Floridas Gesicht. »Aber das wusstest du ja schon.«

Zweiundsiebzig Stunden.

Florida löst die Fäuste und atmet tief durch. Sie löscht die Flammen, bevor sie von ihnen verzehrt wird. Als sie zum Ausgang stürmt, hört sie Dios' laute Stimme.

»Lass mich dich etwas fragen, Florida. Wer ist die Flamme, wer das Streichholz?«

Florida bleibt nicht stehen.

»Florida, antworte mir. Wer ist die Flamme ...«

Bevor Dios die Frage noch einmal stellen kann, ist Florida draußen.

Achtundvierzig Stunden. Die Zeit verstreicht ungleichmäßig. Manche Stunden eilen mit zusammenhanglosen Fantasiebildern dahin, andere scheinen in einer Endlosschleife zu laufen, als wollte die Zeit selbst ihr noch einmal brutal und unauslöschlich die vergangenen dreißig Monate ins Gedächtnis rufen. Der Papierkram bietet neue Ablenkung, der erste handfeste Vorgeschmack auf eine Freiheit, die von Regeln und Restriktionen beschränkt wird, die außerhalb dieser Mauern weiter Gültigkeit haben. Dann folgt wieder die im Übermaß vertraute Stagnation: Jeder gleichmäßige Atemzug führt ins Nichts, zählt nur die Zeit herunter, während das Thermometer unbarmherzig steigt.

Florida spürt sämtliche Augen auf sich – die Blickwechsel, wenn sie einen Raum betritt oder verlässt, wenn sie auf dem Hof nach einem Platz im Schatten sucht. Ein distanziertes Spiel der Blicke, bei dem die anderen Insassinnen an ihr vorbei Nachrichten austauschen. Bei dem sie einander und Florida selbst wissen lassen, welches Glück sie gehabt hat.

Trotz Hitze und Pandemie ist der Hof voll. Florida findet ein kleines Stück Schatten gleich am Zaun. Das Spiel der Blicke ist hier draußen voll im Gange, eine verstohlene Kommunikation, aus der sie sich heraushalten will. Zu viele Frauen, zu viel mit Neid und Nörgelei verbrachte Zeit, eine Landschaft aus wechselnden Allianzen, ein Minenfeld von Regeln.

Das hier ist nur ein Moment. Es ist nur ein Ort. Es sind Dinge, Bänke, Overalls, Vorbehalte. Draußen wartet die komfortable Freiheit ihres alten Lebens. Die Möglichkeit zur Flucht und zu Fluchten innerhalb der Flucht. Des Kommens und Gehens nach Belieben. Die Freiheit, schnell oder langsam zu fahren. Die Spur zu wechseln. Auszuweichen und Kurven zu schneiden. Ihr Glück ein wenig herauszufordern. *Fahr schon.*

Am Ende der 105 gibt es gleich auf Höhe des Flughafens einen Straßenabschnitt, wo der Freeway abwärts zu einer Ampel führt und dann in Dockweiler Beach endet. Wenn keine Autos auf der Straße waren, beschleunigte Florida auf der abschüssigen Strecke und ließ den Jag auf die Ampel zurasen. Sie testete ihre Grenzen aus, denn es war klar, dass sie, falls die Ampel kein Grün zeigte, möglicherweise nicht mehr bremsen konnte. Die beiden Male, als die Ampel rot war, schoss sie in atemlosem Schrecken über die Kreuzung, der sich in Euphorie verwandelte, als sie auch das nächste Rotlicht überfuhr und erst am Ufer hielt, wo die Straße endete.

Mit dem Rücken zum Zaun hat sie den ganzen Hof im Blick, Frauen in Zweier- oder Vierergrüppchen, die schweigend dastehen, als hätte die Hitze sie der Sprache beraubt.

Die Sonne brennt höllisch. Die Frauen stampfen auf ihren eigenen Schatten herum. Auf den Picknicktischen könnte man problemlos Eier braten. Oder auch ein Steak. Umso merkwürdiger, dass so viele einfach hier herumstehen und sich der prallen Sonne aussetzen.

Florida wischt sich über die Stirn. Sie schirmt ihre Augen ab, um sich die schwarzen Punkte zu ersparen, die an den grellsten Tagen ihren Blick trüben – die Streifen und Schlieren und Nebelschwaden, die sie noch beim Blinzeln irritieren.

Das Tor geht auf, Dios betritt den Hof. Ihr orangefarbener Overall ist frisch gewaschen und gebügelt, die schwarzen Haare wirken glatt und geschmeidig, als wären auch sie gebügelt. Ihre Augenbrauen sind frisch nachgezogen. Sie sieht aus, als stammte sie aus einem ganz eigenen Ökosystem. Kurz bleibt sie stehen und schaut sich um, macht sich ein Bild von der Lage. Normalerweise führt Dios' Erscheinen zu einer Veränderung der Stimmung, zur kollektiven Erwartung von drohendem Ärger. Aber niemand rührt sich oder weicht zurück. Die Frauen im Hof sehen sie einfach ungerührt an, eine Herde rehäugiger Tiere, die sich um ihren eigenen Kram kümmern.

Dios betrachtet eine Gruppe nach der anderen und hält nach einem Platz Ausschau. Dann durchquert sie den Hof, eine Riesin auf dem Weg zu einem leeren Picknicktisch ohne jeden Schatten. Man muss nicht mal die Augen zusammenkneifen, um die Schichten von flimmernder Hitze über dem Metall zu sehen, durch die der Blick auf den Hof getrübt wird.

Sie singt einen ihrer Narcocorridos: »Cuando se enojan son fieras / Esas caritas hermosas.«

Über den Hof legt sich eine kolossale Stille, nur das Scharren von Dios' Füßen im trockenen Staub ist zu hören.

Dios hat den halben Weg zum Picknicktisch zurückgelegt, als plötzlich vier Frauen auf sie losgehen. Dios hat keine Chance zu reagieren. Florida sieht, wie eine Faust ihren Wangenkochen trifft, wie die Haut aufplatzt und Blut herausspritzt. Der nächste Schlag reißt ihre Lippe auf. Eine kräftige Links-rechts-Kombination schleudert ihren Kopf hin und her.

Dios schüttelt sich und tritt einen halben Schritt zurück. Sie spuckt Blut und wischt sich über den Mund. Ihre Wange ist blutverschmiert, die Lippe lila und purpurrot. Wieder spuckt sie aus. Diesmal fällt ein Zahn in den Sand. Ihre Stirn ist blutbespritzt. Grimmig nimmt sie die um sie herumstehenden Frauen in den Blick, schätzt sie ab, fordert sie mit schnellem Blick und vorgeschobenem Kinn zum Weitermachen heraus. Dann leckt sie sich das Blut von den Lippen, beißt die Zähne zusammen, ballt die Fäuste und schlägt sich ein einziges Mal auf die Oberschenkel. Aber die Arme hebt sie nicht.

Die Frauen um sie herum halten inne und wechseln Blicke. Man könnte eine Stecknadel fallen hören. Als Dios nicht zum Gegenangriff übergeht, attackieren die Frauen sie erneut.

Dios' offene Haare geben ein dankbares Ziel ab. Florida sieht, wie eine der Angreiferinnen die Faust um ein Bündel der glatten Strähnen schließt und ruckartig an ihnen zieht. Dios' Kopf wird in den Nacken gerissen, das Kinn ragt nach oben. Ihre Füße verlieren den Halt und wirbeln eine Staubwolke auf.

Sie geht hart zu Boden. Ihr Kopf prallt wieder hoch, die Haare sind mit Staub bedeckt. Zwei der Frauen gehen in die Knie und wirbeln noch mehr Staub auf. Die Angreiferinnen umzingeln sie, landen Treffer mit Händen und Füßen, sodass Dios hin- und hergeworfen wird. Schuhe attackieren ihre Beine, ihre Fäuste, den Bauch.

Die Zeit scheint langsamer zu vergehen, die Prügel markieren eine Auszeit, in der die Gefängnisregeln nicht gelten. Um die Frauen herum ist die Luft von Blut, Schweiß und Staub erfüllt.

Dios ist wie eine Stoffpuppe, die jeden Schlag und Tritt einsteckt. Sie hebt nicht die Hände, um zurückzuschlagen oder sich zu wehren. Sie krümmt sich nicht unter den Treffern. Falls ihre Angreiferinnen von der mangelnden Gegenwehr überrascht sind, mindert das die Brutalität ihres Angriffs nicht.

Eine der Frauen tritt Dios in die Wange. Ihr Kopf dreht sich zur Seite, sodass sie Florida direkt ansieht. Ihre Lippen sehen aus wie zwei dicke Blutegel. Eine ihrer Augenbrauen ist mit Blut und Staub verkrustet. Das linke Auge erinnert an eine vergammelte Pflaume, matschig und violett. Aber auch wenn Florida es nicht beschwören könnte, wirkt der Ausdruck in ihrem anderen Auge, das bisher von den Prügeln verschont geblieben ist ... befriedigt. Just in diesem Moment wird das Auge von einer Faust erwischt.

Das Pfeifen auf dem Wachturm klingt wie ein Signal aus einer anderen Welt. Auf dem Hof ist die Hölle los – Frauen feuern von außen an, Wärter brüllen, eine der immer noch auf Dios einschlagenden Frauen hustet und brabbelt vor sich hin, Dios selbst keucht erstickt. Ihr T-Shirt ist zerfetzt. Eine Brust hängt heraus.

Drei Schließer eilen hinzu. Florida ist von ihrem Auftauchen so überrascht, dass sie sich gar nicht fragt, warum sie nicht viel früher erschienen sind.

Bevor die Wärter bei ihnen sind, ziehen die Frauen sich zurück, als seien sie bereit für das, was jetzt passiert. Sie wehren sich nicht und lassen sich widerstandslos ihrer Strafe entgegenführen. Ein paar Zuschauerinnen applaudieren ihnen.

Florida erkennt zwei der Wärter, aber der dritte ist neu. Ein junger Anfänger mit länglichem Gesicht, einem so akkuraten Bürstenschnitt, dass man ein Buch darauf balancieren könnte, dünnem Schnurbart und blau getönter Sonnenbrille. Er hat einen Bauch, die Bewegungen wirken trotz seines Alters schon schwerfällig. Die Art, wie er Dios' blutiges Gesicht anstarrt, verrät, dass er neu im Job ist – als könne er sich noch nicht vorstellen, dass Frauen einander so etwas antun. Dann wandert sein Blick hinunter zu ihrer entblößten Brust. Er geht in die Hocke und bedeckt sie demonstrativ. Aber der ganze Hof bekommt mit, dass seine Hände sich mit Dios' Brust Zeit lassen, dass er sie begrapscht wie angestoßenes Obst, ehe er sie umständlich und langsam wieder zurück unter ihr T-Shirt schiebt.

Dios spuckt aus. Der Neuling erhebt sich und schiebt sich die Brille wieder auf die Nase. Dann nimmt er sein Funkgerät vom Gürtel und sagt: »Sanitäter.«

Dios' Kopf kippt nach hinten. Eine seltsame Stille liegt über dem Gefängnishof, der Nachhall eines Gewaltausbruchs, das Innehalten nach einem Unfall. Nur das Summen des Elektrozauns ist zu hören.

Die Fliegen kommen schnell. Sie umkreisen Dios' Gesicht wie ein Heiligenschein. Florida tritt ein Stück vom Zaun weg, um die Zerstörung in Augenschein zu nehmen.

Dios sieht aus, als wäre ihr Gesicht auf links gedreht. Aber sie ist bei Bewusstsein, ihre Lippen bewegen sich.

Florida tritt noch näher. Dios singt mit heiserer, erstickter Stimme.

Wenn sie wütend werden, sind sie wilde Tiere,
diese wunderschönen Gesichter.

Sie holt rasselnd Atem, der durch ihre neue Zahnlücke pfeift. Dann schluckt sie und fixiert Florida mit ihrem weniger in Mitleidenschaft gezogenen Auge.

Ein Abendessen noch. Dann war's das. Ihr letztes Essen hinter Gittern. Danach kann sie wieder kauen, statt das babyweiche Essen in sich hereinzuschlürfen. Und ein richtiges Messer benutzen.

»Sie holen dich frühmorgens ab«, sagt Kace. »Ein letztes Machtspiel. Sie wecken dich auf, als wäre es deine Schuld, dass du gehen musst. Meine letzte Zellengenossin, die rauskam, haben sie vor dem Morgengrauen geholt. Haben ihren Arsch aus dem Bett geschafft, weil sie es noch ein letztes Mal durften. Und mich gleich auch geweckt, wo sie schon mal dabei waren. Bis zu dem Moment, wo das Tor sich hinter dir schließt, zeigen sie dir, wer das Sagen hat. Ihr Haus, ihre Regeln.«

»Aber ab morgen ist es nicht mehr mein Haus«, sagt Florida.

»Dann genieß deine letzte Mahlzeit.«

Bis zum Essen sind es noch zwanzig Minuten. Florida sitzt auf Kace' Bett, während Kace oben hockt und durch das kleine, zerkratzte Fenster starrt. »Echt schräg, wie wichtig dir dieser Blick ins Nichts war. Man kann ja überhaupt nichts sehen.« Sie drückt die Nase gegen das dicke, trübe Plastik.

»Jetzt gehört er dir.«

»Wenigstens hattest du einen Baum.« Kace stößt mit dem Kopf gegen das Fenster. »Mist, dass ich die Show gestern verpasst hab«, sagt sie.

Kace schaut auf den Hof, den Kopf ans Fenster gepresst, als versuche sie zu sehen, was ihr am Tag zuvor entgangen ist. »Sie haben sie richtig erwischt, stimmt's? Ihr Gesicht in allen möglichen Farben bemalt?«

»Einen Zahn hat sie ausgespuckt«, sagt Florida.

»Einen Zahn«, wiederholt Kace genussvoll. »Einen Zahn. Da dringt die Infektion ein.«

»Einen Backenzahn«, behauptet Florida, obwohl sie nicht die geringste Ahnung hat.

Kace schüttelt langsam den Kopf. »Muss ein toller Anblick gewesen sein, wie Dios verprügelt wird. Mir hätte es gefallen. Nachdem sie jahrelang damit geprahlt hat, wie hart sie ist, hätte ich sie gern schwach und lahm erlebt. Die ganze Zeit wollte sie uns einreden, sie wäre eine Killerin, dabei war sie in Wirklichkeit nur hier, weil sie sich mit einem reichen weißen Jungen angelegt hat. Egal, muss eine hübsche Schlägerei gewesen sein. Eine Mordsschlägerei.«

»Fair war es allerdings nicht.«

»Was soll daran nicht fair gewesen sein?«

Florida legt sich auf den Rücken, starrt hinauf auf die Unterseite ihrer eigenen Matratze und atmet Kace' Geruch nach alten Klamotten ein. »Man sollte keinen fertigmachen, der sich nicht wehren darf. Sie wussten Bescheid.«

»Das wäre eine Geschichte. In Einzelhaft zu sitzen, wenn deine Entlassung ansteht. Ich wette, sie würden dich da drin schmoren lassen. Dich vielleicht sogar da drin vergessen.«

»Siehst du?«, sagt Florida. »Fair ist das nicht.«

Kace dreht sich um und kratzt die Kobra, die sich den Hals hinauf zu ihrem Schädel schlängelt. »Was verstehst du schon von fair?«

Florida ist verwirrt, weil sie das Bedürfnis verspürt, sich alles ein letztes Mal anzuschauen. Als würde dieser Ort sich nicht sowieso in ihr Gedächtnis einbrennen. Aber es lässt sich nicht vermeiden, jedes letzte Mal zu registrieren – den Weg durch den Gang zum Abendessen, das letzte Tablett, das letzte Mal, dass das Essen auf den Teller geklatscht wird, die letzte Suche nach einem sicheren Platz.

Bald werden weitere letzte Male folgen – das letzte Durchzählen, das letzte Löschen der Lichter, der letzte Schlaf.

Kace ist in der Zelle geblieben, um dort zu essen. Also nimmt Florida ihre letzte Mahlzeit allein zu sich.

Der Raum ist nicht mal bis zur Hälfte gefüllt. Mel-Mel sitzt über einen Tisch gebeugt, der Verband an ihrer Wange schlabbert beim Kauen hin und her. Ein paar Alteingesessene hocken zusammen in der Nähe der geöffneten Tür, wo sie mehr frische Luft bekommen.

Florida schiebt ihr Tablett ans Ende von Mel-Mels Tisch. Sie setzt sich nicht direkt zu der sanften Riesin, ignoriert sie aber auch nicht. Mel-Mel isst zusammen mit ihrer Zellengenossin Tracy, einer kleinen, zerbrechlich wirkenden Frau, deren manisches Geplapper Kace' Geschwätz locker in den Schatten stellt.

Heute Abend reden sie beide nicht, sondern arbeiten sich durch ihr Essen, als sei es einfach nur eine weitere Sache, die es zu überleben gilt. Plötzlich hebt Mel-Mel ruckartig den Kopf vom Teller und schaut zur Tür. Tracy dreht den dünnen Hals und präsentiert Florida ein Netzwerk aus Adern und Sehnen. Florida folgt ihren Blicken und sieht, dass Dios sich an der Essensausgabe anstellt.

Ihr Gang ist steif, aber stabil. Sie hält eine Hand an ihrer Seite, um irgendeine verletzte Stelle an ihren Rippen zu schützen. Jeder Schritt bereitet ihr Schmerzen, aber sie bemüht sich, nichts davon zu zeigen. Ihr blaues Auge ist komplett zugeschwollen, die Lippen sind cartoonmäßig aufgebläht. Eine Wange ist dick und glänzt, eine tiefe Wunde mit Steri-Strips geschlossen.

Als sie das Tablett nimmt, geht ein Ruck durch ihren Körper, eine Welle von Schmerzen, die sie ausbremsen. Aber Dios kämpft sich hindurch. Sie lässt sich vom Küchenpersonal den Teller füllen, hebt dann das Tablett hoch, dreht sich steif und unter Schmerzen um und macht sich auf die Suche nach einem Sitzplatz.

Florida hat das Gefühl, einer Seiltänzerin zuzuschauen. Einerseits hofft sie, dass Dios es ohne Zwischenfall zum Tisch schafft, andererseits spürt sie eine prickelnde Erregung bei der Vorstellung eines Unglücks.

Während Dios zu einem freien Stuhl geht, scheint die ganze Cafeteria den Atem anzuhalten. Von dem entstellten Gesicht etwas abzulesen, fällt schwer – Grimasse oder Grinsen? Aber ihr Gang verrät Stolz. Kein Zweifel. Sie hält kurz inne, dann stellt sie das Tablett ab und setzt sich an den ansonsten leeren Tisch.

Dios – immer im Zentrum der Aufmerksamkeit. Selbst jetzt in ihrer Niederlage.

Dann erheben sich auf einmal sämtliche Frauen mit Ausnahme von Florida und verlassen den Raum. Sie kehren ihrer Peinigerin den Rücken, lassen ihre halb gegessenen Mahlzeiten samt Tabletts stehen, verletzen die Regeln und riskieren Strafen. Das alles, um ihre Botschaft zu unterstreichen.

Florida isst auf. Dass es die letzte Mahlzeit ist, hat sie schon beinahe vergessen. Dann rückt sie den Stuhl vom Tisch ab, ohne Dios aus den Augen zu lassen.

Wer ist hier das Opfer?, fragt sich Florida.

Schaut sie euch an. Schaut euch an, wie sie mit Mühe ihr Essen zu sich nimmt. Wie sie behutsam die Gabel hebt, als wäre die Luft ringsum mit Stacheln gespickt. Schaut euch an, wie sie noch immer so tut, als stünde sie über allem drüber. Aber für wen? Denn es ist niemand mehr hier, den es interessieren würde. Schaut euch an, wie sie beim Schlucken zusammenzuckt und ihre Überlegenheit ein letztes Mal zur Schau stellen will. Schaut sie euch an, denn nach dem heutigen Abend könnt ihr sie nicht mehr anschauen.

Florida steht auf, geht zum Ausgang und blickt über die Schulter hinweg auf die einsame Gestalt – ein Farbkreis in Lila-, Schwarz- und Blautönen.

»Du hast meine Frage noch nicht beantwortet«, sagt Dios.

Aber das ist egal. Es ist zu spät.

Die Tür zur Cafeteria fällt zu.

Das war's.

Noch ein letztes Mal.

KACE Sie mögen zum Tor hinausmarschiert sein. Aber das ist nicht die ganze Geschichte.

Lassen Sie mich zurückspulen und erzählen, wie alles angefangen hat.

Nämlich am heißesten Tag des Jahres 2019, Anfang Oktober. Als ein Husten noch ein verdammtes Husten war und nicht Todesurteil und Mordwaffe in einem.

Es fing mit einer Sonne an, die so hoch stand und so gnadenlos herunterknallte, dass der Himmel eine einzige weiße Brandblase war – das von metallenen Oberflächen reflektierende Licht versengte fast die Augen.

Es fing an, als die ersten Frauen in der erstickenden Hitze dort drinnen zusammenbrachen.

Dann brachen Frauen in dem Glutofen draußen zusammen.

Dann verfärbten sich die Lampen von Gelb zu Braun.

In der Ferne krach-krach-krachten die Sommerblitze.

Das unentwegte Summen des hohen elektrischen Zauns im Hof wurde lauter und schließlich schwankend wie das Rauschen eines Radios. Lauter und lauter, bis es mit einem Zischen verstummte.

Es fing damit an, dass auf dem Hof plötzlich Stille herrschte. Als wir alle das bemerkten, fühlte es sich an, als hätten wir zu enge Schuhe ausgezogen. Eine richtige scheiß Stille. Beängstigend leise ohne dieses Summen, das wir alle nach der ersten Nacht hier auszublenden gelernt hatten.

Dann trieben uns das Drucklufthorn und die Sirenen wegen des Spannungsabfalls nach drinnen. Alle fluchten, als wir von einer Art Hitze in die andere mussten und, schlimmer noch, unsere zusammengepferchten Leiber uns gegenseitig zu ersticken drohten.

Wir waren fast zurück in unseren Zellen, die Lampen flackerten, kämpften mit dem überlasteten Stromnetz, klammerten sich ans Leben.

Die Zellentüren waren fast geschlossen, die meisten von uns dort, wo sie sein sollten.

Aber bevor die Türen endgültig verriegelt waren, wurde aus dem Spannungsabfall ein richtiger Stromausfall.

Im Gefängnis wurde es dunkel.

Das einzige Licht fiel durch unsere kleinen, verschmierten, zerkratzten Fenster. Eigentlich konnte man kaum von Licht reden.

Ich schaute durchs Fenster hinaus. Der Zaun stand in Flammen. Blaue elektrische Funken schossen zum Himmel. Die Ersatzgeneratoren wollten nicht anspringen.

Wir saßen auf unseren Betten. Wir wanderten über die Galerien, wo die rote Notfallbeleuchtung dämonisch schimmerte. Wir waren nicht zu kontrollieren – unsere Türen ließen sich ohne Strom nicht mehr verriegeln. Die Wärter zogen ihre Schutzanzüge an und trieben uns in die Zellen. Aber sie konnten uns dort nicht festhalten.

Nebenan, in der Zelle von Dios und Tina, begann Tina zu schreien.

»Halt's Maul, halt's Maul, halt's Maul«, sagte ich und hämmerte gegen die Wand.

Florida legte mir eine Hand auf den Rücken. »Schsch, Kacey-Kace.«

»Bring diese Bitch zum Schweigen«, sagte ich.

Wir waren zu viele, sie zu wenige. Es wurde Nacht. Die Hitze wurde schlimmer. Wir kochten in den Zellen vor uns hin, Gestank und Schweißgeruch erfüllten die Luft. Die Dunkelheit war dicht, ein Stoff, den man mit den Fingern durchkämmen konnte.

Eine Stunde lang herrschte unbehagliche Stille – Flüstern und Abwarten –, dann brach sich die Erkenntnis Bahn, dass das Gefängnis uns gehörte.

Es war stockdunkel. Hundert Stimmen gleichzeitig. Kein Radio, kein Fernseher. Auf den Galerien brach ein Sturm von Stiefeln los. Das Klappern von Metall. Das Poltern von Stangen und Bettrahmen. Ein Schrei. Und noch einer.

Es war Tina, sie schrie und schrie. Ich schrie zurück.

Das ganze Gefängnis redete in Zungen.

Der Geschmack von Blut lag in der Luft.

Dios ging von Zelle zu Zelle, die Finger am schneller werdenden Puls des Gefängnisses. Die ganze Zeit sang sie ihre verdammten Narcocorridos, sang von Tod und Zerstörung.

Irgendwo brach eine Prügelei los.

Gefangene gegen Gefangene. Wärter gegen Gefangene. Weiß der Teufel, wer es war. All die Stimmen in meinem Kopf, immer lauter. Mein eigenes Opfer und all die anderen, die meine Mitgefangenen auf dem Gewissen hatten. Alle und alles gleichzeitig.

Irgendwo heulte eine Sirene.

Jemand rief nach einem Arzt. Und noch jemand.

Eine nach der anderen fühlten wir uns aufgelöst und entfesselt.

Tina, Floridas frühere und Dios' jetzige Zellengenossin, lief vor den Zellen herum und schrie aus vollem Hals. Riss sich die Kleider vom Leib. Nannte uns Mörderinnen.

»Lass diese Bitch dafür bezahlen«, sagte ich zu Florida.
»Immer mit der Ruhe, Kace«, sagte sie.

Überall wurden Komplotte geschmiedet. Pläne. Es gab offene Rechnungen. Der Ärger würde nicht lange auf sich warten lassen.

Frauen trieben es im Dunkeln, wo niemand zusah. Stöhnen vor Schmerz und vor Lust. Der Geruch von Schweiß und Sex und Blut.

Frauen, die sich zurückholten, was rechtmäßig ihnen gehörte. Die sich holten, was sie haben wollten und sonst niemals bekommen hätten.

Ein Schlag in die Magengrube. Ein Tritt in die Rippen. Weinen. Schluchzen.

Mein eigenes manisches Lachen. Und Florida, die davor zurückweicht.

Ich hatte Angst. Vor der scheiß Dunkelheit und vor all den Stimmen. Plötzlich drückte Dios ihre Lippen an mein Ohr. *Du kannst eine Lady kaltmachen, aber mit der Dunkelheit kommst du nicht klar?* Dann verschwand sie wieder im Chaos.

Rasch war ich aus meiner Zelle raus, ich lief und lief. Lief blind durchs Gefängnis, wurde angerempelt und gestoßen. Ich stieß gegen Geländer, andere Gefangene und Wärter, die mich zurück in die Zelle brachten, von wo ich wieder abhauen konnte.

Acht Stunden, niemand schlief. Wir alle waren vom Gefühl neuer Möglichkeiten wie aufgedreht, von der Gefahr berauscht. Wir waren erhitzt und verwirrt.

Die ganze Nacht hörte ich immer wieder Tinas Stimme. Die Klagen einer Banshee. Flüche und Anschuldigungen. Ich hörte sie Verbrechen gestehen, die sie nicht begangen hat.

Bringt sie endlich zum Schweigen.
Zeigt der Bitch, wo es langgeht.

Nach meiner Bemerkung wollten sie nun alle zum Schweigen bringen.

Gerüchte über Tod, Brutalität und Vergewaltigung. Gerüchte über weitere elektrische Brände. Über Todesfälle durch Stromschläge. Gerüchte über eine niemals endende Dunkelheit.

Dios' Augen glitzerten im Licht einer Taschenlampe, als sie zusah, wie ein Wärter eine Frau mit seinem Schlagstock prügelte. Dios trat zur Seite, um Platz zu machen, als die Frau weggetragen wurde.

Ich hielt mir die Ohren zu, aber in meinem Kopf und draußen waren zu viele Stimmen. Ich starrte aus dem Fenster und wollte die Sonne mit meiner Willenskraft zum Aufgehen bewegen.

Florida war weg. Eben noch hatte sie auf ihrem Bett gelegen, jetzt war sie verschwunden. Meine superbrave Zellengenossin hatte sich dem Wahnsinn angeschlossen, als wolle sie beweisen, dass Verrücktheit ansteckt.

Sie übernahmen die Kantine.

Sie übernahmen die Gemeinschaftsfläche.

Sie warfen den Fernseher ein.

Jemand hatte ein Radio mit Handkurbel. Zu viele Frauen quetschten sich in ihre Zelle und versuchten, Nachrichten über den Stromausfall und den Aufstand zu finden.

Es war schrecklich heiß. Heißer als heiß. Die Luft war so knapp, dass ich spürte, wie der letzte Rest Sauerstoff aus meinem Hirn gewrungen wurde.

Wieder Tina. Jedes Mal übertönte ihre Stimme das Unwetter. »Sie lassen uns sterben. Sie lassen uns in Ruhe, weil wir Mörderinnen sind und uns ruhig gegenseitig umbringen sollen.«

Halt's Maul.
Sprich über dich selbst.
Ich hab niemanden ermordet.
Ich hab keinem Dreckskerl was angetan.

»Halt's Maul.« Floridas Stimme. »Sei endlich still, Tina. Geh in deine Zelle zurück.«

Weitere Wärter tauchten auf.
Weitere Schutzanzüge.
Weitere Sirenen.

Einige Frauen hatten sich in der Kantine festgesetzt und die Vorräte geplündert. Gestohlen und gegessen und ihre Ansprüche angemeldet.

Dios beobachtete zwei Frauen, die im roten Schimmer der Notfallbeleuchtung auf eine dritte einschlugen. Als Blut floss, setzte sie ein Lächeln auf.

Schüsse. Der elektrische Stachel eines Tasers. So viel Rufen und Jammern.

Im Geschoss unter uns gab es eine Schlägerei. Jemand wurde gegen das metallene Geländer gequetscht. Das Brechen eines Knochens. Eine Zeit lang schrie eine Frau, dann verstummte sie. Für einen Moment herrschte Stille. Dann brach das Chaos wieder los.

Tina schrie und schrie. Diesmal keine Worte, bloß Laute.

Halt's Maul, verdammt. Das war ich wieder, *Halt's Maul, Halt's Maul, verdammt.* Ich war bereit, sie auf der Stelle umzubringen, wenn sie nicht aufhörte, diesen Wahnsinn noch weiter anzuheizen.

Ein neues Gerücht – zusätzliche Wärter, vielleicht sogar die Nationalgarde. Schnell, zurück in eure Zellen.

Allgemeines Gerenne.

Der Strahl eines Suchscheinwerfers drang ins Gefängnis und tastete sich forschend durch das Dunkel.

Wieder Schläge, ganz in der Nähe. Ich spürte jeden Schlag, als ginge er auf meinen eigenen Körper nieder. Ich spürte, wie mir unter den Schlägen die Luft wegblieb.

Tina verstummte. Wurde auch verdammt Zeit.

Ich war wieder draußen auf der Galerie – ging von Zelle zu Zelle und ließ mir angesichts der bevorstehenden Ausgangssperre Zeit. Denn wenn sie uns erst in die Zellen geschafft hatten, würden sie uns einen Monat lang nicht mehr rauslassen.

Die um das Radio gedrängten Frauen zerstreuten sich.

Die Kantine leerte sich.

Der Suchscheinwerfer fing auf meiner Galerie Blut ein, schwarze blutige Schlieren. Eine richtig lange Spur. Eine Schleifspur.

Das Licht zog weiter.

Im Dunkeln folgte ich der Blutspur. Ich konnte nicht anders.

Schauen Sie, so ist das mit mir. Ich hab ja schon gesagt, dass ich eine Bibliothek aus Stimmen in mir hab. Sämtliche Opfer der Frauen in diesem Gebäude kommen und nisten sich in meinem Kopf ein. Ich ehre die Toten. Die Toten von Ihnen, die Toten von ihr – ganz egal. Ich tue das, was Sie vergessen, was Sie übersehen. Wo Sie es vergessen, kümmere ich mich darum, denn ich hab keine Wahl.

Ich kam an der Zelle von Dios und Tina vorbei.

Ich kam an meiner Zelle vorbei, an Florida, die nägelkauend in der Tür stand und mich mit einer abgefuckten Panik anschaute, die ihr der Aufstand ins Gesicht geschrieben hatte.

Ich kam an Dios vorbei, die mit dem Rücken zur Wand zwischen zwei Zellen stand.

Das Licht des Suchscheinwerfers schwenkte herüber. Er fiel auf die hinter mir liegende Galerie, auf Florida, dann auf Dios und zuletzt auf Tina.

Im kurz aufblitzenden weißen Licht sah ich sie, zerquetscht und zerstampft. Ihr Gesicht violett wie eine Pflaume. Ihre Augen blicklos. Ihr Mund in endgültiger Reglosigkeit erstarrt. Sie sah so kaputt aus, dass sie jenseits von kaputt war. Bis zur Unkenntlichkeit geprügelt. Und weit darüber hinaus.

Ich legte eine Hand vor den Mund und wandte mich ab.

Dios stellte sich mir mit verschränkten Armen in den Weg. Ihre grünen Augen leuchteten sogar im Dunkeln. »Du weißt nichts«, sagte sie. »Du weißt nicht mal, was du nicht weißt.«

Jetzt wissen Sie also, wie es angefangen hat. Und wenn Sie das hier lesen, sind die beiden wahrscheinlich nicht mehr da, sondern in die große weite Welt entlassen. Dann bewegen sie sich frei, nur ihrem eigenen Willen folgend. Und das sollte genügen. Aber Sie wissen, dass die Geschichte damit nicht aufhört. Sie wissen, dass ihr Weg nicht über einen fünfspurigen Highway ins Glück führt, das sie hier nicht genießen konnten. Die beiden würden den leichten Weg nicht mal finden, wenn er mit einem fetten roten »X« markiert wäre.

Marta sagt, sie kommen niemals zurück, aber die Bitch weiß nicht, was sie redet. Sie liegt gründlich falsch.

Wir bringen sie mit uns her. Und wenn wir gehen, lassen wir sie zurück. Sie sind der Magnet, der uns wieder anlockt. Unsere Toten, meine ich. Wir bringen sie hier herein und vergessen sie, wenn wir wieder gehen.

Diese Frauen mit ihren vorzeitigen Entlassungen mögen fort sein, aber sie sind immer noch hier, wenigstens zum Teil.

Sie haben ihre Dämonen hiergelassen – ihre Toten, die sie Nacht für Nacht heimgesucht hatten.

Vielleicht haben Sie Dios und Florida und ein paar andere durchs Tor gehen sehen. Vielleicht haben Sie darüber gejubelt. Vielleicht ist Ihnen das Herz aufgegangen, weil die beiden ihre zweite Chance vorzeitig auf dem Silbertablett serviert bekamen. Das Problem ist, dass ich jetzt hier mit diesen wütenden Hippies sitze, die Florida in der Wüste gegrillt hat. Ich sitze hier mit dem Lover meiner zweiten Zellengenossin, den sie seinem Schicksal überlassen hat.

Und ich sitze hier mit Tina. Mit Dios' Tina.

Als würde ich zu allem Überfluss auch noch Tina brauchen.

Aber sie alle wollen gehört werden.

Also höre ich zu.

Dios hat teilweise recht. Glauben Sie nicht, dass man draußen neu geboren und rehabilitiert wird. Keine Chance. Aber andererseits ... Halten Sie sich nicht für besser als das, was Sie getan haben. Begehen Sie nicht Dios' Fehler. Werden Sie nicht hochmütig. Anmaßend. Glauben Sie nicht, Sie seien zu Großartigerem berufen als wir anderen – seien es die Lebenden oder die Toten.

Am Ende wird ihre Arroganz auf Dios zurückfallen.

Das hat Marta mir gesagt. Und ich glaube ihr.

Mir ist klar, dass Sie mich für verrückt halten, weil ich Marta zuhöre. Sie würden mich für noch verrückter halten, wenn ich die Worte aller wiederholen würde, mit denen ich hier festsitze. Tote Ehemänner, Lover, Kinder, Freundinnen, Rivalinnen. Die Kollateralschäden all Ihrer Missgeschicke.

Also halte ich mich ab jetzt an Marta und bringe die anderen zum Schweigen.

Auf jetzt, Ladys, lasst mich hier in meiner verdammten Wortsuppe schmoren. Geht hinaus und schaut euch nicht mehr um.

Eins will ich noch sagen. Geister machen mehr als geistern. Sie spuken nicht bloß herum. Das kapiert Ihr alle nicht, Ihr habt es noch nie kapiert.

Wenn du jemanden tötest, wird sie ein Teil von dir. Wie sollte es auch anders sein? Wenn du ihr das Leben nimmst, wo bringst du es hin? Glaubst du, du kannst es entsorgen wie eine Tatwaffe oder ein unliebsames Beweisstück? Was für ein Blödsinn.

Dios kommt zurück. Das hab ich Tina schon gesagt.

Sie kommen nie zurück? Vergiss es, Marta. Sie gehen niemals weg.

FLORIDA Draußen vor dem Tor, und nichts verändert sich. Dieselbe Wüste. Dieselbe Hitze. Dasselbe sengende Flimmern und dasselbe ins Nichts führende Nichts. Würde sie nicht das metallische Geräusch des sich schließenden Tores hinter sich hören, wäre der Unterschied zwischen hier und dem Gefängnishof kaum spürbar.

Florida trägt vom Staat gestellte Zivilkleidung. Socken und Unterwäsche fühlen sich wie Sandpapier an. Ihre Jeans ist zu steif und zu dick für diese Hitze. Das T-Shirt sieht aus wie im Knast gebügelt, die vom Staat gestellten Stiefel sind eine halbe Nummer zu groß. Sie hat eine kleine Tasche mit den Klamotten, die sie bei ihrer Ankunft getragen hat, und mit den nötigsten Toilettenartikeln. Ihre alte Jeans ist viel zu weit, ihr idiotisches T-Shirt bauchfrei und nutzlos. Sie trägt eine Bankkarte in der Tasche, auf die ihr Überbrückungsgeld und der Rest ihres Hausgelds aufgeladen wurden. Die Nummer ihres Bewährungshelfers steht auf einem Blatt Papier, aber sie hat kein Handy, mit dem sie ihn anrufen könnte. Weil sie niemanden hat nennen können, der sie zu dem ihr zugewiesenen Hotel für die zweiwöchige Quarantäne hätte fahren können, wartet sie jetzt auf ein Auto von Wheels of Hope.

»Florence Baum?« Das Beifahrerfenster eines älteren Prius-Modells wird heruntergelassen. Am Steuer sitzt eine Frau mittleren Alters, deren Gesicht weitgehend hinter einer zerkratzten Sonnenbrille und einer OP-Maske verborgen ist. »Ich heiße Maureen. Steigen Sie bitte hinten ein.«

Sie verlässt den Knast, wie sie gekommen ist – auf dem

Rücksitz, von einer fremden Person gefahren und auf dem Weg an einen Ort, den sie sich nicht ausgesucht hat.

Maureen reicht Florida eine Maske, dann spritzt sie sich ein Desinfektionsmittel mit Zimtaroma über die Hände. »Willkommen zurück. Ein großer Tag.« Ihre Stimme klingt streng. »Ein neuer Start«, fügt sie noch hinzu. Der Wagen setzt sich in Bewegung und lässt das Tor hinter sich.

»Das hab ich schon mal gehört.«

Florida hasst das leise Dahinrollen von Hybridfahrzeugen – wie sie sich in Gutmenschenstille an einen heranschleichen. Es fühlt sich kaum wie Fahren an.

»Das Leben ist voller Rückschläge«, sagt Maureen. »Aber wir kommen über sie hinweg.«

»Tatsächlich?« Florida wirft einen Blick über die Schulter, nur um sicherzugehen, dass sie wirklich von der Stelle kommt.

Es ist trostlos – eine ausgebleichte Landschaft mit viel Nichts. Verlassene Malls, leere Einkaufszentren, Parkplätze über Parkplätze über Parkplätze ohne ein einziges Auto.

Das hier ist nicht die Stadt. Sondern ein Vor-Vor-Vorort – ein Niemandsland. Es fällt schwer, sich hier Menschen vorzustellen. »Nette Gegend«, sagt sie.

»Wollen Sie Radio hören?«

»Ich will Stille.«

»Dann kommen Sie die zwei Wochen im Motel sicher zurecht«, sagt Maureen. »Falls Sie danach Hilfe bei der Unterbringung brauchen, schauen Sie in unsere Broschüre. Falls Sie Hilfe bei der Wiedereingliederung brauchen.«

»Wiedereingliederung?«

»In die Gesellschaft. Ins Arbeitsleben. Wir bieten Hilfe an – Jobtraining, Lebensläufe. Unterkunft.«

Sie kommen an einem dichtgemachten Dauerflohmarkt vorbei, einer staubigen Senke hinter einem Maschendrahtzaun, wo noch einzelne herrenlose Artikel herumliegen.

»Wie läuft es ab?«, fragt Florida. »Gibt es Zimmerservice?«

»Wir kümmern uns nur ums Fahren«, sagt Maureen. »Versorgt werden Sie von der Gefängnisbehörde.«

Pfandleihen und Schutt und die Reste halbfertiger Häuser. Verrammelte Restaurants und Cocktailbars und Kinos, von deren Vordächern sich große Buchstaben lösen. Sie nehmen die Interstate 10, für Floridas Geschmack in die falsche Richtung. Nicht zur Küste hin, wie sie es sich ausgemalt hatte, sondern tiefer in den Wüstenstaat hinein, der über ihr Schicksal bestimmt. Tiefer hinein in dieses festgebackene Land, das mit denselben kistenförmigen Läden und Restaurantketten gespickt ist, die man auch sonst überall findet. Nach einer Weile taucht in der Ferne die von Sonne und Staub getrübte Silhouette einer Stadt auf, wie eine geisterhafte Zivilisation.

Der Freeway ist leer. Die Einkaufszentren und Tankstellen und Gewerbegebiete und Fast-Food-Lokale ebenso – düstere Gewölbe, zum Stillstand gekommene Neonlichter, abgelaufene Sonderangebote.

Florida starrt in den Himmel und auf die Schilder mit Namen von Orten, in die sie nicht will. Auf die an Überführungen angebrachten Transparente, die ihr versichern: ZUSAMMEN SCHAFFEN WIR ES.

Nach einer halben Stunde biegen sie auf eine Straße, sie führt in eine Stadt, die Florida wie eine *Tetris*-Kulisse aus Wohnblöcken, menschenleeren Malls im typischen Stil des Südwestens und kleinen Gewerbegebieten mit trockengelegten Wasserspielen vorkommt.

Maureen nimmt eine breite Straße Richtung Norden, an

der eine Menge billige Kettenmotels um die knappe Kundschaft konkurrieren.

Das Motel heißt Sleep Away – ein schläfriger Halbmond auf einem flauschigen Kissen ziert das Logo. Dass es nur von motorisierten Besuchern genutzt wird und keine Gemeinschaftsräume hat, ist ein Vorteil, erklärt Maureen. Abstand und Isolation in Reinkultur.

Aus dem Swimmingpool wurde das Wasser abgelassen. Das Zugangstor ist mit einem Vorhängeschloss gesichert. Ein unordentlicher Stapel von Liegestühlen droht jeden Moment zu kippen.

Maureen hält vor der Rezeption, stellt den Motor aber nicht ab. »Hier lasse ich Sie raus.«

Florida sammelt ihre wenigen Habseligkeiten zusammen.

»Viel Glück«, sagt Maureen.

Florida betritt die kleine Rezeption. Eine junge Frau mit schwarz gefärbten Haaren und so vielen Piercings, dass ihr Gesicht zusammengetackert wirkt, schaut hinter einer Trennscheibe aus Plexiglas auf. »Haben Sie eine Reservierung?« Als könne sie es selbst kaum glauben.

»Wenn Sie es so nennen wollen«, sagt Florida.

»Oh, klar.« Die Frau kann nicht älter als zwanzig sein. Ein schwerer silberner Barbell zieht ihre Unterlippe herunter und gibt ihr ein gelangweiltes Aussehen. »Name?«

»Flo ... Florence Baum.«

»Florence. Ein schöner Name.«

»Ja«, sagt Florida. So heißt sie jetzt wieder. Aber wie sie angezogen ist, wo sie steht, wie sie sich fühlt – das alles macht sie weiterhin zu Florida, einer dreckigen Ex-Knastschwester in einer dreckigen Ex-Knastschwestern-Uniform.

Das Mädchen deutet auf ein Gestell an der Wand, an dem

die Schlüssel hängen. »Sie haben Nummer zwölf. Das Telefon können Sie für Ortsgespräche nutzen. Ihr Essen wird geliefert.«

»Wird es das?«

»Wenn nicht, dann hat sich bis jetzt jedenfalls keine von euch beschwert.«

»Von uns?«, fragt Florida.

»Sie wissen schon«, sagt die junge Frau.

Wie viele Schritte ist dieses Kind davon entfernt, »eine von euch« zu werden? Einen Drogendeal? Einen ungedeckten Scheck? Einen Griff in die hinter ihr stehende Kasse?

»Oh.« Die Frau sieht auf, in ihrem Blick liegt ein matter Glanz. »Sie dürfen Ihr Zimmer nicht verlassen.«

»Und wenn ein Notfall eintritt?«

»Über Notfälle weiß ich nichts.«

Das Zimmer ist exakt so, wie sie es sich vorgestellt hat. Florida ist klar, dass sie der Anblick eines Doppelbetts mit vier Kissen für sie allein erleichtern müsste. Die eigene Dusche sollte sie begeistern. Trotzdem kommt ihr das Zimmer schal vor, als würden im Teppich und in den Spiegeln die Geister früherer Gäste lauern.

Florida folgt den Anweisungen und greift zum Telefon, um ihren Bewährungshelfer anzurufen. Sie tippt ihre Kennnummer ein und wird durchgestellt. Sie beantwortet seine Fragen.

»Das war's dann?«, fragt sie.

»Bis nächste Woche.«

»Und dann?«

»Dann rufen Sie mich in der Woche darauf an und sagen mir, wo Sie eine Unterkunft gefunden haben.«

»Ich rufe einfach immer nur an?«

»Bis es sicher ist, sich persönlich zu treffen.«
»Kann ich mich in einen anderen Staat überstellen lassen?«
»Auf keinen Fall.«
»Und eine Erlaubnis zur Reise über die Staatsgrenze?«
»Sie dürfen das Zimmer nicht verlassen und wollen, dass ich Ihnen eine Reisegenehmigung erteile?«
»Wie ist es mit später?«
»Wie wäre es, wenn ich Sie erst mal ein bisschen besser kennenlerne, bevor es mit den Gefälligkeiten losgeht?«

Florida zieht sich aus. Das Duschwasser ist so unerwartet heiß, dass sie im ersten Moment zusammenzuckt. Sie gießt sich die ganze Miniflasche Haarspülung über den Kopf und spült sie erst aus, als das Wasser kalt wird. Nachher zittert sie in der kühlen, konservierten Luft und hüllt sich in ein Handtuch.

Sie bindet die Haare hoch, schaut in den Badezimmerspiegel und betrachtet in Ruhe das halbvertraute Gesicht, das ihr entgegenstarrt. Die Jahre haben Spuren hinterlassen. Unter ihrer Bräune schimmert noch die vom schlechten Essen verursachte Blässe durch. Die Sonne hat ihre Haut ausgedörrt und Falten hinterlassen, die sich von den Augen abwärts ziehen und auf ihren Wangen fast wirken, als würde sie lächeln. Die Industrieseife im Knast war nicht gut zu ihrer Haut. Die rauen Handtücher haben ein Übriges getan und eine spröde, glänzende Patina hinterlassen. Ihre Arme sehen schrecklich aus. Den bedauerlichen Tattoos hat sie noch Narben hinzugefügt – echte Geschichten neben den hochstaplerischen keltischen und japanischen. Ein Tattoo hat sie sich drinnen noch stechen lassen, eine römische Zahl rings ums Handgelenk, die für die Anzahl der Tage ihrer Haftstrafe steht. Ihre Haare sind zu einem farblosen Blond ausgebleicht.

Die Schatten haben jetzt die Stimmen von Kindern. Sie späht durch den Vorhang.

Drei Kinder – zwei Jungen und ein Mädchen in T-Shirts, die billigen, frechen Spaß versprechen. I Was Made for This, Up2NoGood, Sparkle Hard. Sind sie zehn, zwölf, vierzehn? Jedenfalls steigen sie über den Zaun zum Pool. Einer reicht den anderen ein ausgebleichtes Bigwheel-Dreirad hinüber.

Schon bald gehen ihre Stimmen im von den Poolwänden verstärkten Klappern des Plastikdreirads unter.

Florida tritt vom Fenster zurück, legt sich hin und schließt die Augen.

Die Kinder lärmen und brüllen.

Die Klimaanlage macht tickende und würgende Geräusche.

Der Himmel, der sich an den Vorhängen vorbeischleicht, wechselt die Farbe von Weiß über Gelb zu Pink.

Der Schrei eines Jungen dringt aus dem Pool, dann kracht das Dreirad gegen die Wand. Auf den Schrei folgt ein Lachen. Diesmal das Mädchen, denkt Florida. Einen Moment lang herrscht Stille. Dann der nächste Schrei – diesmal aus einem der Zimmer, jemand ruft, die Kinder sollen vorsichtig sein, sonst werde sie sie höchstpersönlich umbringen.

Floridas Abendessen wird abgestellt – eine im Wasserbadbehälter warm gehaltene Mahlzeit, auf der sich Dampf abgelagert hat. Im Bett auf dem Rücken liegend, isst Florida langsam.

Und die Zeit vergeht, wie sie es immer macht.

Sie kann nicht viel tun, um sich davon abzulenken, dass dieses Zimmer sich kaum von dem Motel unterscheidet, in dem sie sich mit Carter verkrochen hat, nachdem die Wüstenratten sie abgezockt hatten. Nachdem einer von ihnen seine Hand in ihre Hose geschoben und sie hochzuheben versucht hatte wie ein Sixpack. Sich im Bett wälzend und high hat sie zugehört – genau, nur zugehört! –, wie Carter getobt und geschwafelt hat, dass er übel abgezogen worden sei. Kein Wort darüber, was das Arschloch mit ihr gemacht hatte.

Hätte sie sich doch nicht vom Fleck gerührt.

Hätte sie ihn doch toben lassen.

Aber ...

Es gibt das, was passiert ist, und die offizielle Version dessen, was passiert ist. Die offizielle Version lautet, dass sie zugehört hat – nur zugehört –, wie Carter auf die Wüstenratten geflucht und seinen Racheplan geschmiedet hat. Dann ist sie ihm, leichtsinnig und high, zurück zum Trailer gefolgt, ohne zu wissen, was er vorhatte. Denn unter dem Einfluss von Carters MDMA war sie euphorisch bis zur Gleichgültigkeit. Woher hätte sie wissen sollen? Wie hätte sie begreifen sollen? Wie hätte sie meinen können, was immer sie möglicherweise gesagt hat?

Carter, der Anführer. Florida, seine unfreiwillige Komplizin. Das hübsche reiche Mädchen, das einfach mitgemacht hat.

Die Wahrheit: Sie hat darauf gebrannt, wieder am Steuer zu sitzen. Sie hat darauf gebrannt, aus dem Hotelzimmer zu kommen. Mit jeder Faser ihres Körpers hat sie darauf gebrannt.

Unter dem Einfluss der Drogen hat sie etwas tun wollen, fahren wollen. Schnell fahren wollen.

Sie hat den Motor laufen lassen, während Carter mit einer Flasche voll Benzin aus dem Jaguar gestiegen war. Sie hat ihm das Streichholz gereicht und zugesehen, wie er es an das Stück Kopfkissenbezug hielt, das aus dem Hals der Flasche baumelte. Sie hat den Atem angehalten, als er es durch ein offenes Fenster warf.

Carter lief zurück zum Auto.

Florida jagte den Motor hoch, aber er legte einen Arm auf ihre Hand, um sie zurückzuhalten. Zusammen beobachteten sie den Trailer. Nichts passierte. Nur aus dem Fenster, in das er die selbstgebastelte Bombe geworfen hatte, schlängelte sich eine kleine Rauchfahne.

Florida legte den Gang ein, nahm den Fuß aber nicht von der Bremse. Sie vibrierte am ganzen Körper. Hinter dem Fenster tauchten Linien und Wellen auf. Sie wollte die Augen schließen. Sie wollte sie weit aufreißen. Sie wollte aufs Gas steigen und so schnell wie möglich fahren.

Warte noch, hat Carter gesagt.

Auch das hat Florida gewollt. Sie hat alles auf einmal gewollt – alles zur gleichen Zeit. Sie hat gewollt, dass nichts passierte und dass die ganze Welt explodierte.

Eine Minute. Zwei Minuten. Drei Minuten.

Dann die Explosion, so blendend und furchterregend, dass es beinahe schön war.

Florida hat aussteigen und in ihrer Pracht tanzen wollen. Sie wollte sich in der Wärme dieser heißen Wüstenflammen wiegen. Sie wollte sich dem Mann anschließen, der tanzend aus seinem Trailer stürzte, die Hände über dem Kopf, die Flammen wie Flügel, die Haare ein feuriger Heiligenschein. Ein gottverdammter Phönix. Sie wollte in seinen wilden Gesang einstimmen.

Fahr. Fahr. Fahr schon, verdammt. Carters Stimme drang aus einer anderen Welt zu ihr durch. Und Florida gab Gas.

Sie fuhr nach Gefühl, konnte kaum sehen, kaum die Straße erkennen. Sie fuhr, bis sie kein Benzin mehr hatte, keine Straße. Irgendwo hinter der kalifornischen Staatsgrenze bog sie vom Freeway ab und hielt auf dem Parkplatz eines Truck Stops. Dann schliefen sie und Carter bis Sonnenaufgang fest durch.

Florida wachte als Erste auf. Ihr Hirn fühlte sich wie Zuckerwatte an, sie hatte höllische Kopfschmerzen.

Dann kam der Moment, über den sie in Büchern gelesen und den sie in Filmen gesehen hatte. In dem Florida hoffte, dass alles nur ein Traum gewesen wäre – die Explosion, der tanzende Mann, seine Schreie, die sie für Gesang gehalten hatte.

Aber der Geruch nach Benzin und Rauch holte sie mit einem Ruck in die Realität zurück. Sie schlich sich aus dem Wagen und rief ihre Mutter an, die ihren Anwalt anrief, der sagte, das Einzige, was Florida tun könne, sei, Carter zu beschuldigen, sich gegen ihn zu stellen. Wenn nicht, werde sie als gleichberechtigte Mittäterin angeklagt.

Florida blinzelt in den Spiegel. Dios hatte recht – na und? Sie hatte *tatsächlich* alle darüber belogen, was an dem Abend wirklich passiert war. Alle außer Tina. Und das war ein Fehler gewesen, ein bedauernswerter Versuch in ihren ersten Tagen im Knast, härter rüberzukommen, als sie sich fühlte. Als ihre Zellengenossin ihr gegenüber zum ersten Mal wiederholt hatte, was sie getan hatte, hatte sie Tina ins Gesicht geschlagen. Man darf solche Wahrheiten nicht in Worte packen, sonst gewinnen sie ein Eigenleben und machen einen zu etwas, das man nicht ist.

Aber das alles spielt jetzt keine Rolle. Das Wie und Warum von Dingen, die sie vor über drei Jahren gesagt und getan hat. Letzten Endes will man manchmal bloß zusehen, wie die Welt in Flammen aufgeht.

Bei Sonnenuntergang reißt Florida die Vorhänge auf, um die halluzinatorische Palette von Pink- und Lilatönen im Westen sehen zu können. Aber bald steigt Dunkelheit vom Horizont auf. Von unten nach oben, nicht umgekehrt. Die Welt ist jetzt farblos, es scheint, als würde sich eine biblische Plage über das Land breiten.

Die Kinder sind aus dem Pool geklettert und haben das lärmige Dreirad mitgenommen. Florida sieht, dass einer der Jungen einen gebrochenen Arm hat, das Mädchen ein blaues Auge. Sie schauen hoch zum von der Dunkelheit verschluckten Himmel. Sie sehen das Licht schwinden, die Schönheit im Staub ersticken.

Der Vorplatz ist leer. Aber in fast allen Zimmern sind die Vorhänge weit geöffnet, weil die Bewohner das herannahende Unwetter beobachten wollen. Die zuvor grellen Farben – Highlight bei Wüstentrips und Blickfang auf den im Motel aufgehängten Fotos – werden von einer vorwärtsdrängenden, pulsierenden Dunkelheit verschlungen, von einer aufrührerischen Macht, die den Himmel in Besitz nimmt.

Ein Habub. Florida kennt den Begriff von ihrer Mutter, die mehrere Monate in Tunesien und Marokko verbracht hat: ein wilder Sandsturm, der durch die Wüste zieht und den Tag zur Nacht macht.

Der Habub hier wirbelt nur eine Menge Staub auf, er sammelt das Schlimmste in dieser nutzlosen Landschaft und türmt es vor Floridas Füßen auf. Über Nacht hat der Staub seinen Weg durch die Fenster in ihr Zimmer gefunden. Die Luft schmeckt sandig.

Noch lange nach der Morgendämmerung behält der Himmel seinen ungesunden, schmutzigen Braunton. Über den Boden ziehen sich Staubschlieren und -wirbel. Die Autos auf dem Vorplatz sind schmutzig und verschmiert.

Um zehn Uhr morgens ist Floridas Frühstück noch nicht gekommen. Sie macht ein paar zögerliche Schritte nach draußen, dabei hinterlässt sie Fußspuren. Sie ist die Einzige hier draußen. Neben dem Staub hat der Sturm eine erstickende Stille mit sich gebracht.

Zur Mittagszeit hat sie noch immer kein Essen bekommen.

Florida wartet eine Stunde, dann wagt sie sich noch einmal hinaus.

Immer noch ist es still. Das Einzige, was sie hört, sind ihre leisen Schritte im Staub.

Heute Morgen ist jemand anders an der Rezeption, ein dicker Mann mittleren Alters. Florida starrt ihn durch die Glastür an. Kurz begegnet er ihrem Blick, dann schaut er weg. Florida klopft gegen das Glas, um ihn auf sich aufmerksam zu machen. Sie hebt die Hand zum Mund, als würde sie essen, dann schüttelt sie den Kopf.

Der Mann macht eine abwehrende Handbewegung. »Gehen Sie weg.«

Florida drückt die Tür auf.

»Sie müssen in Ihrem Zimmer bleiben. So sind die Regeln.«

»Wir sollten Essen bekommen. Die müssen uns etwas bringen.«

»Das werden sie schon.«

»Wann?«

»Gehen Sie zurück in Ihr Zimmer.«

Sie tritt über die Schwelle. »Ich will mein Essen.«

»Es wird gebracht.«

Die Gegenstände ringsum verlieren ihre Konturen. Alles dreht sich. Florida hält sich am Türrahmen fest.

Zweieinhalb Jahre lang ist ihr Leben nach einem festen Zeitplan verlaufen: Wecken, Essen, Hof, Essen, Aktivitäten, Essen, Licht aus.

Es gab Regeln, disziplinarische Maßnahmen, ein ständiges Geben und Nehmen, Vergehen und Strafe. Auf jede Aktion folgte eine Reaktion. Nicht notwendigerweise fair, aber verlässlich.

»Wann?« Florida geht den halben Weg zum Tresen. Sie schaut sich um und sucht nach einem Hinweis darauf, dass sie nicht zum Verhungern in dieses Motel für Geschäftsleute gesteckt wurde.

Der Mann schüttelt den Kopf – er weiß es nicht. Noch ein Bruch mit dem System.

»Wann?« Florida lässt nicht locker. »Sagen Sie mir, wann.«

»Sie können hier nicht warten. Sie dürfen sich hier nicht aufhalten.«

Florida geht noch einen Schritt weiter. Sie ist aus dem Gleichgewicht. Für einen Moment findet ihr Fuß keinen festen Halt. Was passiert, wenn sie noch näher tritt? Was soll sie davon abhalten, den Abstand zu diesem Mann zu überbrücken? Und wenn sie nun auf ihn losgeht?

Der Raum dreht sich.

Was soll sie aufhalten?

Sie streckt die Hände aus, um das Gleichgewicht zu halten.

Was kann er schon tun?

Der Mann hebt das Telefon an und wirft einen bedeutungsschweren Blick auf den Hörer. »Sie müssen gehen.« Seine Finger kreisen über den Tasten. »Sofort.«

Wenn Florida den nächsten Schritt macht, kann er jemanden anrufen. Irgendjemand hat die Autorität über sie und diesen Augenblick.

Die Welt kommt zur Ruhe und findet zu ihren scharfen Konturen zurück.

Nachmittags um drei ist noch kein Essen gekommen. In der Hoffnung auf einen anderen Mitarbeiter ruft sie an der Rezeption an. Als sie die Stimme des Mannes hört, legt sie auf.

Sie lutscht Würfel aus der Eismaschine und sieht fern.

Sie späht zwischen den Vorhängen hindurch. Die einzigen Menschen draußen sind die drei Kinder, einer trägt den Arm in einer Schlinge.

Florida postiert sich am Fenster, um zu sehen, wann der Rezeptionist Feierabend macht. Als die Dämmerung einsetzt, sieht sie ihn zu einem staubigen Wagen mit Hecktür gehen. Sie greift zum Hörer und bekommt einen anderen Mann an den Apparat.

»Ich wohne in Zimmer zwölf«, sagt sie. »Wir warten schon den ganzen Tag aufs Essen.«

»Wir haben keinen Zimmerservice.«

»Ich bin Gast des Staates, aber der Staat hat mir nichts gebracht.«

»Bestellen Sie eine Pizza«, sagt der Typ.

»Und wer bezahlt die?«

»Sie.«

Auf Floridas vom Staat überreichter Bankkarte ist ein Guthaben von rund vierhundert Dollar. Sie muss hier noch zwölf

Tage bleiben. Wenn sie jetzt anfängt, ihr Essen selbst zu bezahlen, löst das Geld sich in Luft auf.

»Bringen sie denn morgen etwas zu essen?«, fragt sie.

»An morgen hab ich noch keinen Gedanken verschwendet«, sagt der Mann am Empfang.

Die Pizza, die sie bestellt, schmeckt wie Pappe, wie der Staubsturm. Es ist das erste Essen seit zweieinhalb Jahren, das nicht aus der Gefängnisküche stammt, trotzdem schmeckt es nach Knast.

Die Luft riecht sauber, aber der Staub ist noch da. Er hat sich an den Kanten gefangen, an den Bordsteinen, Fensterrahmen, Schwellen, auf den Windschutzscheiben. Eine ungleichmäßig gezogene Kontur um die Welt außerhalb ihres Fensters.

Kein Frühstück.

Kein Mittagessen.

Die von einem marsianischen Nebel gedämpfte Sonne steigt hoch über den leeren Pool.

Florida lässt den Vorhang offen, behält die Rezeption im Auge und hofft auf ein Zeichen, dass der Staat seine Seite des Deals einhält.

Die Mittagszeit rinnt dahin.

Sie tut ihren Teil dazu. Sie gehorcht. Aber für ihr Eingesperrtsein kann sie nicht auch noch zahlen.

Kurz nach zwölf klingelt das Telefon. Endlich ruft ihr Bewährungshelfer zurück. Ihre Bredouille scheint ihn zu nerven. »Benutzen Sie ruhig ihren gesunden Menschenverstand«, sagt er. »Irgendwo in der Nähe muss es einen Lebensmittelladen geben.«

»Aber ich soll das Zimmer nicht verlassen.«

»Verhungern sollen Sie auch nicht.«

»Muss mich nicht eigentlich der Staat versorgen?«

»Eigentlich schon, aber leider funktioniert nicht immer alles.«

»Sie halten mich hier fest, also müssen sie mich versorgen.«

»Sie sind vorzeitig entlassen worden. Und immer noch nicht zufrieden.«

»Ich will das Geld erstattet haben.«

»Ich sehe zu, was ich machen kann.« Er legt auf, kaum dass er den Satz beendet hat.

Florida überlegt, was sie mitnehmen muss – Schlüssel, Bankkarte, Maske. Was hat sie auch sonst? Sie blinzelt ins Sonnenlicht.

Im Pool fahren die Kinder auf ihrem Dreirad. Im Schmutz entsteht ein verschlungenes Netz aus sich überlappenden Schleifen. Eins der Kunststoffräder ist kaputt, das Dreirad klappert über die Schräge des Pools.

Der Junge mit dem gebrochenen Arm steht auf dem Pooldeck und sieht zu, wie der andere Junge und das Mädchen sich abwechseln. Noch ein paar Runden, dann wird von dem Dreirad nichts mehr übrig sein.

»Schisser«, ruft der Junge im Pool dem Verletzten zu. »Weichei.«

Er schleudert das Big-Wheel hoch aufs Pooldeck. Der Junge mit dem gebrochenen Arm zögert. Er schaut zu dem Mädchen hinüber, dann steht er auf und zerrt das Rad von ihr weg.

Er steigt auf, der Kunststoff knackt unter seinem Gewicht.

»Weichei«, rufen die beiden anderen im Chor.

Florida kann nicht hinsehen, als der Junge mit dem Gips seine Abfahrt beginnt. Mit eiligen Schritten geht sie zur Zufahrt des Motels, während in ihrem Rücken das Zerbrechen von Kunststoff zu hören ist.

Die Rezeptionistin, die bei ihrer Ankunft Dienst hatte, steht rauchend auf dem Bürgersteig. Als Florida an ihr vorbeigeht, blickt sie auf. »Genießen Sie Ihren Aufenthalt«, sagt sie mit roboterhafter Stimme.

Florida bleibt mit ausreichendem Abstand von der Rauchfahne stehen. »Wo kann ich etwas zu essen besorgen?«

»Ist wieder nichts geliefert worden?«

»Wieder?«

Sie wirft den Stummel auf den Boden. »Die meisten Restaurants haben geschlossen. Sie können es beim Super K versuchen. Eine halbe Meile in diese Richtung.« Die Frau macht eine vage Handbewegung Richtung Norden. »Da gibt es auch einen Rite Aid. Und einen Lieferservice. Die Auslieferer beschweren sich immer, dass ihr kein Trinkgeld gebt.«

Schon das simple Gehen fühlt sich anfangs seltsam an. Florida kommt sich ein bisschen vor, als würde sie ohne Fallschirm durch die Luft fliegen oder das erste Mal mit einer Achterbahn in die Tiefe rauschen. Befreit und außer Kontrolle. Ohne Beschränkungen von außen und mit so viel Platz um sich herum fühlt sie sich desorientiert, fast wie betrunken. So muss sie auch aussehen, wie sie voranpresst und plötzlich stehenbleibt, um über die Schulter zu schauen. Als könnten die – wer immer »die« sind – sie jeden Moment schnappen.

Der Nebel hat sich aufgelöst. Ausnahmsweise stört Florida sich nicht an der Sonne. Wenige Menschen sind unterwegs. Wenige Autos. Kaum Lebenszeichen in dieser ausgehöhlten Welt.

Die Stadt ist nicht auf Fußgänger ausgerichtet. Die Blocks ziehen sich absurd lang hin, an den Fußgängerüberwegen muss sie endlos warten. Aber langsam kommt Florida in Fahrt. Außerhalb ihres Zimmers – einfach draußen – wirft sie das Leben der letzten Jahre ab, lässt es auf dem Bürgersteig zurück wie eine fremde Haut.

Tief atmet sie die heiße Luft ein. Sie hat ihre Bankkarte. Sie kann sich Kleidung besorgen, bessere Toilettenartikel. Eine Sonnenbrille.

Florida beschleunigt ihre Schritte. Jetzt, wo sie in Bewegung ist, erscheint es ihr undenkbar, in ihr Zimmer zurückzukehren und den Rest ihrer Quarantäne abzusitzen.

Schweiß läuft ihr den Rücken herunter. Ihre vom Staat gestellte Jeans klebt an den Beinen. Sie will etwas trinken, und zwar weder den billigen, von der Justizbehörde gelieferten Orangensaft noch das trübe Wasser im Motel.

Vor ihr taucht der Rite Aid auf. Auf dem Parkplatz stehen nur wenige Autos. Florida stellt sich in eine Schlange von Leuten, die voneinander Abstand halten und warten, bis sie an der Reihe sind. Ihr ist klar, dass sie von der Auswahl drinnen überwältigt sein wird. Und dass nichts sie zufriedenstellen wird.

Sie kommt mit einem gelben Tanktop mit der Aufschrift Desert Nites aus dem Laden. Außerdem hat sie eine Piloten-Sonnenbrille gekauft, eine Gesichtslotion mit Sonnenschutzfaktor von der Eigenmarke der Kette, eine große Flasche ungesüßten Eistee, einen Smoothie, einen Beutel winzige Heidelbeer-Muffins und eine Riesentüte Tortilla-Chips. Hinter dem Drugstore liegt eine Reihe überwiegend verrammelter Läden. Florida nimmt ihre Einkäufe und setzt sich in den Schatten des Vordachs.

Vor einem vietnamesischen Sandwich-Shop hat sich eine kleine Menschengruppe versammelt. Sie scheinen auf etwas zu warten. Hin und wieder wagt sich jemand aus dem Schatten hinaus auf die Straße, um Ausschau zu halten.

Florida steckt sich einen Muffin in den Mund und spült mit Eistee nach. Sie schaut zum Ende der Ladenzeile. Die Leute vor dem Sandwichladen treten unruhig von einem Fuß auf den anderen. Manche scheinen riesige, mit Schnur umwickelte Wäschesäcke dabeizuhaben.

Wie aufs Kommando einer unsichtbaren Stimme stellt sich die Gruppe in einer ordentlichen Schlange auf. Genau in diesem Augenblick fährt ein weißer Bus vor. An der Windschutzscheibe klebt ein kleines Schild mit Schriftzeichen, die Florida für vietnamesisch hält. Darunter steht das Reiseziel in Englisch, aber von dort, wo sie sitzt, kann sie es nicht richtig erkennen. Sie steht auf.

Die Passagiere steigen schnell ein. Als Florida nähertritt, erkennt sie, dass die Aufkleber mit dem Namen des Busunternehmens übermalt oder entfernt worden sind. Sie erkennt ein paar Worte in beiden Sprachen. Aber es handelt sich eindeutig um ein Geisterschiff, das unter Missachtung der Vorschriften unterwegs ist.

Der Fahrer schlägt die Tür zum Gepäckraum zu.

»Phoenix? Ontario?« Über den Rand seiner Maske hinweg wirft er ihr einen bohrenden Blick zu.

Florida starrt ihn an.

»Los Angeles? Los Angeles?« Seine Worte kommen schnell und präzise.

Mit dem Finger zeigt der Fahrer auf ein weiteres mit der Hand beschriebenes Schild auf dem Seitenfenster. *Phoenix, Ontario, El Monte, Los Angeles.*

»Wie viel?«, fragt Florida.

»Fünfundzwanzig.«

»Nehmen Sie Kreditkarten?«

»Bar.«

Florida dreht sich um und hält hektisch nach einer Bank Ausschau.

»Geldautomat«, sagt der Fahrer und deutet ans andere Ende der Ladenzeile. »Drei Minuten, und ich fahre.«

Fünfundzwanzig Dollar, um den Staat hinter sich zu lassen. Heute Abend kann sie in Los Angeles sein. Vor ein paar Stunden hat sie mit ihrem Bewährungshelfer telefoniert, also bleiben ihr vier Tage, bis sie sich wieder melden muss. Genügend Zeit, um sich den nächsten Schritt zu überlegen. Um sich ihr Auto zu holen. Notfalls hierher zurückzufahren.

Mit rasendem Puls schiebt sie die Bankkarte in den Automaten. Er reagiert langsam, der Monitor ist verkratzt. Im grellen Sonnenlicht scheint die blasse Schrift vor ihren Augen zu tanzen. Zweimal wird die Auszahlung abgelehnt.

Sie schirmt den Monitor mit einer Hand vor der Sonne ab und kneift die Augen zusammen. Hinter ihr wird der Motor des Busses angelassen.

Sie hämmert auf den Automaten ein. Er stellt ihr eine unleserliche Ja-Nein-Frage. Florida drückt auf gut Glück eine Taste.

Langsam beginnt der Automat zu surren. Florida schnappt sich das Geld und sprintet zurück zu dem im Leerlauf wartenden Bus.

Sie hält zwei Zwanziger hoch, als wären sie ein Ausweis.

»Einsteigen«, sagt der Fahrer, schließt die Tür und zwingt Florida damit, die Stufen hinaufzusteigen.

Er reicht ihr das Wechselgeld.

»Setzen.«

Florida hält sich fest und lässt den Blick über die verstreut sitzenden, maskierten Passagiere schweifen. Im hinteren Teil des Busses gibt es mehrere freie Plätze.

Sie hört einen letzten verzweifelten Passagier an die Tür klopfen. Dann lässt sie ihre Tasche auf einen Sitz fallen und nimmt am Fenster Platz.

Der Fahrer legt den Gang ein, der Bus setzt sich in Bewegung.

Erst jetzt hebt Florida den Blick, um sich den Neuankömmling anzuschauen.

Es ist Dios, ihre grünen Augen funkeln über dem schwarzen Bandana, das Mund und Nase bedeckt. Ein Auge ist immer noch geschwollen, das andere betrachtet Florida genussvoll-bedrohlich.

Florida steht auf und tritt in den Gang.

»Setzen, bitte. Beide setzen«, ruft der Fahrer.

Der Bus verlässt den Parkplatz und biegt nach rechts auf die Straße.

Taumelnd kommt Dios durch den Gang und bleibt an Floridas Reihe stehen. »Dann hast du das Motel also endlich verlassen. Ich hatte schon Sorge, dass du verhungerst.«

Florida fröstelt. Wieder ruckelt der Bus, sie fällt auf ihren Sitzplatz.

»Setzen, sofort«, kommandiert der Fahrer.

Dios setzt sich in die Reihe neben Florida und zieht ihr Bandana herunter.

Ihre Blutergüsse gehen von Violett ins Gelbe über. Durch eins ihrer Augen zieht sich ein Spinnennetz von geplatzten Äderchen. In ihren Mundwinkeln zucken zwei Stiche, die geplatzte Oberlippe ist mehr schlecht als recht mit Lippenstift kaschiert.

Wie Florida trägt sie zum Teil die Kleidung, die sie bei der Entlassung erhalten hat. Allerdings hat sie mit Klammern und Nadeln dafür gesorgt, dass sie besser sitzen. Die Haare trägt sie offen, ihre Locken wippen bei jeder Unebenheit der Straße.

»Dann mal los«, sagt Dios und lehnt sich zurück. Schon bald erhebt sich der vertraute Text von *Macario Leyva* über das Rumpeln und Quietschen des Busses.

Pero nunca se fijaron
En tan humilde señora.

Florida rückt bis dicht ans Fenster. Die Klimaanlage ist voll aufgedreht und spuckt eiskalte Luft mit einem chemischen Geruch aus. Sie drückt die Wange an das kalte Glas und versucht, die beißende Kälte zu ignorieren.

Der Bus nimmt Fahrt auf. Schon bald schaltet der Fahrer vor der Auffahrt zur 10 herunter.

Florida schließt die Augen und hofft – betet –, dass der Rhythmus der Straße sie schläfrig machen wird. Dios singt immer weiter. Sie wiederholt einen Vers über Camelia La Tejana, die nach Los Angeles kommt, um ihren Geliebten zu betrügen.

Florida lehnt sich in den Gang. »Was hast du vor, Dios?«

Dios hält inne und beugt sich Florida entgegen, bis ihre Gesichter sich fast berühren. »Ich folge nur deinem Beispiel.«

»Masken auf, bitte«, knistert die Stimme des Fahrers aus den Lautsprechern.

»Warum?«

»Glaubst du etwa, dass ich dich nach Tina aus den Augen lasse? Oh, ich kenne dich, Florida. Du verspielst deine Bewährung, wirst zurückgebracht, und dann? Die nächste Lüge, um dir Ärger zu ersparen und jemand anderem die Schuld in die Schuhe zu schieben. Du würdest mich für Tina verantwortlich machen, wenn du damit den Kopf aus der Schlinge ziehen kannst.«

»Tina ist Monate her. Tina ist Geschichte.«

»Nein«, sagt Dios. »Ich hab's dir schon einmal gesagt: Nichts davon ist vorbei. Es hat gerade erst angefangen.«

Der Bus verlässt den Freeway und fährt abermals durch ein Viertel mit Einkaufszentren und vorgefertigten Gewerbeparks. Vor einem vietnamesischen Supermarkt kommt er mit röchelndem Motor zum Halten. Florida setzt sich eine Reihe weiter nach hinten, um ein bisschen Abstand zu Dios herzustellen. Sie kneift die Augen fest zu und betet, dass Tinas verschandelter Körper sich nicht auf dem Nachbarsitz niederlässt.

Neue Passagiere steigen ein und sehen sich über ihre Masken hinweg misstrauisch um. Auf der Suche nach freien Reihen schlurfen sie durch den Gang.

»Schnell, schnell«, blafft der Fahrer. »Setzen, setzen.«

Florida rückt nah ans Fenster. Sieben Stunden bis Los Angeles. Dann ist es dunkel. Und wer weiß, wo der Bus sie absetzt. Wer weiß, wie sie nach Hancock Park gelangt. Und ob jemand zu Hause ist. Und was sie macht, wenn keiner da ist. Wie sie an ihr Auto kommt. Wo die Schlüssel sind.

Wie sie Dios loswerden soll.

Sie drückt sich fest an die Scheibe und spürt in den Ohren das Vibrieren des Motors.

Der Bus fährt wieder los.

Ein letzter Passagier kommt den Gang herauf – ein kastenförmiger, unansehnlicher Mann. Bürstenschnitt und getönte Brille. Eine Maske mit dem Logo der Diamondbacks bedeckt seinen Mund.

Plötzlich geht ein Ruck durch Florida. Sie kennt ihn. Sie weiß, dass sie ihn kennt.

Das Gefühl lässt so schnell nach, wie es gekommen ist. Dios hat sie nervös gemacht. Die ganze verdammte Flucht – das ungeplante Abhauen, Tinas Name. Ihr bricht der Schweiß aus, sobald jemand in ihre Richtung schaut.

Der Mann setzt sich in die leere Reihe vor ihr, sein Kopf ragt über die Lehne hinaus.

Auf keinen Fall. Sie weiß nicht, wer dieser Kerl ist.

Sie kennt niemanden mehr, nirgendwo. Deshalb ist sie ja in dieses Motel abgeschoben und vergessen worden. Sie ist komplett allein.

Bis auf Dios. Immer wieder Dios.

Auf der Rampe zum Freeway nimmt der Bus wieder Fahrt auf. Sieben Stunden, schnurgerade Richtung Westen.

Sie starrt auf den Schädel des Fremden, der Bürstenschnitt wippt sanft im Rhythmus der Straße auf und ab. Die Art, wie er sitzt, hat etwas Organisiertes, Akkurates, Diszipliniertes. Er könnte Soldat sein. Oder Polizist.

Oder ...

Der Fahrer steigt auf die Bremse. Florida schaut aus dem Fenster und sieht einen kleinen Kombi, der hektisch ausweicht.

Oder ...

Der Fahrer flucht so laut, dass man ihn bis hinten versteht.

Oder ... sie kennt ihn *doch*. Der Mann, der vor Florida sitzt, ist der Grünschnabel aus dem Knast, der die prügelnden Frauen von Dios zurückgehalten hat, der Neuling mit dem langen Gesicht, der sich ausgiebig mit Dios' nackter Brust beschäftigt hat.

Florida steht auf, setzt sich wieder hin.

Sie kann nicht weg. Bis sie die Staatsgrenze überquert – und das Gesetz gebrochen – hat, hält der Bus nicht mehr an.

Sie spürt ihren Herzschlag in den Fingerspitzen. In der Kehle.

Sie lehnt sich über den freien Sitz, um nach Dios zu schauen, die den Schließer anstarrt, als wolle sie ihn dazu bringen, in ihre Richtung zu sehen.

Florida kennt Dios' stechende Blicke nur zu gut. Es dauert nicht lange, bis der Schließer merkt, dass er angestarrt wird.

»Kenne ich Sie?«

»Ich weiß nicht«, sagt Dios. »Was meinen Sie?«

»Vielleicht«, antwortet der Typ und wendet sich ab.

Florida versucht, ihre Schultern zu entspannen, die geballten Fäuste zu öffnen.

»Sehen wir für Sie alle gleich aus?«

»Frauen?«, fragt der Schließer. »Sie wollen wissen, ob für mich alle Frauen gleich aussehen?«

»Hab ich das gesagt?«, entgegnet Dios.

»Es ist schwer zu erkennen, wie Sie unter diesem Bandana aussehen. Vielleicht sind wir uns schon mal begegnet. Aber ich glaube es nicht. Obwohl ...«

»Was?«

»Vielleicht kenne ich Sie ja *doch*.« Über die Kopfstütze hinweg sieht Florida, wie der Schließer sich ein Stück zu Dios hinüberbeugt. »Lassen Sie mir einen Moment Zeit.«

»Sie haben sieben Stunden.«

»Es fällt mir nicht ein«, sagt der Schließer.

»Noch nicht«, sagt Dios.

Florida schließt die Augen. Sie wickelt sich das T-Shirt um den Kopf, das sie bei Rite Aid gekauft hat, um Dios' Stimme nicht mehr hören zu müssen.

Aber sie dringt durch den Stoff.

... Kommen Sie schon. Sie erkennen mich wirklich nicht? Vielleicht können Sie uns doch nicht unterscheiden. Wir sehen wie Ihre festgenommene Tante aus, Ihre verrückte Schwester, Ihre Cousinen in einem anderen Staat.

Halt's Maul, halt's Maul, halt's Maul, skandiert Florida im Stillen.

... Wir sehen wie die Mädels in der Schule aus, die Ihnen nicht mal die Uhrzeit verraten haben. Die gespuckt, gelacht und sich über Loser wie Sie lustig gemacht haben. Die auf großem Fuß gelebt haben und übel abgestürzt sind. Es hat Ihnen gefallen, sie auf dem Arsch landen zu sehen, stimmt's? Es hat Ihnen gefallen, wenn sie von ihren Vätern, Lovern, Ehemännern und Brüdern zurechtgestutzt wurden. Sie haben Ihnen Angst gemacht. Und bekommen, was sie verdient hatten.

Dios' Worte sind hart, aber ihre Stimme ist heiß und sexy, sie träufelt Gift ins Ohr des Schließers.

Florida späht durch den Spalt zwischen den Sitzen und sieht den Schließer. Sie sieht sein leichtes Kopfnicken, als setze sich ein Zahnrad in Bewegung, als stimme er sich auf Dios' Frequenz ein und komme langsam dahinter, wer sie ist.

»Halt's Maul!«, rutscht ihr laut heraus.

Dios wirbelt herum und begegnet Floridas Blick. »Stören wir dich?«

Florida schaut weg und schließt die Augen, bevor sich der Blickkontakt zu etwas Gefährlicherem entwickeln kann.

»Vielleicht komme ich lieber rüber«, sagt der Schließer. »Anscheinend stören wir die Dame.«

Florida sieht zu, wie er sich neben Dios setzt.

»Wissen Sie, langsam kommen Sie mir wirklich bekannt vor.«

Floridas Herz tanzt in ihrer Brust Quickstepp.

Sie fahren durch ein Gebiet mit riesigen kastenförmigen Geschäften und Gewerbegebieten. Sie fahren durch ein Labyrinth aus Kleeblattkreuzungen. Dann wird die Stadt flacher, das Neubaugebiet liegt hinter ihnen. Ein paar vergessene Außenposten noch – aufgegebene Familienrestaurants und heruntergekommene Motels –, dann sieht man nichts mehr, nur Wüste und den Kamm eines entfernten Gebirgszugs.

Von der konservierten Luft bekommt Florida Kopfschmerzen. Sie schwitzt abwechselnd heiß und kalt.

Der Abstand zwischen den Tankstellen wird größer.

Florida sinkt in einen unruhigen Schlaf, aus dem sie immer wieder aufschreckt. Dios monologisiert inzwischen seit Stunden.

»Du bist diese Bitch«, sagt der Schließer.

»Welche Bitch?«

»Die Bitch, die verprügelt wurde.«

»Du meinst die Bitch, deren Brust du begrapscht hast.«

»Gar nichts hab ich begrapscht.«

»Ich wette, du hast es deinen Kumpels erzählt.«

»Was zum Teufel hast du in diesem Bus zu suchen?«

»Ich reise«, sagt Dios.

»Hast du eine Erlaubnis?«

»Und du?«

»Ich muss dir gar nichts sagen«, erklärt der Schließer. »Du bist diejenige, die den Mund aufmachen muss.«

»Jetzt nicht mehr«, sagt Dios. »Entspann dich einfach und genieß die Fahrt.«

»Ich reise nicht mit Insassen.« Der Schließer erhebt sich von seinem Platz.

»Anscheinend schon. Sieht aus, als hättest du dich unters gemeine Volk gemischt. Sieht aus, als würden wir irgendwo hinfahren, wohin du nicht darfst. Wahrscheinlich ist es nicht erlaubt, dass du den Staat verlässt. Wahrscheinlich wäre es zu Hause oder auf der Arbeit sicherer für dich.«

»Das geht dich nichts an.«

»Im Knast wärt ihr Schließer alle gern eine Weile mit uns allein gewesen, aber jetzt läufst du weg. Wahrscheinlich wollt ihr uns nur, solange ihr die Kontrolle habt.«

»Wer sagt, dass ich nicht die Kontrolle habe?«

»Dann finde es raus«, sagt Dios.

Der Schließer setzt sich wieder hin. Florida versucht, ihren Smoothie zu trinken, kann aber kaum schlucken. Sie zieht sich das Tanktop noch fester um den Kopf. Aber Dios' Worte rasen ihr in Hochgeschwindigkeit durch den Kopf.

»Ihr glaubt, wir wollen es auf die harte Tour – wir *brauchen* es auf die harte Tour, eure Prügel, eure kleinen persönlichen Bestrafungen. Und ihr teilt gern aus. Das stellt die Ordnung, die wir durch unsere sogenannten Verbrechen gestört haben, wieder her, stimmt's? Aber weißt du was? Ich hab eure Angst am anderen Ende des Knüppels gespürt.«

Florida schaut gerade rechtzeitig aus dem Fenster, um zu sehen, dass der Bus die Staatsgrenze überquert. Jetzt steckt sie in der Scheiße.

»Soll ich dir von meiner letzten Busfahrt erzählen – ich meine, bevor der Staat mich zu euch kutschiert und mich euch ausgeliefert hat?

Damals war ich an einem College, das so klein und fein war, dass du sicher nie davon gehört hast. Einmal sind wir nachts vom Campus weit draußen im Wald nach Boston reingefahren. Zu fünft im nagelneuen Volvo eines Jungen. Auf dem Rückweg hat der Fahrer sich in Viertel mit vielen kleinen Straße verirrt.

Hörst du zu?

Die Gegend nannte sich Roxbury, ich war noch nie dort gewesen. Ein Viertel, das aussieht wie jedes andere, bis man genauer hinschaut und merkt, dass dort schwarze oder braune Menschen wohnen. Man sieht es an Details, an den kleinen Anzeichen von Degeneration und Zerfall. Das muss ich dir nicht erklären, oder? Ich weiß, dass du das kennst.

Degeneration? Schlag es nach.

Wie auch immer, wir sitzen hinten zu dritt, zwei vorne, und fahren durch diese Gegend, in der die Schattengeschäfte in aller Öffentlichkeit betrieben werden. Die anderen Jungs und Mädels im Wagen werden nervös, verriegeln die Türen und alles. Inzwischen sind wir tief in einem Bostoner Labyrinth, wo man nur rechts abbiegen kann und nie wieder rauskommt.

Im Auto hängt ein Geruch, den ich überall erkennen würde. Du sicher auch. Ich hab ihn an mir selbst gerochen, morgens um zwei allein in der U-Bahn. Ich hab ihn an mir gerochen, wenn meine Mutter unterwegs war und ich mit meinem älteren Cousin allein auf dem Sofa saß. Ich hab ihn gerochen, als meine Crew zum ersten Mal von einer Streife mit gestohlenem Schnaps im Park erwischt wurde. Ich hab ihn an anderen gerochen, die mir lieber aus dem Weg gegangen wären.

Du kennst ihn auch. Aus dem Gefängnishof vor einer Prügelei. Wenn ihr im Trakt eine von uns allein erwischt habt. Oder hinten im Bus, der die neuen Mädels gebracht hat.

Angst.

Und als hätten diese dämlichen College-Kids es so geplant, als hätten sie mit ihrem Zittern und Nägelkauen ihren eigenen Albtraum heraufbeschworen, bleibt der Volvo an einer Ampel stehen. Sofort klopfen ein paar Kerls in schwarzen Hoodies und Baseballkappen gegen die Scheibe, strecken die Finger wie Pistolen aus und machen auf *Ich puste dir das verdammte Gehirn aus dem Kopf.*

Fast hätte ich laut losgelacht, als der Idiot von Fahrer sein Fenster ein Stück runtergekurbelt und die Kids gefragt hat, ob er ihnen helfen kann – als würde er glauben, die Schläger dazu zu bringen, uns in Ruhe zu lassen. Jedenfalls haben sie daraufhin die Tür aufgerissen, ihn rausgezerrt und zu Boden geschlagen.

Außer mir haben alle im Auto zu schreien angefangen. Als sie auf den Fahrer eingeprügelt haben, bin ich ruhig geblieben wie ein See bei Windstille. Ich hab ihm in die Augen gesehen, als ein Schlag nach dem anderen auf ihn einprasselte, seine Haut zum Aufplatzen brachte und sein blässliches Gesicht verfärbte. Ich hab zugesehen, wie ihm die Angst aus dem Leib geprügelt wurde. Ich bin cool geblieben, als sich der Kerl, der den Fahrer fertiggemacht hat, ans Steuer gesetzt hat und meine Begleiter aus dem Auto geflüchtet sind. Ich hab mich nicht geregt. Ich hab ihm im Rückspiegel in die Augen gesehen, auch als sein Kumpel auf der Beifahrerseite eingestiegen ist.

Ich hab zugelassen, dass er mich sieht. Nicht einfach hinsieht, sondern *mich sieht*. Dann hab ich sein verdammtes Lächeln erwidert. Ich bin langsam ausgestiegen, bevor sie losgerast sind. Dann hab ich ihnen hinterhergesehen und gespürt, wie sich die Luft in mir breitmacht, als wäre ich ein Ballon, der jeden Moment losfliegen kann.

Wir sind mit dem Bus zurück zum Campus gefahren.
Wie gesagt, ich hasse den Bus. Aber manchmal kann man es sich nicht aussuchen.«

Florida kennt die Geschichte schon. Sie weiß von dem Stolz, den Dios gespürt hat, als sich in jener Nacht der Abgrund vor ihr auftat. Sie weiß, wie Dios sich selbst im Rückspiegel gesehen hat. Wie sie darauf bestanden hat, nicht bloß ein Mädchen mit Stipendium zu sein, das mit den reichen Klassenkameraden loszieht. Wie sie begriffen hat, mit welchen Mitteln man die anderen kleinkriegt. Jedenfalls so lange, bis eine von deren Müttern *sie* kleinkriegte. Nachdem Dios ihren Sohn tätlich angegriffen hatte, machte die Frau keine halben Sachen und nutzte ihre finanziellen Möglichkeiten, um die Stipendiatin vor Gericht zu zerren. Als würde sie sich Flusen vom Ärmel bürsten.

Florida schließt die Augen und kneift sie so fest zusammen, dass sie das Blut in den Ohren rauschen hört. Ihr Herz schlägt lahm und unregelmäßig, nach der anfänglichen Panik nur noch erschöpft.

Drei Stunden.

Sie folgen dem Sonnenuntergang und rasen über die 10 Richtung Tigerstreifenhimmel.

Zwei Stunden.

Die Landschaft ringsum wird ihr vertrauter. Sie denkt an Familienausflüge zurück, an Musikfestivals, an Geschäftsreisen mit Carter.

Als sie die Windparks am Rand von Palm Springs passieren, wird der Bus hin und her geschaukelt. Florida sieht zu, wie die Rotorblätter versuchen, den früh aufgegangenen Mond aus dem Himmel zu schneiden.

Weiter vorn sieht sie die Lichter des indianischen Casinos, das im Dunkeln Wache hält.

Noch anderthalb Stunden.

Hätte sie am Steuer gesessen, wären sie schon da. Denn der Bus hat einen Freeway-Abschnitt erreicht, den Florida von früher kennt, als sie mit dem Jaguar so weit aus der Stadt rausgefahren ist, wie sie sich traute. Mit einem Mal ist die Straße ihre Straße, die Kurven und Auffahrten, die Ausfahrten und Schilder sind Teil ihrer Geschichte. Sie könnte fahren, ohne nachzudenken. Sie würde das Gaspedal gleichmäßig durchtreten und das Lenkrad locker mit einer Hand bedienen. Bus und Straßen würden eins werden, die noch leicht fremde Umgebung vorbeihuschen, vertraut und schließlich zu ihrer zweiten Natur werden.

Der Schließer drängt sich dicht an Dios heran und hört konzentriert zu. Vielleicht auch nicht. Vielleicht ignoriert er ihre Worte. Vielleicht ist er von ihnen zugedröhnt. Vielleicht schläft er.

Die Nacht ist da.

Dios quasselt weiter.

Der Bus wird langsamer, blinkt und nimmt eine Ausfahrt. Langsam kommt er zum Stehen.

Wie ich schon zu meiner Zellengenossin Florence gesagt hab: Ihr wisst nichts über uns. Gar nichts. Wir haben Dinge getan, die ihr euch nicht mal vorstellen könnt. Wir haben Dinge getan, von denen ihr nie erfahren habt.

Florence. Ihr Name explodiert.

Das Gespräch kommt einen Moment zur Ruhe. Dann sieht Florida, wie Dios sich umdreht und ihr zuzwinkert.

Der Bus stößt einen hydraulischen Seufzer aus.

Florida ist auf den Beinen. Sie ist im Gang. Sie hastet zum Ausstieg.

»Hab ich nicht recht, Florence? Sie wissen gar nichts über uns.«

Ihr Name verfolgt sie den Gang entlang. Ihr Name, so laut, dass alle ihn hören können, treibt sie voran und nach draußen.

Sie dreht sich nicht um. Sie ist die Stufen hinuntergestiegen.

»Lady! Nicht Los Angeles. Das hier ...«, ruft der Fahrer ihr durch die offene Tür hinterher. Aber Florida ist zu schnell, um den Rest zu verstehen. Redlands, Upland, Chino ... ganz egal. Hauptsache, sie sitzt nicht im selben Bus mit Dios.

Sie taumelt los, auf die Läden zu. Dann steht sie vor einer Glasscheibe, die Hände auf dem Fenster. Schließlich sinkt sie zu Boden und bricht in einem Eingang zusammen.

Hier warten keine Passagiere. Der Geisterbus gleitet davon.

Florida lehnt sich mit dem Rücken gegen die Tür. Sie hat stundenlang gesessen, ist aber todmüde – Muskeln und Gelenke sind von der Anspannung steif. Sie nimmt die nähere Umgebung in Augenschein. Wieder ein Einkaufszentrum. Wieder verrammelt. Sie müht sich, das Schild gegenüber dem Parkplatz zu lesen: WEST ONTARIO PLAZA.

Ontario. Nicht weit von L. A, aber längst nicht dort, wo Florida sein will. Eine Satellitenvorstadt mit Flughafen. Ein Ort, an dem man höchstens hält, um zu tanken oder einen Kaffee zu trinken.

Und jetzt? Florida will ihr Geld nicht für ein Motel rauswerfen, wenn sie keine Stunde mehr von Los Angeles entfernt ist. Trampen? Zu Fuß gehen? Bis morgen kampieren? Nach einer Möglichkeit zum Telefonieren suchen? Einen ihrer abgewrackten Freunde anrufen, falls ihr noch eine der Nummern einfällt? Schwierig, bestenfalls.

Trotz ihrer Erschöpfung steht Florida auf.

Es ist unnatürlich still – eine Stadt ohne Geräusche. Nur das Flüstern der Bäume und das gelegentliche Vorbeihuschen irgendwelcher über die Straße gewehter Gegenstände.

Der Bus hat sie an einer vierspurigen Durchgangsstraße abgesetzt. Im Norden erkennt sie die im Dunkeln aufragenden Ausläufer der San Bernardino Mountains.

Das Quietschen von Reifen. Ein kurzes Aufblitzen von Bremslichtern in der Nacht.

Wieder ist es still.

Sie geht eine weitere Minute Richtung Westen. Vor ihr das grelle Leuchten einer Tankstelle.

Inzwischen haben ihre Schritte einen Nachhall – ein einsames, hohles Echo. Florida bleibt stehen. Das Echo geht weiter, kommt näher. Es ist gar kein Echo, sondern jemand, der sich aus der entgegengesetzten Richtung nähert. Die Silhouette wird vom grellen Licht der Tankstelle umrissen, eine einzelne Frau auf der Straße.

Florida geht unsicher weiter. Aber Dios – denn natürlich ist es Dios – zögert nicht, im Gegenlicht erscheint sie wie ein Dämon.

Florida verspürt den Drang, zurückzuweichen.

Dios würde es als Schwäche interpretieren.

Also treffen sie sich in der Mitte und bleiben einander gegenüber stehen – Florida auf dem Bürgersteig, Dios auf der Straße. Ihre bleiche Stirn scheint zu glühen, ein zweiter Mond.

»Ich hab meinen Ausstieg verpasst«, erklärt Dios.

»Das ist dein Ausstieg?« Plötzlich fühlt Florida sich erleichtert. »Ontario?«

»Heißt der Ort so?«

»Scheiße, Dios, was willst du hier?«

»Der Schließer ist mir auf die Nerven gegangen. Außerdem hab ich doch gesagt, dass das unsere Geschichte ist.«

»Und ich hab gesagt, dass es nicht so ist.«

Dios wirft einen Blick über die Schulter. »Was willst *du* hier? Was macht Florida in Ontario?«

»Ich will weg von dir.«

»Und trotzdem bin ich da.« Dios dreht sich um und geht Richtung Tankstelle. »Kommst du jetzt, oder was?«

Florida zögert und lässt Dios einen größeren Vorsprung.

Das Neonlicht brennt Florida in den Augen. Die vertrauten Snacks und Getränke kommen ihr fremdartig vor.

Dios steht vor den Kühlschränken, das Bandana über Nase und Mund. Sie reißt die Tür weit auf und schnappt sich zwei Sixpacks. Dem Kassierer zeigt sie den Ausweis aus einem anderen Staat und rollt neckisch die Augen, als wolle sie sagen: Vielleicht bin ich's, vielleicht auch nicht. Sie sagt, er solle noch einen Öffner dazulegen.

Draußen teilen sie das Bier.

Florida nimmt ihr Sixpack unter den Arm.

»Prost«, sagt Dios. »Auf die Zukunft. Auf das Jetzt. Auf die ewige Gegenwart.«

Das Bier ist das Echo einer erinnerten Empfindung. Es steht für tausend Nächte und tausend Geschichten, die alle auf dieselbe Art begonnen haben.

»Prost«, sagt Florida. Sie stürzt die Flasche fast komplett

herunter, bis sie Luft holen muss. In ihrem Kopf verschwimmt alles. Sie ist drei Jahre nüchtern geblieben, ist kein einziges Mal den eingeschmuggelten Versuchungen erlegen. Jetzt setzt die Wirkung mit voller Wucht ein, wie die Euphorie bei Ecstasy oder das Rumoren in den Eingeweiden, wenn man zwei Schnäpse direkt hintereinander trinkt.

»Langsam, Mädchen«, sagt Dios.

Florida säuft gierig, um Dios nicht mehr sehen zu müssen. Sie säuft weiter, die Welt dreht sich schneller.

»Da sind wir also«, sagt Dios.

»Es gibt kein *Wir*, und wir sind nirgendwo«, sagt Florida.

Dios legt ihr einen Arm um die Schultern. »Daran hättest du denken sollen, bevor du versucht hast, mit Tina den Kreis zu schließen.«

»Nein.«

»Bevor du mich gebraucht hast, um dein Chaos zu beseitigen.«

»Nein.«

»Wie heiß warst du drauf, als die Randale losbrach? Hat es sich wie in dem Moment angefühlt, als du Carter die Streichhölzer gereicht hast?«

»Ich muss mir deinen Scheiß nicht anhören, Dios.«

»Oder war es noch besser, weil du nicht high warst? Weil du genau wusstest, was du tust?«

Florida stürzt das Bier herunter. »Ich muss mir ...« Florida spürt, wie sich ihre leere Hand zur Faust ballt.

»Oder war es besser, weil du die Kontrolle hattest? Und nicht nur die Kontrolle, du hast es selbst getan. *Dein* Fuß hat Tina in die Rippen getreten. *Deine* Faust hat sie ins Gesicht geschlagen. War es erleichternd? Befreiend?« Dios greift Florida ans Kinn und dreht ihren Kopf, sodass sie sich direkt in die

Augen sehen. »Es muss sich gut angefühlt haben, stimmt's? Es muss ein gutes Gefühl gewesen sein, es nach all den Jahren rauszulassen. Der erste Schlag muss wie ein Dammbruch gewesen sein.«

Floridas Hirn arbeitet immer langsamer. Ein paar Schlucke Bier haben ausgereicht, dass ihr Kopf sich matschig und träge anfühlt. Aber eins ist sicher: Wie ein Dammbruch hat es sich nicht angefühlt. Der erste Schlag gegen Tina – der erste Schlag, den sie je einem Menschen versetzt hat – hat sich zwingend und spontan angefühlt, so notwendig wie das Atmen.

»Du musstest sie zum Schweigen bringen, stimmt's? Du musstest den Kreis schließen.«

Tina – wie sie in der Nacht des Aufstands auf und ab gerast ist. Tina – wie sie alle im Knast als Mörderinnen beschimpft hat. Tina – wie sie allen ihre Schuld unter die Nase reiben wollte. Ihre Geheimnisse. Tina, die die Wahrheit über Florida kannte.

»Dann hab ich sie halt geschlagen, Dios. Ja und?«

»Du hast sie geschlagen, getreten und auf sie eingeprügelt, als sie schon am Boden lag. Du konntest es nicht ertragen, dass sie uns allen dein wahres Ich zeigen wollte, stimmt's? Der Witz ist, dass sie gar nichts sagen musste. Sie hat dich dazu gebracht, es uns zu zeigen.«

»Ich hab sie nicht umgebracht.«

Dios dreht Floridas Kinn hin und her. »Aber du warst kurz davor. Ganz kurz davor. In dem Moment kam ich ins Spiel. Ich hab beendet, was du angefangen hast. Ich hab den Kreis für dich geschlossen. Und jetzt sind wir hier.«

»Wie oft muss ich wiederholen, dass es kein *Wir* gibt?« Florida versucht, sich aus Dios' Griff zu befreien. Aber Dios packt noch fester zu, wie eine Zange. Dann lässt sie los.

»Aber das stimmt nicht. Ohne mich hätte Tina vielleicht überlebt und allen erzählt, was du getan hast. Ich hab dich gerettet, damit du sein kannst, wer du bist.«

»Das ist krank.«

Dios wirft eine leere Flasche weg. Das Glas zerbricht, als wäre es explodiert. »Wirklich? Wolltest du, dass sie wieder zu Bewusstsein kommt? Dass sie allen erzählt, wer sie verprügelt hat und wie heftig? Denn dann, na ja, dann hat das hier alles nichts zu bedeuten.« Dios' ausgebreitete Arme scheinen die dunkle Straße umfassen zu wollen.

»*Das hier* will ich nicht. Ich will nach Hause.«

Dios legt den Kopf zurück und lacht. »Nach Hause. Du hast kein Zuhause, *Florence*. Nicht mehr. Nicht nach allem, was du getan hast. Vielleicht kehrst du ins Haus deiner Mutter zurück – aber es wird nie mehr dein Zuhause sein. Ich will dir etwas sagen.« Sie hängt sich bei Florida ein, im Gleichschritt lassen sie die Tankstelle hinter sich.

»Als ich das College abgebrochen hab, hab ich versucht, nach Queens zurückzukehren. Weißt du, was mich da erwartet hat? Meine alte Crew war zerbrochen. Alle waren Mütter. Ehefrauen. Mütter von Babys und Hausfrauen. Ich war nur drei Jahre weg, aber alles hatte sich aufgelöst. Sie waren allein, abgebrannt, am Boden. Sie hatten die Scheiße geschehen lassen. Und warum? Weil sie die Rollen gespielt haben, die ihnen zugedacht waren. Gerade noch hatten wir alle in den Bodegas und bei Rite Aid geklaut, und am nächsten Tag hatten ihre Freunde und Chefs das Sagen. Plötzlich arbeiteten sie für meine früheren Klassenkameraden, die auf dieses tolle College gegangen waren. Als Kindermädchen und Putzfrauen. Als Supermarkt-Kassiererinnen oder am Bankschalter.

Sie hingen in Parks und in Hausaufgängen rum und jammerten über ihr verpfuschtes Leben. Und trotzdem haben sie mich ausgeschlossen, als wäre *ich* die Niete. Denn wer war ich schon? Ein Mädchen, das ein Stipendium zugelost bekommen hatte und nun in anderen Kreisen verkehrte. Sie taten so, als müssten sie kotzen, weil ich nach Geld und New England roch.

Aber sie haben nicht aufgepasst. Sie wurden an den Rand gedrängt, als in unserem Viertel Hipster auf der Suche nach der nächsten angesagten Gegend auftauchten – Eindringlinge, die sich breitmachten, als gehörte alles ihnen. Die hätten meine alte Crew keines Blickes gewürdigt. Sondern einfach durch sie hindurchgesehen. Durch alle hindurchgesehen.

Ab und zu ist mir jemand von diesen Typen über den Weg gelaufen und hat geglaubt, ich wäre eine von ihnen.«

Dios drückt Floridas Schulter. »Hörst du überhaupt zu? Jetzt kommt der gute Teil. Einmal bin ich abends durch diesen kleinen Park gegangen, wo ich früher bis Sonnenaufgang mit meinen Mädels rumgehangen war. Da kommt diese junge Weiße mit einer Frisur, die aussieht, als wäre sie mit der Nagelschere geschnitten worden. Sie bleibt stehen und schaut zu einem Verkehrsschild hoch, als wäre es in einer Fremdsprache geschrieben. Sie ist entweder betrunken oder high, denn sie taumelt und grinst unaufhörlich.

Dann sieht sie mich. Erst weicht sie einen Schritt zurück. Dann entspannt sie sich nach dem Motto: Alles prima zwischen uns. *Entschuldigung, ähm, weißt du, wie ich zur, ähm ...* Typisch Weiße halt. Dann glotzt sie auf ihr Handy ... *zur Thirty-Seventh komme?*

Avenue oder Street?, frage ich.

Avenue, vielleicht, sagt sie, aber ich höre an ihrem Ton, dass es da, wo sie herkommt, gar nicht so viele Avenues gibt. *Oh, Thirty-Seventh Avenue Ecke Eighty-First Street.*

Ich hebe die Hand, um ihr den Weg zu zeigen, aber in dem Moment rastet bei mir etwas aus. Statt ihr den Weg zu zeigen, schlage ich sie. Und dann schlage ich noch mal und noch mal. Ich prügele einfach aufs Gesicht der Frau ein. Ich breche ihr die Nase, ihre Lippe platzt auf wie ein Hotdog. Ich verpasse ihr zwei blaue Augen und ein paar Tritte in die Rippen, dann stampfe ich ihr auf den Schädel, damit sie so schnell nicht wieder aufsteht.

Schau mich nicht so an, Florida.

Zwei Tage später kommt meine Zimmergenossin aus dem College nach Queens. Wir gehen über den Broadway, sie ist total aufgeregt. Dann sagt sie, dass gleich um die Ecke eine junge Frau schrecklich verprügelt wurde. *In der Gegend ist es nicht sicher*, sagt sie. Als könnte sie mir, weil sie aus einer sichereren Gegend stammt, mein eigenes Viertel erklären.

Als wüsste ich nichts über die Gewalt in meinem Leben.

Ich müsste wegziehen, hat sie gesagt. Ich dürfte nicht hierher zurückkommen. Dafür wäre ich schon zu weit gekommen.

Sie hatte verdammt recht und wusste es nicht einmal. Ich war zu weit gekommen.

Florida, wenn die Gewalt in dir einmal losbricht, ist Zuhause ein Ort, den du hinter dir lässt. Du befreist dich, wirst ein neuer Mensch, katapultierst dich per Jungfrauengeburt in ein neues Leben. Dein Zuhause wird ein Ort, der sich wie ein geschrumpfter Handschuh anfühlt, wie ein alter Schuh. Du wächst heraus wie aus dem alten Ich, in dem du gelebt hast. Du wirst du selbst, es gibt keinen Weg zurück.«

Sie sind beim dritten Bier. Sie sind Richtung Norden gegangen. Der Gehweg schwankt unter Floridas Füßen, auch die Bergkette in der Ferne ist in Bewegung. Der Alkohol bringt die Welt ins Taumeln.

Dios schleudert die nächste Flasche weg.

Das Splittern des Glases zerrt an Floridas Nerven.

»Ruhig, Mädchen.«

»Geisterstadt«, sagt Dios. Wie immer scheint sie Floridas Gedanken zu lesen. In der Dunkelheit erhebt sie die Stimme.

Pero nunca se fijaron
En tan humilde señora.

»Hör auf mit diesem Narco-Scheiß«, sagt Florida. Die Songs erinnern sie ans Gefängnis – daran, wie sie mit Dios' Schwachsinn eingesperrt war.

»Hör einfach zu.«

»Das hab ich die letzten zwei Jahre getan.«

»Eine so bescheidene Dame war ihnen nie begegnet.«

»Und diese bescheidene Dame bist du?« Florida lacht.

»Sie werden uns nicht kommen sehen«, sagt Dios. »Niemals.«

Sie gehen an einer verrammelten Kneipe in einem Einkaufszentrum vorbei. Der Parkplatz ist voll von überquellenden Müllcontainern. Dios nähert sich der Kneipe. Sie ist abgeschlossen, klar. Im Licht einer einzigen Lampe sind die staubigen Flaschen zu erkennen. Dios rüttelt am Türgriff.

»Komm schon«, sagt Florida. »Lass das.«

»Was soll ich lassen? Was glaubst du denn, was ich tue?« Dios lächelt breit, ihre Lippe platzt wieder auf. Sie rüttelt noch fester an der Tür. Florida tritt den Rückzug an und macht sich über das nächste Bier her.

»Brich bloß nicht da ein«, sagt Florida. Aber es ist zu spät. Dios hat eine leere Farbdose aus einem Container gefischt und damit die Scheibe eingeschlagen.

Der Laden hat keine Alarmanlage, nur das Knirschen von Dios' Stiefeln auf den Glasscherben ist zu hören. »Kommst du?« Als Florida eintritt, entkorkt Dios eine Flasche.

Unter dem Muff des Leerstands riecht die Kneipe immer noch nach Kneipe – süßlich, schwül, verraucht. Ein Geruch, den Florida mit schlechtem Sex und schlechten Entscheidungen verbindet.

Dios verschwindet hinter dem Tresen und spielt an irgendwelchen Schaltern herum. Lichter gehen an und aus. Eine elektrisch betriebene Discokugel beginnt sich zu drehen.

»Mein Gott, Dios. Mach das Licht aus!«

Dios schiebt ihr die Flasche hinüber. »Trink«, sagt sie. »Trink und halt den Mund. Oder trink und genieß es.«

Florida nimmt die Flasche.

»Siehst du?«, sagt Dios, als die warme Flüssigkeit – was ist es, Whiskey? – Floridas Lippen berührt. »Die haben dich kein bisschen resozialisiert. Einbruchdiebstahl und jetzt noch Schnaps aufs Bier.«

Das Brennen des Whiskeys lässt Florida blinzeln. »Das warst alles du.«

»Du und ich.«

Sie reichen sich die Flaschen hin und her und trinken, bis ihre Beine zu Wackelpudding werden.

Dann spielt die Musik, sie tanzen. Sie kreiseln, torkeln, rutschen auf dem zerbrochenen Glas aus und halten sich aneinander fest, um nicht zu fallen.

Florida stolpert zur Musikanlage und stellt sie ab. Dios folgt ihr, hält aber inne, als die Dunkelheit draußen von Scheinwerfern durchbohrt wird.

Zusammen kauern sie sich hinter die Bar. Betäubte, dämliche Erregung verdrängt Floridas Angst.

Die Scheinwerfer verschwinden. Sie sind wieder allein, auf einer rutschfesten Gummimatte aneinandergepresst, ein Knäuel aus Atem und Alkohol.

Dios' Viperngesicht ist nur Zentimeter von Floridas entfernt, eine Blutspur zieht sich von der geplatzten Lippe hinunter. Sie hilft Florida hoch.

Dann sind sie auf wackligen Beinen im Freien.

Dann ist Florida hingefallen. *Lass mich einfach.* Dann – sie weiß nicht genau, wie viel Zeit vergangen und was inzwischen passiert ist – steht Dios wieder über ihr. Das Blut an ihrem Kinn ist getrocknet.

»Iss.« Sie streckt ihr eine Chipstüte entgegen. Florida reißt sie an der Seite auf, die Chips landen auf ihren Beinen. Salz, Fett und feste Nahrung sorgen dafür, dass die Welt sich langsamer dreht.

Sie haben sich ein paar Blocks von der Kneipe entfernt. Sie sitzen auf einer niedrigen Brücke über einer mit Farn bewachsenen Senke.

»Wüste«, sagt sie und deutet mit dem Kopf nach unten.

»Das ist nicht die Wüste«, sagt Dios.

»Wüste.« Mehr bringt Florida nicht hinaus. Denn zu erklären, dass die Wüste offenbar nach Westen gekrochen ist, um sie hier zu begrüßen, ist jetzt zu kompliziert.

»Florida«, sagt Dios. »Hör mir zu.« Sie geht in die Hocke, ihr Mund berührt beinahe Floridas Gesicht. Florida zuckt zusammen und versucht, Dios' Gesicht scharfzustellen, das zu einem sich drehenden und fragmentierenden Kaleidoskop geworden ist.

»Die Welt macht Pause«, sagt Dios und legt Florida eine Hand auf die Schulter. »Aber wir nicht. Wir sind unterwegs.«

»Ich sitze«, sagt Florida. »Lass mich einfach sitzen.«

»Die Welt achtet nicht auf uns. Wir können tun, was wir wollen. Das ist unsere Zeit.« Dios' Augen glänzen in der Dunkelheit. Sie lächelt so breit, dass die Wunde wieder blutet. Florida blinzelt. Ihr Hinterkopf stößt gegen den Zaun aus Kaninchendraht, er bewahrt sie davor, in die Wüste zu fallen.

Dios ist wunderschön. Eine Göttin und ein Dämon. Sie streckt die Hände aus und hilft Florida auf die Beine.

»Du und ich – das ist unser Moment. Es passiert jetzt.«

Irgendwo ist hier ein Trick, aber Florida kann ihn nicht erkennen.

Die Welt dreht sich. Florida schließt sich Dios an. Das kommt ihr sicherer vor, als benommen und allein zurückzubleiben.

Dios hält ihre Hände. Florida gestattet ihr, sie wild herumzuwirbeln. »Ich verstehe dich nicht«, sagt sie. »Was sollen wir tun?«

»Wir haben schon angefangen.«

»Okay«, sagt Florida. »Okay.«

Dios lässt sie los. Florida taumelt rückwärts und fällt auf den Asphalt. Sie dreht sich um und schaut in den Himmel mit den verschmierten Sternen. Dann setzt sie sich auf und sieht, dass Scheinwerfer die Brücke heraufkommen. Ein weißer Pick-up hält an. Wieder schließt Florida die Augen, legt sich hin und sperrt die Welt aus.

Florida kommt in der Fahrerkabine des Pick-ups zu sich. Anscheinend sind sie auf dem Weg ins Nichts. Dios hält ihr eine kleine weiße Pille hin, die Florida als Trucker-Speed identifiziert. Sie und Ronna haben es an Tankstellen außerhalb der Stadt gekauft, wenn sie mit Renny unterwegs waren.

Renny? Wo kommt jetzt dieser Name her?

Sie schließt die Augen und lässt sich von Dios die Pille auf die Zunge legen.

Die letzten fünfzehn Minuten kommen in Erinnerungsblitzen zurück, als würde man ein altes VHS-Video im Schnelldurchlauf anschauen.

Der Pick-up kommt zum Stehen.

Ein Mann beugt sich herüber und streckt den Kopf aus dem Beifahrerfenster.

Dios fragt, ob er sie nach L.A. mitnehmen kann.

Der Mann sagt Nein. Spricht von einer Jauchegrube oder einem Drecksloch. Über aalglatte Milliardäre und dreckige Obdachlose. Aber er könne sie *woandershin* mitnehmen.

Dann hilft Dios ihr auf. Dann nennt Dios dem Mann ihre richtigen Namen. Er heißt Drew. Dann flüstert Dios ihr ins Ohr, sie solle sich keine Sorgen machen. *Das ist unser Spiel.* Dann wird alles schwarz.

Auch jetzt, als Florida den Kopf zurücklehnt und der Wagen sich wieder in Bewegung setzt, ist alles schwarz.

Die Wirkung des Trucker-Speed setzt auf einen Schlag ein, Florida spürt den plötzlichen Kick. Der Pick-up überquert irgendwelche Bahngleise. Aus der Ferne klingt das Pfeifen eines Zugs.

Draußen sieht es nach freiem Gelände aus, nicht mehr nach Vorort oder Kleinstadt. Florida erkennt, dass sie in Richtung Berge fahren.

»Nur ich und ein paar Kumpels da draußen. Ich lasse sie auf meinem Grundstück campen. Umsonst und alles. Hab keine Verwendung für Bargeld. Im Moment jedenfalls nicht. Was mir gehört, gehört mir. Keine Bank. Nie und nimmer.«

Der Pick-up schlängelt sich einen Hügel hinauf.

»Das ist der Weg, den die Welt nimmt. Infrastruktur ist eine Idee von gestern. Banken sind ein Mittel zur Unterdrückung. Ein Trick. So stehlen sie dein Geld, wenn die Welt zusammenbricht. Sie stellen den Strom ab und schließen dein Geld weg.«

Der Wagen hüpft auf und ab, bis sie auf einer welligen Zufahrt zum Stehen kommen.

Das Haus ist eher eine mit abblätternden Schindeln verkleidete Hütte. Dahinter stehen ein kleines Wohnmobil und ein Trailer mit einem Vorhang am Heckfenster. Zwei schattenhafte Männer steigen aus und treten ins Licht eines Lagerfeuers, das auf diesem spröden, durstigen Land nicht brennen sollte.

Florida steht unter Strom. Die Tablette hat den Alkoholrausch abgeschwächt, sie fühlt sich jetzt hellwach statt betrunken. Sie folgt Drew und Dios zum Lagerfeuer, setzt sich auf eine Getränkekiste aus Plastik und betrachtet über die Flammen hinweg die Gesichter auf der anderen Seite. Einer der Männer ist groß, seine Haut auf einer Gesichtshälfte von einer Brandverletzung marmoriert, Haut wie geschmolzenes Wachs. Er trägt drei riesige Ringe – dunkle, von Klauen und Krallen umfasste Steine. Schmuck, wie Florida und Ronna ihn zum Spaß in Venice Beach gekauft haben. Wie sie ihn von Renny geschenkt bekommen haben.

Wieder dieser Name. Florida schlägt sich mit der Hand an die Stirn, um die Erinnerung zu verjagen. Dabei lässt sie den Mann auf der anderen Seite des Feuers nicht aus den Augen.

Er hat Zahnlücken. Dicht am Auge ist ein koptisches Kreuz tätowiert oder aufgemalt. Mehrere Fingernägel sind rußgeschwärzt oder schwarz lackiert.

Der andere Mann ist klein und leicht bucklig, die rötliche Haut vom Alkohol und dem Wind rau und vernarbt. Er zittert und streckt die Hände trotz des warmen Abends dem Feuer entgegen. Seine Finger glühen, die Nägel sind gelb, die zu einem Pferdeschwanz gebundenen Haare gelblich-grau.

»Ich habe ein paar Freundinnen mitgebracht«, sagt Drew.

Florida kann zum ersten Mal einen gründlichen Blick auf ihn werfen – er ist groß, dünn, hohlwangig, auf beiden Gesichtshälften zieht sich je eine tiefe Falte vom Auge hinunter zum Kiefer. Seine fransigen braunen Haare fallen auf die Schultern. Das Gesicht lässt an einen Falken denken.

»Setzt euch«, sagt Drew. »Gary und Bob.« Er deutet erst auf den Tätowierten, dann auf den Rotgesichtigen.

Floridas Herz tanzt einen Twostepp. Sie sitzt rittlings auf dem Bierkasten in der Nähe des Feuers, hebt einen Stock vom Boden, knack-knack-knackt ihn durch und wirft ihn in die Flammen.

»Ladys«, sagt Gary, der Schnaps aus einem Einmachglas trinkt. Er riecht selbstgebrannt – mit einer Note Motoröl.

»Seid ihr Mädels weit weg von zu Hause?«, fragt Bob.

»Wir haben kein Zuhause«, erwidert Dios.

»Habt ihr euch verlaufen?«, fragt Bob.

»Auf keinen Fall.«

»Bei der musst du aufpassen«, sagt Gary.

Sie reichen das Einmachglas herum. Das Zeug brennt höllisch, dämpft aber das billige Speed.

Bob fängt an, mit einem Stock auf einen Bierkasten zu trommeln, ein schneller Rhythmus, der nicht mit dem von Floridas Herzschlag harmoniert.

»Wo hast du sie gefunden, Drew?«, will Bob wissen. »Wo kommen diese Ladys her?«

»Glaubst du, wir können nicht sprechen?«, fragt Dios und hält Bobs starrendem Blick stand.

Bob schüttelt den grauen Pferdeschwanz. »Deine Freundin hat noch kein Wort gesprochen.«

»Sag's ihnen, Florida«, fordert Dios sie auf und bohrt einen Finger in Floridas Seite.

»Das geht sie nichts an«, erklärt Florida.

»Kratzbürstig«, stellt Bob fest. »So mag ich es.«

»An deiner Stelle wäre ich vorsichtig«, sagt Dios. »Sie ist eine Killerin.«

»Das mag ich noch mehr«, sagt Bob.

Das Feuer knistert, eine Eule stößt einen einsamen Schrei aus. Drew gießt Wasser in einen Beutel mit gefriergetrocknetem Eintopf, rührt um und bietet ihn allen an. Der Geruch von getrocknetem Rindfleisch und Gewürzpulver ruft bei Florida Erinnerungen wach. Sie würgt und nimmt einen tiefen Zug von der nach Pechkiefer riechenden Luft.

Bob raucht mieses Gras, sein Gesicht wird immer röter, als wäre das Feuer in ihm drin. Er redet verworren. *Damals war ich der Friseur von Pat Benatar. Ich hab mich um all die Sängerinnen gekümmert.*

Ich hab ein paar Briefe an den Präsidenten geschrieben.

Ich hab Antwort bekommen. Einmal, nur ein einziges Mal.

Wir hatten einen Laden auf dem Hollywood Boulevard. Jeder hatte einen Laden auf dem Hollywood.

Wir haben Partys im Guitar Center gefeiert. Wir haben im Viper Room gefeiert. Zwischen den Sets hab ich auf den Toiletten die Haare geschnitten. Ich hab sie in Privatjets geschnitten. Ich war in Moskau. Ich war in Estland.

Der Brief, der zurückkam, war unterschrieben. Vom Präsidenten der Vereinigten Staaten. Scheiß Landesverräter.

In Osteuropa stehen sie auf amerikanischen Rock.

Sie stehen mehr drauf als die Amerikaner selbst. Sie können ihn uns erklären. Sie hören Sachen, die wir nicht hören. Amerikanischer Rock ist voll von Codes. Verschlüsselte Botschaften an die Kommunisten. Spionagezeug.

»Mach mal halblang, Bob«, sagt Drew. »Du willst doch unsere Gäste nicht langweilen.« Er rutscht näher an Dios heran.

»Gib mal her.« Dios greift nach dem Einmachglas. Sie nimmt einen großen Schluck und reicht es Florida.

Bobs Bassstimme setzt wieder ein – seine Geschichte zieht sich endlos hin, nur gelegentlich von einem Zug am Joint und einem Ausatmen unterbrochen.

»Also wollt ihr beide nicht erzählen, wo ihr herkommt und warum ihr nach Beginn der Ausgangssperre noch draußen herumlauft?«, fragt Drew.

»Welche Ausgangssperre?«, fragt Florida.

»Sie spricht«, stellt Bob lallend fest.

»Wir kommen aus Arizona«, sagt Florida.

»Und da gibt's keine Nachrichten?«

»Wir waren im Gefängnis«, erklärt Florida.

Einen Moment lang ist nur das Knistern des Feuers zu hören. Dann brechen die Männer unisono in dröhnendes Gelächter aus, so heftig, als würden sie von starken Böen hin und her geschüttelt.

»Was ist los?«, fragt Florida.

»Was habt ihr verbrochen?«, fragt Drew.

»Lasst mich raten«, sagt Bob. »Häusliche Gewalt. Ihr habt eure Alten verprügelt.«

»Fälschung«, sagt Gary. »Es geht immer um Fälschung.«

»Fälschung. Oder Betrug«, sagt Drew. »Das eine oder das andere. Was sonst?«

»Meine Cousine hat wegen ungedeckter Schecks gesessen«, sagt Bob.

»Als ich im Einzelhandel gearbeitet hab, haben die Ladys alles Mögliche mitgehen lassen«, sagt Gary. Er streckt die Hände aus, die Flammen bringen die billigen Steine seiner Ringe zum Leuchten.

»Das habt ihr verbrochen, stimmt's?«, hakt Drew nach. »Ihr habt ein paar Dollar aus der Kasse genommen. Dann ein paar mehr. Habt euch Klamotten und Make-up gekauft. Und gedacht, niemand würde etwas mitkriegen.« Sein Blick wandert zwischen Dios und Florida hin und her, auf seinem Gesicht liegt das schiefe, überlegene Grinsen des Betrunkenen.

Dios packt Floridas Handgelenk und zieht sie zu Drew hinüber. »Schlag ihn«, sagt sie.

Floridas Mund klappt auf und zu wie eine Venusfliegenfalle, die nichts fängt.

Dios schüttelt ihr Handgelenk und drückt fester zu, ihre Finger bohren sich schmerzhaft in Floridas dünne Knochen. »Schlag ihn.«

»Aber, aber«, sagt Drew. »Das ist nicht ladylike.«

»Und was soll das jetzt heißen?«, fragt Dios.

»Es heißt, dass sie mich nicht schlägt.«

Dios rüttelt an Floridas Arm. »Was weißt du schon?«

Floridas Handgelenk brennt. Sie ist unsicher auf den Beinen.

Drew starrt selbstgefällig lächelnd zu ihr hoch, aber angesichts der Kälte, die von Dios ausgeht, verrät sein Blick auch eine Spur Angst. »Mach schon«, zischt Dios.

Florida will sich losreißen.

»Mach jetzt!«

»Hör auf«, protestiert Florida.

»*Hör auf*«, äfft Dios sie nach.

»Was ich weiß?«, sagt Drew. »Anscheinend weiß ich tatsächlich etwas.«

Dios lässt Florida los, dann täuscht sie bei Drew einen Fausthieb an. Er zuckt zusammen und fällt von seinem Bierkasten. »Einen Scheißdreck weißt du.«

Floridas Wangen brennen vor Scham und vor Wut. Sie drängt sich an Dios vorbei zu dem am Boden liegenden Drew und stellt einen Fuß auf seine Brust. »Beihilfe zum Mord«, sagt sie und verstärkt den Druck. »Das hab ich getan. Ursprünglich lautete die Anklage auf Mittäterschaft.«

Dios dreht sich um. Ihre grünen, im Feuerschein schimmernden Augen ruhen auf Florida. »Schau an«, sagt sie. »Geht doch.«

Florida nimmt den Fuß von Drews Brust und richtet sich kerzengerade auf. In diesen Wäldern, in dieser Dunkelheit fühlt sie sich verwegen. »Reich mir das Glas«, sagt sie.

Drew setzt sich wieder. Er wirkt frustriert, aber trotzdem hungrig. Florida kennt diesen Blick von den Schließern, die die Frauen unter Kontrolle hielten, indem sie zu ihrem Vergnügen die schlimmsten Seiten in den Gefangenen zum Vorschein brachten. Sie kennt ihn von dem Schließer im Bus, der Dios auf genau dieselbe Weise angestarrt hat. Bring sie dazu, sich danebenzubenehmen, dann kannst du sie später vernaschen.

Das Feuer knistert wie Kastagnetten. Irgendeine Eule gibt ihren Senf dazu.

Die Mischung aus Alkohol und Speed macht Florida locker und elektrisiert sie gleichzeitig auf eine Art und Weise, die sich irgendwie entladen muss.

Sie atmet tief durch, saugt den Wald in sich ein, dessen Aroma so frei und klar ist, dass es in der Lunge beinahe schmerzt.

»Schaut sie euch an.« Florida nimmt Garys grobe, heisere Stimme kaum wahr, seine unverhohlene Bewunderung. Sie lässt den Kopf in den Nacken fallen, schaut zum Himmel und beginnt sich in ihrem inneren Rhythmus zu wiegen.

Sie spürt, wie alles von ihr abfällt. Carter. Ihre Mutter. Die Jahre hinter Gittern. Die Gerüche und Geräusche Hunderter zusammengepferchter Frauen. Das Echo ihrer Ängste. Die dichte, kaum durchdringliche Luft.

Auch Gary nimmt sich einen Stock. Sein Rhythmus auf dem Bierkasten ist hektischer, er kämpft gegen die Trägheit seines Kumpels an.

Florida dreht sich schneller und spürt die Hitze des Feuers am ganzen Körper. Sie spürt die hoch aufragenden Bäume und den sich in sämtliche Himmelsrichtungen ausdehnenden Wald. Die Welt weicht zurück, bis nur noch sie allein da ist, im grenzenlosen Raum tanzend und von jeder Zeit befreit.

Jetzt dringt Musik aus dem Pick-up, Songs aus einem blechern klingenden Radio. Die Scheinwerfer sind eingeschaltet und auf die Party gerichtet.

Bob wiegt auf seinem Bierkasten den Oberkörper vor und zurück, halb im Dämmerschlaf, den Joint zwischen den Lippen. Dios nimmt sich den Joint genau in dem Moment, als Bob zu Boden fällt, das Gesicht entspannt vom chemisch induzierten Schlaf.

Gary formt mit den Händen einen Trichter vor dem Mund und stößt eine heidnische Wehklage aus. Er zieht sein T-Shirt aus und nähert sich dem Feuer. Eine Seite seines Brustkorbs ist von der Schulter bis zur Taille vernarbt – eine halbe Weste aus geriffelter, zerfurchter Haut.

Dios legt den Arm um Floridas Hüfte. »Wir haben sie in der Hand«, flüstert sie. »Jetzt müssen wir nur noch zudrücken.«

Gary heult und schreit und säuft von seinem Selbstgebrannten. Dann stolpert er zu seinem Trailer, auf dessen Stufen er das Bewusstsein verliert.

Bleibt also Drew. Der hungrige Drew.

»Ladys«, sagt er. »Sollen wir tanzen?«

Florida zerrt Dios auf die andere Seite des Feuers.

Drew wendet den Blick keinen Moment von ihr ab. »Zierst du dich?« Sie trinkt aus dem Einmachglas, alles dreht sich noch schneller. Die Bäume kommen näher. Das Feuer lodert höher. Sämtlicher Raum, der gerade noch da war, löst sich in nichts auf, als Drew sich um die Flammen herum nähert und versucht, die beiden zu fangen.

Zuerst ist es ein Spiel, diese Jagd gegen den Uhrzeigersinn.

Schwankend läuft Florida um das Feuer, um Drew auf Abstand zu halten. Dios tritt ein Stück zurück.

»Lässt du dich von dem etwa schnappen?«

»Komm zurück, Dios«, sagt Florida.

»Komm zurück, Dios«, äfft Dios sie nach und zieht sich hinter die Scheinwerfer des Pick-ups zurück.

Florida zieht schnell ihre Kreise, Drew noch schneller. Dann wechselt er plötzlich die Richtung, schnappt sie, umschlingt sie mit beiden Armen und reißt sie zu Boden. Sie kommt hart auf. Ihr Kopf stößt gegen etwas Spitzes. Der Schmerz ist heftig.

Sie spürt das Feuer in ihrem Rücken, Staub und getrocknete Nadeln im Mund.

Drews fiebrig krallende Hände sind überall, sie schieben sich unter ihre Kleidung.

Vom Sturz ist Florida benommen. Drews ungeschickte Finger erforschen ihren Körper. Er zerreißt ihr T-Shirt. Er zerrt an ihrer Hose.

Das Feuer knackt und lässt einen Funkenregen auf sie niedergehen. Drew schreit auf, weicht zurück und lässt Florida los.

Sie rollt sich zur Seite und kommt mühsam auf die Beine.

»Zeig's ihm«, fordert Dios sie aus der Dunkelheit heraus auf. »Jetzt hast du die Chance, ihm zu zeigen, wer du bist.«

Florida ballt die Faust. Drew rollt sich zu ihr herüber.

»Jetzt schlag ihn.«

Florida starrt auf den am Boden liegenden Mann, der sich Funken aus den Haaren und vom T-Shirt wischt. Sie sieht, wie er vom Rauch geblendet blinzelt.

»Mach es.«

Drew rappelt sich auf.

»Jetzt.«

Bevor er richtig auf die Beine kommt, verpasst Florida ihm einen Tritt.

»Noch mal.«

Ein Tritt, und noch einer.

Drew stöhnt und beugt sich vornüber.

»Zeig's ihm.«

Noch ein Tritt, dann geht sie runter auf seine Höhe. Ihre Fäuste fliegen, als gehörten sie jemand anderem – ein Rat-tat-tat-Hagel von Schlägen. Dios feuert sie an.

Sie hat Drew an den Beton der Feuerstelle gedrängt. Ihre

Fäuste und Füße fliegen, Tritte und Schläge wechseln sich ab. Ihre Fäuste bluten, ihre Füße pochen. Trotzdem macht sie weiter. Sie spürt, wie ihre Fingerknöchel brechen, wie die Haut ringsum anschwillt.

Sie schlägt, bis ihre Hände taub sind und sie keine Luft mehr bekommt.

Drew liegt schlaff und mit geschlossenen Augen da, sein Kopf dicht am Feuer.

Florida fällt hintenüber. Sie fühlt sich völlig leer. Dios tritt ans Feuer, herrlich und makellos. Sie hilft Florida auf die Beine.

Florida ist schweißnass, am ganzen Körper klebt Asche. Sie schaut hinunter auf den reglosen und mit Funken übersäten Drew.

Ihre Handknöchel schmerzen. Die Gelenke auch. Ihr Kopf ist schwer, der Magen brennt. Florida betrachtet das Blut an ihren Händen und das Blut in Drews Gesicht. Sie würgt, dann wischt sie sich den Mund ab. Sie entdeckt das Einmachglas und trinkt einen Schluck.

Dios macht sich bereits auf die Socken. Florida hört die festen Schritte ihrer Stiefel auf dem Schotter. Sie wirft einen letzten Blick auf die am Boden liegenden Gestalten.

Bob murmelt irgendetwas.

Florida muss sich beeilen. Sie darf nicht mehr hier sein, wenn die Männer zu sich kommen.

Sie stolpert über Bierkästen und prallt gegen den Pick-up. Sie entdeckt die Zufahrt, kommt aber von ihr ab, weil sie sich im Dunkeln nicht orientieren und kaum geradeaus gehen kann.

»Florida!« Wieder Dios' Stimme, jetzt aber weiter entfernt. »Florence.«

Florida geht ein paar Schritte die Straße entlang, bleibt dann aber stehen. Im Wald könnte sie sich verstecken. Im Wald wäre sie Dios los.

Sie wartet.

»Florida!« Noch leiser jetzt. »Schaff deinen Arsch hierher.«

Als Dios nicht mehr zu hören ist, nimmt Florida nur noch das unregelmäßige Hämmern ihres Herzens wahr. Dann nähern sich die Schritte von Stiefeln.

Lauf. In den Wald. Über Felsen. Durch Tumbleweed und Sprödbüsche. In die Stämme hoch aufragender Bäume. An weiteren Felsen vorbei. Über vertrocknetes Moos und heruntergefallene Äste.

Lauf. Schneller. Weg von Dios. Weg von diesem Trailer und dem nächsten Menschen, den sie bewusstlos geprügelt hat.

Lauf. Mit Dios' Stimme in den Ohren, die sie zum Weitermachen anfeuert.

Lauf. Schneller und schneller, bis sie über einen Baumstamm stolpert und mit dem Kopf voran auf einer kleinen Lichtung landet.

Die Luft riecht nach Blut und Harz. Florida hält den Atem an und hofft, dass es leise genug ist, um zu hören, ob Dios sie ruft oder verfolgt. Aber sie hört nur das Pochen ihres eigenen Herzens und den Wald, der hinter ihr zur Ruhe kommt.

Sonnenstrahlen dringen durch die niedrigeren Äste der hohen Kiefern. Ihre Kehle ist ausgetrocknet, die Augen vom Staub verkrustet. Sie hat auf dem Waldboden geschlafen. Ihre Hüften schmerzen. Die Hände pochen. Im Dämmerlicht erkennt sie, dass die meisten Fingernägel abgebrochen und die Knöchel geschwollen sind.

Sie steht auf. Sie muss in Bewegung kommen und das alles hier hinter sich lassen – es war bloß irgendein betrunkenes Gelage, eine Party im Wald, ein Feuertanz.

Florida hat keine Vorstellung davon, wie weit sie letzte Nacht gelaufen ist, bevor sie gefallen und eingeschlafen ist. Minuten oder Meilen? Die Zeit war ein Trichter, der sie herumgewirbelt und wieder ausgespuckt hat. Sie klopft ihre Taschen ab. Die Bankkarte ist da. Ansonsten hat sie fast alles verloren.

Abwärts. Mehr weiß sie nicht. Wenn sie abwärts geht, erreicht sie früher oder später eine Straße. Sie ist im Wald, aber die Zivilisation kann nicht weit entfernt sein, die Vororte, die Randbezirke, die sich von den Städten ausbreiten, bis alle Städte zu einer einzigen Stadt werden.

Der Wald ist von kahlen Stellen durchsetzt – Felsen mit einem Teppich aus getrockneten Kiefernnadeln. Florida stolpert und bremst ihren Sturz mit den verletzten Händen. Sie rutscht abwärts.

Da ist die Straße – ein gewundener Einschnitt zwischen den Bäumen.

Auf dem Asphalt ist der Abstieg leichter.

In ihrem Kopf herrscht ein schmerzhaftes Durcheinander von Gedanken und den Nachwirkungen des Alkohols – ein Kater mit drei Jahren Vorlaufzeit. Er taucht jede Entscheidung in einen Halbschatten aus Sorge, Verwirrung, Panik.

Abwärts. Abwärts.

Floridas Füße scheinen es eilig zu haben und dem Rest des Körpers vorauszueilen. Sie dreht sich um und schaut zurück. Ein gutes Stück Weg liegt hinter ihr. Die Bäume oben auf dem Berg sind kaum noch zu erkennen.

Bei jedem Schritt spürt sie ihre Unterschenkel zittern.

Sie hat den Fuß des Bergs erreicht. Florida bleibt stehen, um Atem zu holen. Sie muss wild aussehen – eine Kreatur, die sich aus dem Wald herauskämpft. Mit den Fingern fährt sie sich durch die Haare und versucht, sich den Staub von den Wangen zu wischen.

Bleib in Bewegung. Ihr Körper möchte stehenbleiben.
Bleib in Bewegung.
Die Schmerzen sind überall.
Bleib in Bewegung.

Denn wenn sie das tut, kann sie nach Hause. Kein großes Problem, sie muss nur ein bisschen nachdenken. Sie dürfte fünfundvierzig Minuten von der Stadtgrenze von Los Angeles entfernt sein. Bis zum Haus ihrer Mutter wären es dann noch zwanzig Minuten quer durch die Stadt. In dieser neuen Welt dürfte der Verkehr eigentlich kein Problem sein.

Florida atmet tief ein und langsam wieder aus, um das panische Stakkato ihrer verkaterten Gedanken in Schach zu halten.

Sie wird bei ihrem Plan bleiben und alles schrittweise angehen. Wenn sie sich irgendwo in Los Angeles eingerichtet hat, wenn sie ihr Auto hat, wenn sie geduscht und zurechtgemacht ist, dann werden auch die Ereignisse der letzten Nacht und der vergangenen Jahre weggewischt sein. Wenn sie Dios los ist, kommt sie zurecht. Der Berg wird zur Erinnerung verblassen.

Sie überquert die Grenze zwischen Berg und Wüste. Jetzt gibt es Häuser, sogar einzelne Autos. Einen Laden, eine Tankstelle. Sie kauft Wasser, Kaffee und Gebäck, das in seiner Plastikhülle schwitzt.

Beim Bezahlen kommt ihr ein Gedanke – nein, kein Gedanke, es ist bloß ein Geräusch, das in ihr Bewusstsein dringt.

»Alles in Ordnung, Lady?«

»Haben Sie das gehört?«

Der Verkäufer schaut zur Tür, als könnte das Geräusch jeden Moment den Laden betreten. »Meinen Sie den Zug?«

»Hier gibt's einen Zug?«

»Sie haben ihn doch gerade gehört.«

Der Bahnhof ist ein Art Geisterstadt, ein paar Mission-Style-Gebäude werfen Schatten auf den verlassenen Bahnsteig. Der Warteraum ist leer, die Bänke sind mit Polizeiband abgesperrt, die Warenautomaten außer Betrieb.

An einem Automaten kauft Florida mit ihrer Bankkarte ein Ticket. Sie hat das Gefühl, das Geld zerfließt ihr zwischen den Fingern. Ein Schild an der Wand weist darauf hin, dass die Züge nur unregelmäßig fahren.

Ihr Zug ist so gut wie leer. Die vereinzelten Fahrgäste sitzen weit verstreut. In ihrem Waggon befindet sich ansonsten nur ein einzelner, hinter einer Zeitung verborgener Mann.

Die Luft ist kalt, konserviert, belebend.

Florida sucht sich einen Platz außer Sichtweite des anderen Fahrgasts.

Das gleichmäßige Rumpeln des Zuges wirkt beruhigend, tröstlich.

Die Tür an ihrer Seite des Waggons geht auf. Eine Frau tritt ein, sie schwankt mit dem Hin und Her des Zugs. Dann lässt sie sich auf einen der Sitze in Floridas Nähe fallen, gleich jenseits des Gangs.

Schnaubend und schniefend breitet die Frau sich aus. Sie ist zu nah, zu laut, zu viel Atmen und Hitze.

Florida macht sich auf den Weg, um den Waggon zu wechseln. Als sie am Platz des Zeitungslesers vorbeikommt, ist er verschwunden, aber die Zeitung hat er liegenlassen. Florida setzt sich dem jetzt leeren Platz gegenüber mit dem Rücken zur Fahrtrichtung und lässt das Inland Empire an sich vorbeiziehen. Der Zug fährt jetzt schneller, eilt Richtung Endstation, bringt sie nach Hause. Nach Hause. Jetzt, wo sie Dios los ist, hat sie keine Angst, den Begriff zu benutzen.

Die Landschaft wirkt nach und nach immer vertrauter. Die Außenbezirke von L. A. – Orte, an denen sie mit Carter vorbeigekommen ist oder an denen sie mit Freunden auf dem Weg woandershin gehalten hat. Orte, an denen jemand wohnte, der jemanden kannte. Orte, an denen jemand wohnte, den sie kannte.

Zu Hause.

Sie spürt es zum ersten Mal – eine Last, die ihr von den Schultern genommen wird, das Nachlassen einer Spannung. Eine Heimkehr.

Florida greift nach der *San Bernardino Sun* auf dem leeren Platz. Sie überfliegt die Seiten, nimmt die Berichte aus einer Welt im Stillstand zur Kenntnis. Daten und Grafiken und Zahlen und Warnungen. Sie will die Zeitung schon weglegen, als ihr Blick auf eine Überschrift unterhalb des Knicks fällt.

Polizei sucht eine oder mehrere weibliche Verdächtige im Fall des ermordeten Gefängniswärters

Einen törichten Moment lang stellt Florida sich vor, dass sie nur zu lesen aufhören muss, um die Geschichte zum Verschwinden zu bringen oder in eine ganz andere Geschichte zu verwandeln. Aber ihre Augen lesen weiter, ob sie will oder nicht.

Die Leiche des Gefängniswärters Oscar Reyes wurde am Dienstag an Bord eines Ho-Fung-Busses entdeckt, der illegal zwischen Phoenix und Los Angeles verkehrte. Todesursache war eine Messerwunde in der Halsschlagader.

Es klingt so klinisch, so unglaublich weit entfernt.

Floridas Blick wandert wieder hoch zur Überschrift. *Eine oder mehrere weibliche Verdächtige ...*

Der Zug wird langsamer. Schon bald wird er von den Schatten der Union Station verschluckt.

Dann kommt er kreischend zum Stillstand.

KACE Ich will Ihnen ein bisschen über Tina erzählen. Viel weiß ich nicht. Aber eins ist sicher: Die Lady hatte ein derartiges Drogenproblem, dass sie eine Bitch umbringen und sich nachher nicht daran erinnern konnte. Ihre Filmriss-Highs waren so high, dass praktisch nichts, was in dieser Zeit passierte, wirklich geschehen war. Jedenfalls, soweit es sie betraf.

Nur dass es doch geschehen war.

Nur dass Tina eine Lady eiskalt umgebracht hat.

Wie kann man sich für etwas entschuldigen, das man nicht getan hat? Wie bringt man etwas in Ordnung, was eigentlich ein anderer Mensch angerichtet hat? Wie entschuldigt man sich dafür, nicht man selbst gewesen zu sein?

Es geht nicht. Man kann sich unmöglich in den entscheidenden Moment zurückversetzen, weil er für einen selbst nicht existiert hat. Das reicht, um eine Lady verrückt zu machen.

Übernimm die Verantwortung. Das hat Marta mal zu mir gesagt, als sie plötzlich in meinem Kopf auftauchte. Übernimm die Verantwortung dafür, dass du mich umgebracht hast.

Es war das erste Mal, dass ich ihre Stimme gehört hab – meine Fresse.

Aber: *Ja, stimmt*, hab ich ihr gesagt. *Das hab ich gemacht, ganz klar.* Auch wenn es nicht geplant war. Ich hab geglaubt, ich seh sie aus meinem Haus schleichen. Hab gedacht, sie hat hinter meinem Rücken was mit meinem Mann. Hab ohne nachzudenken zugestochen. Aber was ich getan hab, hab ich getan. Ohne es vorher zu wollen. Wenn ich die Chance hätte, würde ich es nicht wieder machen, nicht mit Marta. Mit keinem. In unseren Gruppensitzungen hab ich allen alles erzählt. Hab wieder und wieder darüber gesprochen. Ich weiß nicht, ob ich aus meinen Fehlern gelernt hab. Ich hab sie einfach gemacht.

Dios nennt das Schwäche. Jahrelang hab ich mir das angehört. Sie meinte, ich verkaufe mich unter Wert, denn wie viele Frauen da draußen hätten die Kraft, einen anderen Menschen umzulegen? Als wäre das etwas, worauf man stolz sein könnte. Durchgeknallter feministischer Blödsinn, wenn Sie mich fragen.

Als hätten Macht und Reue nicht im selben Körper Platz. Als könnten die beiden nicht zusammen existieren.

Aber dann hat die Bitch sich aus dem Staub gemacht und nicht mal zugegeben, dass sie Tina plattgemacht hat.

Umarme deine Verbrechen, am Arsch! Das hätte ich ihr sagen sollen. Ich hätte ihr einiges sagen sollen.

Marta hatte so ein Gefühl wegen Tina. Geister spüren wahrscheinlich, wenn sie bald Gesellschaft bekommen.

Tina ist bereit, zu gehen, sagte sie am Abend der Randale, als Tina auf der Galerie hin und her raste. Sie sagte, Tina sei schon auf halber Strecke. Sie würde nach schmutziger Kleidung riechen. Wie verrottendes Obst. Wie Sägemehl. Marta konnte gar nicht mehr davon aufhören, bis ich es dann auch gerochen hab. Ich rieche es noch immer.

Sie ist bereit, zu gehen. Sie packt ihre Sachen. Sie hat mit dem Laden hier abgeschlossen.

Der einzige Ort, wohin Tina geht, ist die psychiatrische Station, hab ich zu Marta gesagt.

Tina hatte im Eifer des Gefechts irgendeine Frau umgebracht, genau wie ich. Aber im Gegensatz zu mir hat sie immer behauptet, sie würde sich nicht erinnern. Wegen dem Meth, dem Alkohol und wovon auch immer sie unter Strom stand.

Etwas Verschwommenes, sagte sie.

Ein Wirbelwind.

Eine Leerstelle.

Nicht bei Verstand. Überhaupt nicht.

Tina hat die tote Lady erst am nächsten Morgen bemerkt, als sie die Leiche auf dem Teppich ihres eigenen verdammten Wohnzimmers fand.

Mit einem verdammten Ziegelstein hat sie die Frau erschlagen. Dass sie es selbst getan hatte, begriff sie erst, als sie die Abschürfungen an ihren Händen, den Ziegelstaub an den Fingern und die Blutspritzer an den Armen bemerkte.

Sie konnte nur raten, was passiert war. Vielleicht war sie total weggetreten aus dem Club zurückgekommen, und die Lady war dabei, ihr die Wohnung auszuräumen. Die allererste Straftat, und dann gleich Mord. Vorher war sie nicht mal wegen zu schnellem Fahren erwischt worden. Oder wegen Falschparken.

Das meine ich nicht, brüllte Marta mich am Abend des Stromausfalls an. *Tina ist tot.*

Sie flippt nur aus, versicherte ich Marta. *Das passiert uns allen, wenn hier drin die Lichter ausgehen.*

Sie ist tot, tot.

Eine Stunde später war es passiert. Tina war eine geprügelte, blutige Masse. Eine beschissene Frau-gegen-Frau-Geschichte. Niemand hat eingegriffen. Niemand hat Hilfe geholt. Ich auch nicht.

Dios war still wie ein Mäuschen. Manche Dinge sind zu finster, um dazu zu stehen. Sogar für sie.

Nachdem Dios weg war, dauerte es ein paar Tage, bis Tina sich meldete.

Marta wartete schon darauf. Marta war unglücklich. Marta will mich für sich allein. Marta sagt, das bin ich ihr schuldig. Marta wollte nicht, dass ich Tina zuhöre.

Ich sagte Marta, das sei nicht ihre Entscheidung. Ich höre, was ich höre.

Tina wollte mir ihre Geschichte erzählen, genau wie die anderen Toten. Es war dieselbe Geschichte, die sie schon an dem Abend erzählt hatte, an dem sie umgebracht wurde. Eine Geschichte über Florida. Schon komisch, man kann ein Jahr mit einem Menschen zusammenleben, ohne das Geringste mitzukriegen. Aber vorher wollte ich selbst ein paar Fragen stellen.

Sobald ich ihre Stimme hörte, fragte ich: *Tina, wie ist es dort auf der anderen Seite? Du hast mir oft gesagt, ich wäre verrückt, wenn ich mit all euren Toten rede. Und jetzt schau dich an.*

Die Toten antworten nicht. Nicht direkt. So viel weiß ich. Trotzdem hab ich gefragt. Denn Tina war die erste Stimme, die ich persönlich aus der Zeit kannte, als sie noch gelebt hatte.

Tina, sagte ich. *Wenn man tot ist – wenn man umgebracht wurde –, bedauert man dann, was man getan hat?*

All diese Frauen sind scheiß Lügnerinnen, sagte Tina. *Alle. Du, ich, die anderen.*

Denselben Mist hat sie schon in der Nacht der Randale verzapft.

Wegen diesem Gequatsche bist du tot, sagte ich.

Ich war im Knast schon tot. Sie haben es bloß zu Ende gebracht.

Manchmal fragt man sich schon, ob in dieser Welt noch Platz für Schönheit ist. Oder ob man längst gegen die Schönheit abgehärtet ist. Ob die Dinge einfach nur sind und sich jeder weiteren Beschreibung entziehen.

Denn wenn ich auf Floridas altem Bett sitze und aus dem Fenster schaue, sehe ich nur eine trockene, tote Welt.

Der Himmel ist nur der Himmel. Der Boden nur Boden. Die Wolken, wenn sie denn kommen, nur ein Fleck auf alldem.

Was zum Teufel hat sie in diesem Baum gesehen? Was hat sie sich da vorgestellt?

Der Witz ist: Ich dachte immer, sie hätte sich die Aussicht verdient, weil sie mehr wusste als ich, sich weniger Schuld aufgeladen hatte und irgendwie besser war als ich. Ich glaubte, sie würde eine andere Luft atmen, zu einer anderen Welt gehören.

Ich dachte, sie hätte die Macht, diese Wüste und den Stacheldraht mitten im Nichts in eine Ansichtskarte zu verwandeln, einen Sonnenuntergang am Strand, ein Urlaubsidyll. Ich dachte, diese Magie hätte sie drauf. Wenn Sie ihr zugehört hätten, hätten Sie das auch gedacht. Und nur wegen eines einzigen Baums, der von Gott weiß wo gekommen ist und hier vor ihren Augen allem trotzte.

Aber jetzt weiß ich Bescheid. Sie ist keine Tochter reicher Eltern, die von den Stromschnellen des Lebens mitgerissen wurde, sondern selbst eine reißende Flut, die entschlossen ist, andere in ihren Strudel zu ziehen.

Sie ist verdammt sorglos mit dem umgegangen, was ihr geschenkt worden war.

Der Blick vom oberen Bett zum Beispiel. Sie dachte, er würde sie vor sich selbst retten. Aber auch das war nur eine Lüge. Und die zog sie hinab in die Tiefe.

Manchmal fühlt es sich hier drinnen so an, als wäre das Einzige, was man für sich allein hat, die Tat, wegen der man einsitzt. Wirklich gehören tut einem nur diese Last, die man mit sich herumschleppt. Sonst nichts. Man hat kein anderes Ich. Und man muss diese Sache in etwas umformen, mit dem man leben kann. Man muss es modellieren und zurechtmeißeln, bis es passt und einen nicht erdrückt. Man muss sich darin zurechtfinden, wie in einem engen Pullover. So lange ziehen und zerren, bis man wieder durchatmen kann.

Mädels wie Dios und Florida begreifen das nicht. Sie kennen nur die Scham oder den Ruhm. Den Alltag kapieren sie nicht, das ständige Gewicht auf den Schultern und den Klang der Vergangenheit.

Sie wissen nicht, dass am Ende des Tages nichts bleibt als das Alltägliche.

TEIL 2

LOBOS Erzähl mir eine Geschichte. Erzähl mir deine Geschichte.

In Blut gebadet. Schlieren und Flecke auf den Sitzen und Fenstern. Spritzer. Eine einsame Schlacht gegen den gewaltsamen Tod. Eine brutale, vergebliche Schlacht.

Im Bus riecht es nach Eisen. Selbst durch ihre Maske hindurch ist der Geruch unverkennbar.

Lobos hat angeordnet, den Motor nicht abzustellen. Die Klimaanlage des Busses hilft gegen den Gestank.

Sie kniet auf einem Sitz und betrachtet die Leiche über die Rückenlehne hinweg, um dem verschmierten Blut nicht zu nahe zu kommen.

Er ist jung. Etwa Mitte zwanzig. Irgendetwas an ihm riecht nach Armee oder Polizei. Aber jetzt sind die Augen panisch aufgerissen, der Mund ist zu einer starren Grimasse verzogen.

Er ist mit einer Hand an der Kehle gestorben, als hätte er so den Blutfluss stillen können. Die andere Hand ist in den Gang ausgestreckt, um Hilfe herbeizurufen, die nicht kam.

Es ist dunkel. Nach Beginn der Ausgangssperre. Die Stadt hält ihren Atem an.

Eine Stadt aus Sperrholz und Angst. Das Motorengeräusch des Busses dröhnt in der anhaltenden Stille umso lauter.

Lobos lässt den Blick über ihr Publikum schweifen. Die Gruppe wirkt angespannt und scheint mit jeder Minute noch angespannter zu werden.

Man erfährt nicht viel von Menschen, die nicht tun, was sie tun sollten, die nicht dorthin fahren, wohin sie fahren sollten, die in einem Bus sitzen, der sie erst gar nicht hätte mitnehmen dürfen.

Wir haben die Anweisung bekommen, zu Hause zu bleiben. Trotzdem sind diese Leute unterwegs, sie überqueren Staatsgrenzen und hocken stundenlang mit Fremden zusammen.

Die Hälfte von ihnen könnte illegal hier sein.

Die andere Hälfte spricht kein Englisch oder will es nicht sprechen. Oder sie vergessen es genau in dem Moment, in dem man Fragen stellt. Worte, die in Schweigen abgleiten. Nicht bezeugte Zeugen. Alles unbemerkt, ungesehen.

Wir können jetzt gehen?
Sie lassen uns jetzt gehen?
Sie lassen uns gehen?

Der Fahrer – er weiß nichts. Nichts über seine Arbeitgeber. Nichts über drei Passagiere, die verschwunden sind, bevor Lobos aufgetaucht ist. Nichts über seinen Führerschein oder darüber, dass er keinen hat. Nichts über irgendeinen der Fahrgäste, die er in einem Bus, der nicht hätte fahren dürfen, nicht hätte transportieren dürfen. Nichts über die Leute, die ausgestiegen sind, bevor der Bus die Endhaltestelle in Chinatown erreicht hat. Nur Bargeld. Keine Passagierliste. Keine Spuren.

Ich achte auf die Straße. Das ist mein Job.

In den zwei Stunden, die sie sich jetzt durch dieses Chaos kämpft, hat Lobos drei wichtige Dinge erfahren.

In Chandler, Arizona, sind zwei Frauen eingestiegen – aber nicht zusammen.

Zwei Frauen sind in Ontario vorzeitig ausgestiegen – aber nicht zusammen.

Eine hat den Bus angehalten, kurz bevor er wieder auf den

Freeway gefahren ist, weil sie ihren Haltepunkt verpasst hatte – der eigentlich nicht ihr Haltepunkt war.

Falls irgendjemand gehört hat, wie diesem Kerl die Kehle aufgeschlitzt wurde, hat er es für ein Husten gehalten, zu dem man besser auf Abstand blieb.

Mehr denn je fürchtet sich eine ganze Nation vor den Sterbenden.

Außerdem hat sie Folgendes erfahren: Die zwölf Augenpaare, die sie über die Masken hinweg anschauen, wollen nach Hause. Sie wollen in diese Stadt ausschwärmen.

Die Menschen starren Lobos an. Sie haben Angst, krank zu werden, indem sie einfach hier stehen. Und wer weiß, vielleicht ist es so. Aber schließlich sind sie in einen illegalen Bus voller Fremder gestiegen, der von einem Fahrer mit abgelaufenem Führerschein gesteuert wurde. Gefahr ist relativ, Risiko auch.

Fahrpreis achtzehn Dollar. Man bekommt, wofür man bezahlt hat, Leiche hin oder her. Also können sie jetzt ruhig mitten in Chinatown herumstehen und ihre Fragen beantworten, während der Abend langsam in die Nacht übergeht.

Keiner von Ihnen hat die Frau gesehen, die ausgestiegen ist?

Keiner hat bemerkt, dass ein Sterbender an Bord war?

Husten gehört. Wollte nicht krank werden.

Keiner hat das Blut bemerkt.

Essen verschüttet. Essen verschüttet. Essen im Bus verschüttet.

Lobos sieht von einem Augenpaar zum anderen, um herauszufinden, wer gesprochen hat.

Klebrig. Bus immer klebrig.

Dagegen kann Lobos nichts einwenden. Sie rappelt mit den Tic Tacs in ihrer Tasche, zieht die Maske herunter und kippt sich ein paar Mintdragées direkt in den Mund. Die Umstehenden reißen erschrocken die Augen auf.

Zum Glück hat sie vor diesem Mist hier die Kaugummis aufgegeben. Wegen der Spannung im Kiefer hat sie nachts nicht schlafen können. Eine Art Spannung unter Dutzenden anderen, die sie dazu gebracht haben, wann immer möglich die Nachtschicht zu wählen. Ihr war jedes Mittel recht, den Schlaf nicht krampfhaft zu suchen, sondern zu warten, bis er sie am Vormittag wie ein Hammerschlag niederstreckt.

Wenn man den Tag mit Rätseln verbringt – wenn man Knoten löst und Fäden miteinander verwebt, bis sich ein gleichmäßiger Bilderteppich offenbart –, verliert man die Geschichte aus den Augen, die sich im eigenen Heim abspielt. Man übersieht den Moment, wo die stille Isolation des eigenen Ehemanns sich in stillen Zorn und schließlich in lautstarke Wut verwandelt.

Lobos zerkaut die Bonbons.

Das Kaugummi hatte sie unter Kontrolle. Sie hat es gegen diese kleinen Mintdragées eingetauscht, mit denen es hinter der Maske einfacher ist. Nach einem Tag hemmungslosem Kauen hätte sie von den Fixierbändern Blasen bekommen.

Tick. Tick.

Lobos schüttelt das Döschen. Die Größe erinnert sie an das Zippo-Feuerzeug, das sie in ihrer Highschoolzeit gestohlen hat. Sie schnippt den Deckel auf und zu, als könnte sie so eine Flamme hervorzaubern.

Ticky. Ticky. Eine Klapperschlange in ihrer Tasche. Nacheinander richtet sie den Blick auf die zwölf Fahrgäste, die bloß zurückstarren.

Der Übersetzer kritzelt Angaben in sein Notizbuch. Namen. Adressen. Wenn sie diese Leute gehen lässt, sind sie Geister, die auf einem Geisterschiff in eine Geisterstadt gebracht wurden.

Eine Frage noch. Dieselbe, die sie schon zehnmal gestellt hat. Lobos schreitet die Reihe ab. »Frauen? Sind Sie sicher, dass es Frauen waren, die mit dem Opfer gesprochen haben? Sind Sie sicher, dass zwei *Frauen* vorzeitig aus dem Bus gestiegen sind?«

Zwölf Augenpaare, alle sind sicher.

Das Opfer hat im hinteren Teil des Busses bei zwei Frauen gesessen. Alle haben gehört, wie der Mann mit einer von ihnen geredet hat.

»Lass sie gehen.«

Der Übersetzer wendet sich an die Gruppe, die sich sofort zerstreut.

»Aber der Fahrer bleibt hier. Er kommt mit aufs Revier. Wir brauchen eine offizielle Aussage.«

Im Bus machen die Techniker ihre Arbeit. Die Leiche ist fotografiert worden, jetzt ist sie verpackt und zum Abtransport bereit.

Ein Bus voller Blut, und bis zur Endstation ist niemandem etwas aufgefallen. So viel hat Lobos leider begriffen.

»Kann der Bus jetzt abgeschleppt werden?«

Die Stimme ihres Partners schreckt Lobos auf. Schon die bloße Existenz ihres Partners schreckt sie häufig auf. Sie ist nicht wählerisch, wenn es darum geht, mit wem sie arbeitet. Das bedeutet, dass ihre Partnerschaften kurzlebig und oberflächlich bleiben – ein älterer Typ auf den letzten Metern, ein Neuling auf dem Weg nach oben. Sie ist eine Zwischenstation.

»Auf den Abschlepphof?«, fügt Easton hinzu, weil er Lobos' Schweigen fälschlicherweise als Verwirrtheit interpretiert.

So ist er, immer mit Erklärungen bei der Hand, bevor sie überhaupt antworten kann. Dass sie ihn schon beim ersten Mal verstanden haben könnte, kommt ihm nicht in den Sinn. Er ist ein jovialer Blondschopf. An der South Bay geboren und aufgewachsen, könnte er – von der Polizeimarke abgesehen – als einer der zahllosen sonnengebräunten Surfer auf den Promenaden und Anlegern durchgehen. Soweit sie es beurteilen kann, ist er weder Fisch noch Fleisch, was bedeutet, dass er keine steile Karriere vor sich hat, sondern bis zum Ruhestand Wasser treten wird. Schon in jungen Jahren ein netter alter Kerl – ein steter Quell konventioneller Einstellungen und konventioneller Weisheiten.

»Klar«, sagt Lobos, »lass ihn wegbringen.«

Easton gibt ein paar Männern, die sich auf der Alpine Street herumdrücken, ein Zeichen.

»Glaubst du ihnen?«, fragt Easton. »Glaubst du, dass zwei Frauen so etwas getan haben?«

Lobos beißt auf ihre Tic Tacs. »Das haben sie gesagt.«

»Und du glaubst es?«

»Warum nicht?«

»Nur weil ...« Easton nimmt einen neuen Anlauf. »Es ist ziemlich brutal, finde ich.«

Wenn er nur wüsste.

»Und man muss kräftig sein, um so etwas zu tun.«

»Nenn es beim Namen, Easton.«

»Um einem Mann die Kehle aufzuschlitzen.«

Lobos führt die Hand an ihre eigene Kehle. Wenn sie die Augen schließt, kann sie dort noch die Hand ihres Mannes spüren.

»Du wärst überrascht, wozu schwache Menschen in der Lage sind.«

Zwanzig Minuten zu Fuß von Chinatown zum Revier in Central. Die uniformierten Kollegen nehmen den Fahrer im Streifenwagen mit. Ein Krankenwagen bringt die Leiche zur Gerichtsmedizin. Lobos geht zu Fuß. Easton begleitet sie.

»Es ist bloß, weil so etwas nicht häufig vorkommt. Man sieht es nicht oft. Es ist nicht gerade alltäglich.«

»Mord ist nie alltäglich.«

»Ich meine nur, dass es bei Frauen meistens um Verbrechen aus Leidenschaft geht. Irgendeine Art von Leidenschaft. Statistisch betrachtet. Frauen töten Menschen, die sie kennen. Sie bringen ihre Kinder um.«

»Wer sagt, dass sie ihn nicht kannte?«

»Sie töten zu Hause.«

Natürlich hat er recht – *statistisch betrachtet.*

»Zu Hause ist im Moment ein komplizierter Begriff.« Sie denkt an die Anzeigen wegen häuslicher Gewalt, die sich häufen, weil man sich den Aggressionen nicht entziehen kann.

»Ich frage mich bloß, ob die Zeugen das gesehen haben, was sie gesehen zu haben glauben.«

Lobos rappelt mit ihren Pfefferminzbonbons. »Und ich frage mich, was für Frauen so etwas tun.«

»Genau«, sagt Easton. »Welche Frau wäre dazu überhaupt in der Lage?«

Lobos sieht ihn fragend an. »Du glaubst, dass eine Frau so etwas nicht tun kann.«

»Ich glaube gar nichts.«

»Komm schon«, sagt Lobos. »Du meinst, eine Frau könnte es nicht.«

»Wir werden sehen«, sagt Easton. »Sollen wir wetten?« Er streckt ihr die Hand entgegen.

»Du willst gegen zwölf Zeugen wetten?«

»Das macht es interessant.«

Lobos dreht sich um, sodass sie ihrem Partner direkt in die Augen sieht. »Findest du den Job sonst etwa nicht interessant?«

»Vielleicht wäre peppig das bessere Wort.«

»Okay«, sagt Lobos. »Peppig ist dieses Revier ganz sicher nicht.« Sie streckt die Hand aus und schlägt ein.

Seit drei Stunden herrscht Ausgangssperre. Aber was soll man den Menschen sagen, die nirgendwohin können? Spannung liegt in der Luft. Die Stadt ist ein Pulverfass. Ein Dampfkochtopf. Man braucht nur einen Schalter umzulegen, ein Streichholz anzuzünden, dann explodiert sie.

Die illegalen Feuerwerke, die seit drei Wochen in den Nachthimmel aufsteigen, sind auch keine Hilfe.

Die Nationalgarde macht es noch schlimmer. Sie verwandelt Los Angeles in ein Kriegsgebiet, das nur auf den Krieg wartet. Die Fahrzeuge rollen direkt vor der Union Station vorbei.

Sie stehen rings um die City Hall. Männer und Frauen fläzen sich in ihren Panzern und LKWs, lässige Soldaten, die in gewisser Weise furchteinflößender wirken, als wenn sie angespannt und wachsam wären. Es sieht aus, als könnten sie jederzeit schießen, ohne viele Gedanken daran zu verschwenden.

Jenseits der City Hall ist von der Nationalgarde nichts zu sehen. Lobos und Easton durchqueren Little Tokyo mit seinen im Dunkeln liegenden Restaurants und überqueren die nebulöse Grenze nach Skid Row, wo die Straßen weniger schützenswert sind. Skid City, sollte man vielleicht sagen. Ein Favela-artiges Viertel voller Zelte, die inzwischen auch außerhalb des ursprünglichen Epizentrums an sämtlichen Freeways, Auffahrten, Flussufern, in Parks und auf Nebenstraßen wuchern. Eine Siedlung, die aus dem Zentrum hinaus in die Stadt ausbricht, westwärts und nordwärts, in die bislang unantastbaren vornehmeren Gegenden von Los Angeles. Die bewegliche Stadt ist auf den Schwellen derjenigen angekommen, die Wände, Tore und Wachhäuschen errichtet haben, um sie außen vor zu halten. Sie breitet sich vom Mulholland Dam und von den verschiedenen Wasserspeichern her aus. Von den Stränden. Sie überzieht die Stadt mit einer anderen Stadt – einer Skelettstadt, die sich verschieben kann, die mutieren, wandern, abgerissen und zerstört werden und sich aus tiefen, unsichtbaren Wurzeln erneuern kann.

Inzwischen sind jedes Baugrundstück, jede Ecke, jeder Gehweg mit Zelten gepflastert, die nicht mehr nur Zelte sind, sondern Baracken, die sich über ganze Häuserblocks ziehen. Komplexe Bauwerke aus Planen und Stühlen, Kochherden, Grills, umfunktionierten Büromöbeln, Sperrholzplatten und Verkabelungen, die von Straßenlaternen und Autobatterien gespeist werden. Autos, die in Mikro-Apartments verwandelt wurden: Küche, Lagerschrank, Schlafzimmer, alles in einem. Autos, die seit Jahren nicht fortbewegt wurden, die beladen wurden, bis die Achsen brachen. Autos, die im Boden versinken und mit ihm verschmelzen. Autos, die ausgebrannt sind und verlassen wurden.

Das ist ein neuer Anblick. Verlassene Camps. Verlassene Autos. Verlassene Unterschlupfe und Zelte. Selbst die Obdachlosen ziehen weiter und hinterlassen ihre Ruinen.

Es ist eine kranke Stadt, die immer kränker wird. Die Straße ist eine eigene Pandemie innerhalb der weltweiten. Morde. Überdosen. Tode durch Unterkühlung. Hitzschlag. Seit ihrer Versetzung nach Central vor einem Jahr ist Lobos zu all diesen Fällen gerufen worden, ist sie mit jeder Todesart des Lebens im Freien konfrontiert worden. Deshalb wundert sie sich nicht, dass man in einem Bus voller Menschen sterben kann – ermordet werden kann –, ohne dass jemand Notiz davon nimmt.

Die geordnete Welt ist jetzt wie die heimatlose – zu sehr mit dem eigenen Überleben beschäftigt, um die Not der Nachbarn zu registrieren.

Sie und Easton biegen von der Alameda Street auf die Fourth Street und müssen auf die Straße ausweichen, um ein Stück Bürgersteig zu umgehen, das jemand abgesperrt hat, indem er zwei Planen an einen Bürostuhl gebunden und diesen an einem Baum festgezurrt hat.

»Was für ein Chaos«, sagt Easton und springt über die Pfütze einer Flüssigkeit, die irgendwo austritt.

Im Vorbeigehen wirft Lobos einen Blick durch den Spalt zwischen den Planen, um sich den Lagerplatz genauer anzuschauen. Im Licht der Straßenlaterne erkennt sie eine Matratze, ein Fahrrad, ein paar Bücher, Bettzeug, eine batteriebetriebene Laterne. Dieses Innehalten ist eine Angewohnheit, die sie nicht abstellen kann – Ausdruck der vergeblichen Hoffnung, durch das Lösen eines vor Augen liegenden Rätsels die größere Frage beantworten zu können, wie eine toughe Polizistin wie sie zum ahnungslosen Opfer werden konnte.

Geheimnisse und Rätsel lassen Lobos nicht los. Die kleinen Lügen, die größere Wahrheiten offenbaren. Haushaltsgegenstände zum Beispiel, die Art, wie sie arrangiert sind, der auf Nichtgebrauch deutende Staub oder der polierte Glanz, der etwas verrät, was die Besitzer verbergen wollten. Die Hintergrundgeräusche, die Zeitstempel, das jeweilige Tageslicht, das eine andere Geschichte als die Bildunterschrift in den sozialen Medien erzählt.

Hier in Downtown ist das Spiel ein bisschen komplizierter.

Die üblichen Wegweiser fehlen. Sie sind verlorengegangen, gestohlen worden, unter Schmutz und den harten Umständen verborgen, hinter seelischem und körperlichem Verfall. Aber sie sind noch da, und jeder Mensch hier draußen hat eine Geschichte, die sie oder ihn an diesen Punkt gebracht hat.

Lobos will die Geschichte erfahren.

»Lass uns gehen«, sagt Easton.

Irgendetwas an diesem Zelt lässt sie nicht los. Lobos braucht einen Moment, bis sie kapiert, was es ist. Hier ist es sauber – oder jedenfalls überdurchschnittlich sauber. Sie tritt einen Schritt näher.

»Lobos.«

In der Luft hängt ein leichter Brandgeruch. Jetzt fällt es ihr ein – in der letzten Woche ist an dieser Stelle ein Lager in Flammen aufgegangen. Lobos wurde an die Brandstelle gerufen. Sie hat die Leiche gesehen. Jetzt ist wieder jemand da. Ein neuer Bewohner mit neuen Habseligkeiten.

»Machen Sie es sich gemütlich?«

Es ist weit hergeholt, in dieser ausgedehnten Obdachlosensiedlung nach einem einzelnen Mann zu suchen, in dieser namenlosen Stadt. Ein Mann zwischen all denen, die hier mit der Umgebung verschmelzen. Aber Lobos kann es nicht lassen.

Verlier deine Frau. Verlier deine Ersparnisse. Verlier deine Freunde. Verlier die Orientierung. Verlier den Verstand. Irgendwo musst du landen. Ihr Gefühl sagt, dass ihr Ex-Mann sich hier oder an einem vergleichbaren Ort aufhält. Sie ist Ermittlerin. Zu suchen liegt ihr im Blut, auch wenn der Instinkt ihr davon abrät.

Rätsel. Logische Probleme. Meist läuft es auf einen Ausschlussprozess hinaus. Wenn man den letzten Faden verliert, der einen mit der bürgerlichen Welt verbindet, lockt die Straße.

Lobos legt sich ein paar Mintbonbons auf die Zunge, nimmt dann ihr Handy und schaltet die Taschenlampenfunktion ein.

»Lobos, verdammt? In der Gerichtsmedizin wartet ein Mordopfer, der Busfahrer sitzt im Revier.«

Sie muss sich die Bücher näher ansehen. Von der Straße aus kann Lobos die Titel nicht richtig lesen, also tritt sie noch einen Schritt näher. Ihr Fuß steht jetzt dreißig Zentimeter von dem Spalt zwischen den Planen. Eckhart Tolle und das Do-it-yourself-Businessbook.

Ihr Herz rast. Ihr Kopf versucht, Hinweise und Wahrscheinlichkeiten abzuwägen. Aber bevor sie zu einem Ergebnis kommt, springt ein Mann aus dem Zelt.

Es geht so schnell, dass Lobos nicht reagieren und ihre Polizeimarke zücken kann. Der Mann stößt sie vom Eingang weg auf die Straße. Lobos ist ein Fliegengewicht – fünfundvierzig Kilo, wenn es hochkommt. Sie taumelt rückwärts und fällt auf die Straße, wo sie genug Zeit hat, nach ihrer Marke und ihrer Waffe zu greifen.

Der Kerl ist wütend und gereizt. Entweder sieht er ihre Waffe nicht, oder es ist ihm egal. Er geht noch einmal auf sie los. Sie hat Zeit, um einen Warnschuss abzugeben, wenn sie will, oder Schlimmeres.

Sie hat Zeit.

Aber ihr Kopf fühlt sich leer und benommen an. Und statt in diesem Augenblick zu leben, fühlt sie sich in die Vergangenheit versetzt, in Dutzende von Momenten, in denen sie unfähig zum Handeln war – Dutzende von Momenten, in denen sie ihren Zorn so gründlich verpackt hat, dass sie sich nicht mehr rühren konnte.

Lobos hat Zeit.

Der Mann, der vor ihr steht, ist nicht der, den sie sucht. Er ist ein völlig Fremder – grauhaarig, mit gerötetem, von Blasen überzogenem Gesicht.

Sie hat Zeit. Der Zorn hämmert in ihrer Brust, aber sie rührt sich nicht.

Lobos hat Zeit und auch wieder nicht. Aber bevor der Mann sie packen kann, stürzt Easton los, zerrt ihn von ihr weg und stößt ihn zu seinem Zelt zurück.

Mühsam kommt Lobos auf die Beine. Sie steckt die Waffe weg und wischt sich den Schmutz von der Hose.

Der Zorn wird noch heftiger, dann verwandelt er sich in Scham. Ihre Wangen glühen. Ihr Herz rast wie eine Büffelherde.

Easton stellt sich zwischen sie und den Angreifer. »Haben wir uns beruhigt?«

»Die Bitch hat in mein Zelt geguckt.«

»Die *Bitch* gehört zum LAPD.«

»Das hat sie nicht gesagt.«

»Ich habe gefragt, ob wir uns beruhigt haben«, sagt Easton noch einmal. »Oder müssen wir weitermachen?«

»Man darf bei anderen Leuten nicht einfach reingucken«,

sagt der Mann. »Ich breche ja auch nicht in euer Haus ein. Ich gucke nicht durch eure Scheißfenster.«

Lobos schluckt gerade noch rechtzeitig eine Entschuldigung herunter.

»Passen Sie auf, wie Sie reden.«

»Lass uns gehen, Easton.«

»Der Mann hat dich angegriffen.«

»Lass uns gehen. Wir haben zu tun.«

»Lobos ...«

»Wie du schon sagst, wir werden erwartet.« Sie muss hier verschwinden, um nicht den nächsten Fehler zu machen.

»Scheiße«, sagt Easton und tritt von dem Mann zurück. »Heute ist Ihr Glückstag, hm?«

Lobos findet die Bemerkung gegenüber jemandem, der auf der Straße schläft, einigermaßen seltsam. »Lass uns gehen«, wiederholt sie.

Sie gehen weiter die Fourth entlang.

»Dieser Scheißkerl«, sagt Easton. »All diese Scheißkerle. Warum hast du eigentlich den Kopf bei ihm reingesteckt?«

»Einfach so«, sagt Lobos.

»Suchst du jemanden?«

»Eigentlich nicht«, lügt sie.

Sie schaut zum Himmel und sieht die blinkenden Lichter der in Bereitschaft wartenden Hubschrauber – einer steht über der City Hall, der andere fliegt einen großen Bogen über dem Stadtzentrum.

Die Stadt ist still.

Die Stadt versteckt sich.

Die Stadt steht vor der Explosion.

Im Osten öffnet sich die rosa-blaue Blüte eines Feuerwerks.

Im Revier herrscht Ruhe. Es ist eine Stille jenseits der Stille, weil die meisten Streifen- und Zivilbeamten losgeschickt wurden, um es mit den Mobs aufzunehmen, die es als Antwort auf die Gewalt außerhalb der Stadt krachen lassen.

Lobos begreift, warum eine Ansammlung von zwölf Fremden sich weigert, Cops schuldig zu sprechen. Immer wieder. Aus demselben Grund, der sie trotz aller Unzulänglichkeiten in ihrem Job bleiben lässt. Aus einem irregeleiteten Glauben an Autoritäten. Aus einer Unfähigkeit, das Schlimmste zu erkennen, wenn man es unmittelbar vor Augen hat. Die Welt zerbröselt. Wir versuchen, an ihr festzuhalten. Oder wir kommen so weit, dass wir an einer Stelle ein Zelt aufschlagen, wo jemand gewohnt hat, bis er verbrannt ist.

Sie kommt am Empfang vorbei.

»Sie warten«, sagt der Sergeant und deutet mit dem Kopf ins Innere des Gebäudes. »Der Übersetzer beschwert sich schon, dass Sie so lange brauchen.«

»Sagen Sie ihm, er soll gehen.«

»Sagen Sie es ihm selbst.«

Der Übersetzer und der Fahrer sitzen sich in einem Verhörraum an einem Tisch gegenüber. Easton verschwindet, um weitere Informationen einzuholen. Er weiß, dass Lobos, wenn sie den Mann nicht selbst vernimmt, ihn nachher mit jeder Menge Fragen löchern wird. Also lässt er ihr den Vortritt. Lobos schickt den Übersetzer weg und greift zu Handy und Notizbuch.

»Sagen Sie mir noch einmal Ihre Route.«

»Chandler, Phoenix, Ontario, Los Angeles.«

»Und diese Frauen sind in Chandler eingestiegen. Zusammen?«

»Nein. Eine brauchte Geld. Sie ging zum Automaten. Das hab ich schon gesagt. Dann ist sie eingestiegen. Die andere kam zu spät. Hätte fast den Bus verpasst.«

»Kannten sie sich?«

»Keine Ahnung.«

Lobos macht sich Notizen. Dann nimmt sie ihr Telefon und sieht sich den Verlauf der 10 Richtung Osten an. L. A. ... Ontario ...

»Und das Opfer?«

»Steigt in Phoenix ein.«

Ontario ... Phoenix.

»Hat er sich zu ihnen gesetzt?«

»Nein. Doch. Später. Sie saßen nicht zusammen. Er saß bei einer. Weit hinten. Ich bin nicht sicher. Ich fahre nur. Schwer zu erkennen von vorne.«

»Haben die Frauen Tickets nach Ontario gekauft?«

»Los Angeles. Das hab ich Ihnen schon gesagt. Aber eine steigt da aus. Dann folgt die andere nach. Sagt, sie hat ihren Halt verpasst, ich soll ranfahren.«

»Und das haben Sie gemacht? Entspricht das den Vorschriften?«

Die Miene des Fahrers verdüstert sich. Er weicht zurück. »Ich hab sie rausgelassen.«

»Warum?«

»Sie wollte aussteigen.«

»Was hat sie gesagt? Kam sie Ihnen aufgeregt vor? Wütend? Haben Sie Blut gesehen?«

»Schwarze Hose. Die andere auch. Schwarze Männerhosen. Vielleicht war da Blut. Ich weiß nicht.«

»Dann trugen sie die gleiche Kleidung?«

»Selbe Hose, selbe T-Shirts. Blau, wie zum Arbeiten.«

»Sind sie sicher?«

»Ich glaube schon.«

»Was noch?«

Der Fahrer sieht Lobos an, als hätte er keine Ahnung, wonach sie fragt.

»Selbe Hose«, wiederholt er. »Die Frauen. Auch selbes T-Shirt. Glaube ich.«

»Wie eine Uniform.«

»Selbe Kleidung.«

Lobos nimmt ihr Handy und zoomt an Chandler, Arizona heran – ein blauer Punkt auf grau-gelbem Hintergrund. »Wie ist es so?«

»Was?«

»Chandler?«

»Ich fahre nur den Bus.«

»Wer steigt in Chandler ein?«

»Fahrgäste.«

»Und Sie sind sicher, dass es Frauen waren?«

»Frauen. Ich bin sicher.«

»Haben Sie hinten etwas gehört, nachdem sie ausgestiegen sind?«

»Husten. Viel Husten. Alle werden nervös. Vielleicht sind die Frauen deswegen ausgestiegen. So viel Husten.«

Dieselben Informationen, die sie schon vor Ort bekommen hat. Mit Ausnahme der Kleidung.

Es klopft am Fenster. Easton hält einen Notizblock hoch. Lobos tritt zur Tür. »Der Gerichtsmediziner sagt, der Tote war Gefängniswärter in Perryville.«

Lobos' Hirn scheint zu platzen. Sie wirft ein paar Tic Tacs ein und schiebt sie im Mund hin und her. Dann dreht sie sich zu dem Fahrer um.

»Nehmen Sie viele Häftlinge mit?«
»Ich fahre nur den Bus.«
»Machen Sie den Bus sauber?«
»Ich fahre nur den Bus.«
»Macht irgendjemand den Bus sauber?«
»Sollte so sein«, sagt der Fahrer. »Zum Desinfizieren. Wegen dem Virus.«
»Passiert das auch?«
»Manchmal.«

Lobos sitzt an ihrem Schreibtisch. Der erste Teil dieser Geschichte könnte einfach sein. Sie schließt die Augen. Sie stellt sich den Bus vor.

Oberflächen. In den Nachrichten dreht sich alles um die Angst vor kontaminierten, übertragenden, ansteckenden Oberflächen. Es herrscht eine kollektive Paranoia, was die Nähe zu anderen Menschen angeht, Fingerabdrücke und Schmierflecken als Virusüberträger.

Der Bus ist eine Petrischale voller Oberflächen – Armlehnen und Fenster, ausklappbare Tische und deren Verriegelung. Das, was die Welt fürchtet, wird Lobos die Geschichte erzählen, nach der sie sucht.

Es gibt zwei Möglichkeiten. Wenn der Bus zwischen den Fahrten desinfiziert wird, wenn Keime und potenzielle Beweise gründlich entfernt werden, dann sind nur noch die Fingerabdrücke der letzten Fahrgäste zu finden. Wenn nicht, wird Lobos es mit Dutzenden Reisenden zu tun bekommen, von denen viele etwas zu verbergen haben.

Auch nach Jahrzehnten in diesem Job reizt sie der wissenschaftliche Aspekt des Verbrechens nicht. Das Persönliche liegt ihr mehr. Die menschlichen Unzulänglichkeiten und

Irrtümer. Die in der Lüge verpackte Wahrheit. Das Puzzle aus Emotionen, Motiv, individuellen Geschichten.

Sie ruft im Labor an. Die Sitze sind Jackson-Pollock-mäßig mit Abdrücken übersät. Das Blut macht es nicht einfacher. Sie soll sich noch ein bisschen gedulden. Was übersetzt heißt: mindestens drei Stunden. Eher vier.

22 Uhr. Füße auf dem Schreibtisch. Es ist still im Büro. So wie sie es mag.

Das Funkgerät piept. Ein Mob in Downtown. Ein Mob, der die Fourth Street hinaufzieht.

Lobos ist hier relativ neu. Nach sieben Jahren Urlaub bei der Sitte ist sie wieder Mordermittlerin. Sie gibt bei den Kollegen nicht viel über sich preis. Wenn es sie interessiert, sollen sie recherchieren. Obwohl es nicht viel zu entdecken gibt. Eine Spur, die im Sand verläuft. Lobos ist ihr Mädchenname. Auch das ist neu.

Einige kennen sie noch von ihrem alten Revier her. Sie kennen sie unter ihrem alten Namen. Mit ihrer alten Haarfarbe. Sie sind klug genug, es nicht zu erwähnen.

Sie vermuten, dass Lobos zu ihren Wurzeln zurückwill, zu ihrer Herkunft. Was ihr nur recht ist.

Nach dem Stoß des Mannes im Zelt und dem Sturz auf die Straße schmerzt Lobos' Steißbein. Die Dinge, die sie durchgehen lässt, die kleinen Drohungen und die tägliche Aggression. Es wird zur Routine. Wofür man sich leicht selbst die Schuld geben kann.

Sie fragt sich, welche Schlüsse Easton aus der Geschichte ziehen wird.

Fünfzehn Minuten später die Nachricht, dass der Mob sich zerstreut hat. Die wirkliche Action spielt sich draußen im Westen in Santa Monica ab. Krawall auf der 3rd Street Promenade.

Lassen Sie sich von Filmen und dem Fernsehen nicht täuschen – der größere Teil von Lobos' Arbeit findet am Schreibtisch statt. Anrufe und Recherchen im Netz, ein Puzzle aus Informationen, die nach und nach ein größeres Bild ergeben.

Das Frauengefängnis in Phoenix bestätigt, einen Wärter namens Reyes zu beschäftigen, der dem Opfer ähnelt. Die örtliche Polizei wird jemanden losschicken, um die Todesnachricht zu überbringen. Bald darauf wird dieselbe Person nähere Informationen darüber liefern, warum Reyes im Bus saß und ob er auf eigene Faust unterwegs war.

Sie legt die Hände über den Hörer und gibt Easton ein Zeichen.

»Wärter in einem Frauengefängnis«, sagt sie. »Einem Frauengefängnis. Rück das Geld raus.«

»Wir haben keinen Einsatz abgesprochen.«

»Willst du mich bescheißen, Easton?«

»Fällt mir im Traum nicht ein.« Er rollt mit seinem Bürostuhl herüber und reicht ihr einen Fünfer.

»Geizkragen«, sagt Lobos.

»Willst du recht haben oder reich werden?«, fragt Easton.

»Recht haben, das weißt du genau.«

Easton schaut auf ihren Monitor, wo die Seite der Justizbehörde von Arizona geöffnet ist. »Dass sie Häftlinge sind, ergibt Sinn.«

»Wieso?«

»Ich will bloß sagen, dass sie zur Gewalt neigen. Dass sie für Gewalt konditioniert sind.«

»Vielleicht auch *durch sie* konditioniert.«

»Eine durchschnittliche Frau würde das, was im Bus passiert ist, nicht tun.«

»Ein durchschnittlicher Mann hoffentlich auch nicht.«

»Du weißt, was ich meine.«

Lobos starrt auf ihren Monitor. Sie geht so nahe heran, dass sie ihn summen hört. »Eigentlich nicht«, sagt sie.

Sie hofft, dass das zornige Rot auf ihren Wangen im blauen Licht nicht auffällt. Fast hätte sie sich bei dem Mann entschuldigt, der sie zu Boden geworfen hat.

Easton schleicht davon, um sich an seinem eigenen Schreibtisch die Zeit zu vertreiben. Sie kann es nicht gebrauchen, dass er sich hier herumdrückt und sie an ihren letzten Fehltritt erinnert.

Schlimm genug, dass sie mit der Scham darüber leben muss, gegen ihren Mann ein richterliches Kontaktverbot erwirkt zu haben. Sie weiß, wie das aussieht und – noch schlimmer – wie es sich anfühlt. Wie kann sie auf den Straßen für Ordnung sorgen, wo sie es nicht mal zu Hause geschafft hat?

Lobos erreicht den Gefängnisdirektor zu Hause, er klingt wenig erfreut. Tot ist tot, sagt er, ob es nicht bis morgen Zeit habe? Über Reyes kann er nicht viel sagen. Neuling. Nichts Berichtenswertes.

So vorsichtig wie möglich erkundigt sich Lobos, ob er für übertriebene Gewalt gegenüber den Gefangenen bekannt war.

»Nur weil es Frauen sind, ist das hier kein Kindergeburtstag«, erklärt der Direktor.

»Schon klar«, erwidert Lobos. »Was ist mit Chandler?«

»Wer ist das?«

»Die Stadt. Wissen Sie, ob Reyes irgendwelche Verbindungen dorthin hat?«

»Ich hab den Mann kaum gekannt. Er hat erst vor einem Monat hier angefangen. Hat noch nicht mal seinen ersten Gehaltsscheck bekommen.« Der Direktor macht eine Pause. »Wir arbeiten mit Motels in Chandler zusammen. Die vorzeitig Entlassenen kommen dort in Quarantäne.«

Frauen töten Menschen, die sie kennen. Das wusste sogar Easton.

Das Bild fügt sich zusammen. Weniger aufregend als gedacht.

»Was hatte er in dem Bus zu suchen?«

»Himmel, wenn ich das wüsste«, sagt der Direktor. »Momentan verstößt jegliches Reisen gegen die Vorschriften. Wahrscheinlich wollte er unauffällig für ein langes Wochenende verschwinden.«

Sie wechselt auf die Seite von COMPSTAT. Eine Verbrechenswelle steht unmittelbar bevor. Sie spürt es. Die Personallage bei der Polizei ist angespannt. Polizisten müssen sich um andere Dinge kümmern. Dealer leiden so sehr wie ehrliche Geschäftsleute. Mehr Entlassungen, weniger Cashflow. Revierkämpfe brauen sich zusammen. Die Zahl der Zelte auf den Straßen steigt.

Autos stehen ungenutzt herum und werden gestohlen.

Seit mehr als zwei Monaten sind die Menschen jetzt eingepfercht. Langsam steigt der Druck. Sie lassen Dampf ab. Sie sind pleite und wütend. Sie schießen ohne gute Gründe aufeinander. Die Ergebnisse leuchten auf Lobos' Monitor in farblich kodierten Flächen auf, die für Körperverletzung, Raub, Autodiebstahl stehen.

Sie wirft sich die letzten Mintbonbons in den Mund und schließt die Augen.

Sie greift zum Telefon und ruft im Labor an. »Ich will Ihnen keinen Druck machen«, sagt sie, bevor der Techniker seinen Ärger zum Ausdruck bringen kann. »Ich will nur sagen: Geben Sie mir Bescheid, wenn irgendwelche Abdrücke von Frauen mit Strafregister auftauchen.«

Wer immer Reyes ermordet hat, hat keine Angst, geschnappt zu werden.

Sie zerbricht sich nicht den Kopf darüber, ob sie davonkommt.

Irgendetwas beunruhigt Lobos. Diese Frau ... diese Frauen ... Es könnte sogar sein, dass sie geschnappt werden wollen. Das Verbrechen ist zu krass, das Verlassen des Busses zu offensichtlich. Falls Lobos' Vermutung zutrifft, dass sie hinter zwei Ex-Häftlingen her ist, hätten sie wissen können – nein, wissen müssen –, dass keine Chance besteht, zu entkommen.

Sie starrt auf das blaue Licht ihres Monitors. Mit glasigem Blick versucht sie, die Puzzleteile in ihrem Kopf zu sortieren. Aber statt des Tatorts drängt sich ihr ein anderes Bild auf – der rückwärts kippende Himmel in dem Moment, als sie auf die Straße gestoßen wurde. Das wütende rote Gesicht des Angreifers. Die gerade eben unterdrückte Entschuldigung. Sie schlägt auf ihre Schreibtischplatte ein, um die Erinnerung zu vertreiben.

Lobos starrt auf eine Luftaufnahme des Gefängnisses – eine Ansammlung von gedrungenen grauen Rechtecken, die innerhalb eines fünfeckigen Hofs zu einem leicht schiefen Kreuz angeordnet sind. Die altmodisch kindliche Vorstellung einer Raumstation, mitten in eine trostlose Wüste versetzt.

Lady Killers.
Femmes Fatales.

Schwarze Witwen.
Thelma & Louise.
Bitches mit Problemen.
Lobos kann es schon hören. All die niedlichen oder sarkastischen Bezeichnungen, mit denen man die Taten verharmlosen wird. Um die Verbrechen der Täterinnen ins Lächerliche oder Unbedeutende zu ziehen, um Männern die Vorstellung zu ermöglichen, dass Frauen töten können.

»Zwei verdammte Ladykiller, hm?« Easton lässt sich auf den Stuhl neben Lobos' Schreibtisch fallen.

»Ladykiller töten Frauen. Wörtlich genommen«, sagt Lobos. »Aber meistens im emotionalen Sinn. Du verwendest den Begriff nicht korrekt.«

»Ich meine doch nur«, sagt Easton. »*Lady* ... *Killer.*« Er dehnt den Raum zwischen den Worten, als läge das Missverständnis auf Lobos' Seite.

Wenn man sieben Jahre bei der Sitte arbeitet, bekommt man eine Menge misshandelte Frauen zu Gesicht, geschlagene, tote und sterbende Frauen. Man sieht wütende und von Narben gezeichnete Frauen, gefolterte und als Ware verkaufte Frauen. Man sieht Frauen, die von Frauen versklavt, von Frauen auf den Strich geschickt, von Frauen aus der eigenen Familie davongejagt wurden. Man sieht Frauen, die von ihren Freunden, Zuhältern und Ehemännern zu abscheulichen und grässlichen Verbrechen getrieben wurden.

Warum ist es so schwierig, sich vorzustellen, dass die beiden Frauen den Mann im Bus ermordet haben?

Lobos schielt zu Easton hinüber.

»Was ist?«, fragt er.

»Du siehst es unmittelbar vor dir und kannst immer noch nicht glauben, dass es das Werk von zwei Frauen ist.«

»Ich kann vieles glauben. Aber das heißt nicht, dass ich es glauben möchte.«

Lobos schüttelt den Kopf und wendet sich von ihrem Partner ab. Wie kommt es, dass dieser höfliche Verbindungsstudent so tief in ihre Gedanken eindringt?

»Alles klar?«, fragt Easton.

»Sicher«, murmelt Lobos.

Die ganze Sache fühlt sich unbehaglich an. Als ob man einen Fuß in den falschen Schuh steckt. Frauen dürfen nicht gewalttätig sein, weil das die Gewalt gegen sie rechtfertigt. Frauen sind darauf angewiesen, dass andere Frauen sanft, gutmütig und fürsorglich sind, damit sie selbst vor der Wut der Männer geschützt bleiben.

Wieder kippt Lobos sich Pfefferminzbonbons in den Mund. Sie zerbeißt mehrere mit den Backenzähnen und versucht, über ihre eigenen Vorurteile hinauszudenken.

Sie hätte das gute Recht gehabt, es ihrem Angreifer heimzuzahlen. Easton hätte ihr den Rücken gestärkt. Vielleicht hätte er sie sogar gelobt, sie in neuem Licht betrachtet. Ihr Eier bescheinigt. Was für ein Ausdruck ...

»Wie auch immer«, fährt Easton fort. »Das Gefängnis stellt eine Liste aller Frauen zusammen, die zur Quarantäne nach Chandler geschickt wurden. Und eine Liste der Motels.«

Lobos schaut auf die Uhr. Die Gefängnisbürokratie dürfte längst tief und fest schlafen.

»Vorher bekommen wir die Fingerabdrücke aus dem Labor. Vielleicht in zwei Stunden, vielleicht schneller.«

»Ich mache Druck.«

»Tu dir keinen Zwang an.« Lobos nimmt eine frische Dose Tic Tacs aus der obersten Schublade und stößt sich mit dem Stuhl vom Schreibtisch ab. »Ich gehe nachdenken.«

In Skid Row herrscht Grabesruhe. Es ist dunkler als dunkel, stiller als still.

Keine Hubschrauber mehr über der City Hall und dem Zentrum. Die Bürotürme im Finanzdistrikt ragen als lichtlose Silhouetten aus der Geisterstadt auf.

Hier unten dagegen gibt es Menschen, echte, über die Straßen verstreute, schlafende Geister. Die stillen Straßen vibrieren von diesem kollektiven Leben, von den Schlafgeräuschen, dem Rumoren und Husten.

Lobos staunt jedes Mal über den Respekt vor den Nachtstunden, wenn die tagsüber so chaotischen Straßen sich dem Bedürfnis nach Schlaf hingeben. Natürlich passiert hier einiges, heimliche Geschäfte werden in aller Öffentlichkeit abgewickelt. Es kommt nach Einbruch der Dunkelheit auch zu Verbrechen, zu Vergewaltigungen und Morden. Meist sind Täter und Opfer Obdachlose.

Trotzdem schlafen die Schläfer, nicht unbedingt sicher und geborgen, eher ausgeknockt.

Von der Sixth biegt sie in eine Nebenstraße, überquert die Seventh, lässt das Revier, die Obdachlosenunterkünfte und anderen Hilfsangebote hinter sich und taucht in die tiefdunklen Winkel von Skid Row ab, wo die Gesetze der Nacht ein wenig flexibler sind.

Auf der Bay Street flackert eine Straßenlaterne und taucht eine über und über mit Graffiti bedeckte Wand in zuckendes Licht. Lobos bleibt vor der Wand stehen. In Skid Row und dem angrenzenden Arts District wimmelt es von Wandgemälden. Aber dieses hier ist anders – so detailliert, dass es fast lebendig wirkt. Es bildet die derzeitigen Proteste ab: Straßen voller Menschen, mit dem Rücken zum Betrachter, die Fäuste hochgereckt und wehende Transparente schwenkend. Vielleicht liegt es an der flackernden Beleuchtung, aber Lobos könnte schwören, dass das Gemälde sich bewegt, dass die Banner tatsächlich flattern und die Fäuste der Protestierenden in den Himmel stoßen. In diesem Moment gibt die Laterne ihren Kampf auf, die Wand liegt im Schwarzen.

Lobos geht weiter, mit aufmerksamem Blick, immer auf der Suche.

Wo geht man hin, wenn man nirgends mehr hingehen kann? An wen wendet man sich, wenn man niemanden mehr hat?

Ihre Schritte hallen im Dunkeln nach.

Auf den Straßen sind Leute unterwegs, bewegen sich durch die Nacht, Schatten in den Schatten.

Lobos weiß, dass manche hier die ganze Nacht unter Strom stehen, weil sie ihre Plätze verteidigen wollen. Dann setzen sie sich einen Schuss und verschlafen den ganzen Tag. Sie weiß, dass viele Obdachlose unter einem gestörten Tag-Nacht-Rhythmus leiden, ein Problem, das durch Mehrfachabhängigkeiten und psychische Krankheiten verschärft wird und diese weiter verschärft. Sie weiß, wie schnell die Realität verlorengeht, zum Feind wird und im Betroffenen noch größere Feindseligkeit hervorruft.

Als sie herausfand, was sich in ihrem eigenen Zuhause abspielte, war es zu spät. Ein knappes Jahrzehnt voller Abende – Nächte – vor seinen Monitoren, deren künstlichen Glanz er dem Tageslicht vorgezogen hatte, war für das Hirn ihres Mannes Gift gewesen. Jeder Klick zog ihn tiefer in ein Loch, bis er in Falschinformationen ertrank. Bis er glaubte, die Fehler, die er begangen hatte, die Jobs, die er verloren hatte, das verschwendete Geld und die verpassten Möglichkeiten wären nicht seine Schuld gewesen, sondern die einer weltweiten Verschwörung mit dem Ziel, Männer wie ihn zu schwächen.

Lobos ließ diese Klagen durchgehen und erfreute sich lieber an den zunehmend seltenen normalen Abenden, an denen sie es schafften, zusammen zu essen und sich vielleicht einen Film im Fernsehen anzuschauen.

Seine Aufgabe bestand darin, ihr Geld zu investieren und mit Wertpapieren zu handeln. Lobos stellte keine Fragen.

Als sie erfuhr, dass er den Banken nicht mehr traute, war es zu spät. Inzwischen misstraute er der ganzen Gesellschaft – der Sozialversicherung, der Fed, der Geologie, Geografie, den Naturwissenschaften. Er hatte angefangen, auch Lobos zu misstrauen. Ihrem Job, ihrer Arbeit für den Staat. *Leute wie du unterdrücken Leute wie mich*, sagte er.

Lobos tat es mit einem Lachen ab. Wenn sie für jeden, der über die Cops herzog, einen Dollar bekäme … schnell verdientes Geld. Kein Abendessen mit Freunden ohne Bullenwitz.

Aber dann verlor er die Hälfte ihrer Ersparnisse.

Dann verlor er sämtliche Freunde.

Als sie ihn – endlich – zur Rede stellte, drehte er durch. In seinem ungepflegten, übernächtigten Zustand sprang er vom Bürostuhl auf. Mit glasigem Blick und verzogenen Lippen stieß er ein kehliges Knurren aus. Dann schrie er: *Wie kannst du es wagen, an mir zu zweifeln!* Bevor sie reagieren konnte, bevor ihre jahrelange Ausbildung und Erfahrung sich bemerkbar machten, stieß er sie gegen die Wand und hielt sie dort fest, die Hand an ihrer Kehle.

Es ging schnell vorbei. Er wich zurück, sie fiel auf den Boden, keine Polizistin mehr, sondern ein Opfer.

Was sie nicht alles für Entschuldigungen fand – lange Nächte, Stress, Isolation. Welche Lügen sie sich selbst auftischte – solange niemand wusste, was passiert war, bestand vielleicht die Chance, dass tatsächlich nichts passiert war. Sie ließ ihm Raum und die Chance, sich zu entschuldigen. Als er das nicht tat, zwang sie sich, den Vorfall zu vergessen.

Aber sein Zorn wuchs und wurde durch ihre Hinnahme weiter angefacht. Seine Wut wurde intensiver, brach sich in kurzen, heftigen Attacken Bahn, wenn sie an seiner Zimmertür vorbeiging: geworfene Gegenstände, Stifte, Kaffeetassen, Investment-Handbücher.

Lobos wurde zur Gefangenen in ihrem eigenen Heim. Wenn sie zur Arbeit ging, schlich sie auf Zehenspitzen an seinem Büro vorbei. Wenn sie ihn nachts auf der Treppe hörte, hielt sie den Atem an und betete, dass er nicht ins Schlafzimmer zurückkehrte.

Eine Gesetzeshüterin, die sich in ihrem Zuhause nicht selbst beschützen konnte. Ihre Arbeit litt darunter. Sie neigte zu Überreaktionen. Sie drohte Menschen, die sich kaum etwas hatten zuschulden kommen lassen. Sie wurde handgreiflich und warf mit Anschuldigungen um sich. Sie verlor ihr Mitgefühl für die Misshandelten und Verängstigten. Sie spottete über deren Schwäche.

Irgendwann, nachdem sie einer Prostituierten statt deren Zuhälter hart zugesetzt hatte, riss sie sich zusammen. Lobos zog in ein Hotel und präsentierte ihrem Mann ein richterliches Kontaktverbot.

Dieser Mann im Bus – die panische Grimasse, die verzweifelt auf die Wunde gepresste Hand: Wie gern hätte Lobos ihren Mann an seiner Stelle gesehen.

Jetzt ist sie also hier und streift auf der Suche nach ihm durch die Straßen, nachdem sie den Tipp bekommen hat, er sei hier in Downtown gesehen worden.

Jetzt taucht auf dem Bürgersteig ein taumelnder Mann auf, er tanzt den Junkie-Shuffle, den Shake-Walk. Jetzt überquert er im Dunkeln die Straße, ohne auf Autos zu achten. Kurz bleibt er stehen, um sich mit einem unsichtbaren Gegenüber zu unterhalten. Hören Sie nur, wie er reagiert, als er Lobos bemerkt, wie er ein wirres Durcheinander von Flüchen und Boshaftigkeiten ausstößt.

Fickdichfotzewasglotztdumitdeinemscheißbitchgesichtver fickdichduglotzendefotzegehmirausdemwegweltistvollerbit cheswiedirdukannstmirnichtseinebitchwiedichschlitzichauf ichkanndichmitbloßenhändenkaltmachenmussdichnuran schauenmeinesuperkraftkilltbitcheswiedichichsehdichbluten trinkedeinblutdreckigescheißbitch.

Hören Sie nur, wie er sie wegen nichts hasst. Hören Sie sein Geschrei. Flüche und Verächtlichkeiten. Wut über Wut über Wut. Ein unaufhörlicher Quell des Zorns.

Jetzt kommt er auf sie zu, aber sie zeigt ihre Dienstmarke. Jetzt bleibt er stehen und zuckt zusammen. Jetzt ist er still, als hätte ihm jemand den Stecker gezogen. Jetzt liegt er am Boden wie eine zusammengebrochene Marionette.

Lobos ist fassungslos. Sie geht auf ihn zu. Mit dem Fuß schiebt sie irgendwelche Abfälle beiseite und tritt näher.

Sie lässt den Strahl der Taschenlampe über seinen Körper gleiten. Er atmet – ein flatterndes Auf und Ab, die rissigen Lippen sind mit Speichel bedeckt.

Sie stößt ihn mit dem Fuß an. Er stöhnt. Er hat keine Überdosis intus. Abgesehen davon, dass er mitten auf der Straße liegt, besteht keine dringende medizinische Notlage.

Noch einmal stößt sie ihn an, als könnte sie ihn auf diese Weise auf den Bürgersteig rollen. Er rührt sich nicht.

Lobos schaut nach links und rechts, ob sie allein ist.

Dieser Kerl. Dieser Kerl, der sie beleidigt hat. Dieser Kerl, der seine unbändige Wut auf die Welt über sie ausgekippt hat – warum sollte er ungestraft davonkommen? Warum kommen sie alle ungestraft davon: ihr Mann, der Kerl im Zelt, die jovialen Typen, mit denen sie arbeitet? Warum sind sie es alle wert, dass sie automatisch guten Willen zeigt?

Ihr ganzer Körper zittert vor Wut. Sie greift nach den Tic Tacs, lässt sie aber in der Tasche. Sie will sich nicht von ihrer Wut ablenken. Nein, lass sie kommen, lass sie anschwellen, lass sie wachsen.

Lobos sieht die Szene im Bus vor sich. Jetzt betrachtet sie sie mit anderen Augen. Hier auf der dunklen Straße, weit weg von den Verpflichtungen ihres Jobs, bekommen die eilig in blauer Schrift in ihr Notizbuch gekritzelten Fakten die Umrisse einer Befreiung.

Ihr Atem geht schneller. Sie sagt sich, dass es zum Job gehört, sich in die Täter hineinzuversetzen. Wie hat es sich angefühlt, dieses Messer zu führen? Wie hat es sich angefühlt, solche Macht zu haben?

Sie hält sich an der Wut fest, lässt sie hochkochen.

Lobos schaut zu Boden, auf die Spitze ihres Schuhs und den Mann, der ausgestreckt vor ihr liegt. Ihr Fuß zuckt, als hätte er ganz eigene Gedanken.

Tritt ihn.

Die Wut ein mächtiger Strudel.

Tritt ihn.

Es hätte nichts zu bedeuten, eine Trivialität, eine angemessene Reaktion.

Tritt ihn.

Sie spürt die Spannung in den Wadenmuskeln.

Wer würde etwas mitbekommen? Wer würde sich darum

scheren? Wer würde es erfahren? Eine Quelle der Stärke, eine einmalige Machtdemonstration.

Tritt ihn. Nur ein einziges Mal. Oder so oft wie nötig.

Beim Klingeln und Vibrieren des Handys an ihrem Bein zuckt sie zusammen. So heftig, als hätte jemand in der Dunkelheit die Hand ausgestreckt und sie berührt.

Ihr Herz rast, als wäre sie ertappt worden.

Ungeschickt fummelt sie mit dem Telefon herum und lässt es, als sie sich gerade melden will, auf die Straße fallen.

»Lobos?«

Ihr Name hallt durch die Nacht.

»Lobos?« Die Stimme von Easton.

Sie nimmt das Handy, wischt es ab und hält es sich ans Ohr. »Was gibt's?«

»Alles in Ordnung?«

»Ja ... ja. Ich hab nur ... Ich bin auf dem Rückweg.«

»Nicht nötig. Wir müssen bis morgen warten. Alle haben Schluss gemacht.«

»Auch das Labor?«

»Seit einer Stunde geht keiner mehr ran.«

»Also gut.«

»Bist du sicher, dass alles okay ist?«

»Ja.«

Easton zögert.

»Ja«, wiederholt Lobos und beendet das Gespräch.

Sie steckt das Handy in die Tasche und schaut auf den Mann vor ihren Füßen, der im narkotisierten Halbschlaf stöhnt und würgt.

Sie zieht Plastikhandschuhe über, packt ihn unter den Achseln, zieht ihn von der Straße weg und legt ihn auf den Bürgersteig.

Dann tritt Lobos einen Schritt zurück und schreit. Sie brüllt sich sämtliche Luft aus der Brust. Ihr Schrei ergießt sich über die Straße, prallt von den verrammelten, leerstehenden Lagerhäusern zurück, jagt über die Schlafenden hinweg, verfängt sich im Müll an den Bordsteinkanten und Baumstämmen und verklingt schließlich zu völliger Stille.

Es kommt keine Antwort. Keine Erwiderung. Niemand sorgt oder interessiert sich.

Eins weiß sie ganz sicher: Der Mord im Bus war keine Tat aus verzweifelter Rache oder Notwehr. Er war ein Statement, eine Standortbestimmung, die Machtdemonstration einer Frau, die gesehen werden will.

Zeit, nach Hause zu gehen.

Lobos wohnt im Zentrum, in einem Loft auf der San Pedro Street. Sie hat es billig bekommen, weil der Bauunternehmer Mühe hatte, potenzielle Käufer davon zu überzeugen, dass die Lofts in Little Tokyo tatsächlich in Little Tokyo lagen und nicht mitten in Skid Row.

Ihr ist klar, dass die Gebäude hier eigentlich nicht in sogenannte Luxuswohnungen umgewandelt werden dürften, weil die verzweifelte Lage draußen dadurch nur schlimmer wird – jede Aufwertung des Viertels treibt jene, die auf die sozialen Dienstleistungen in Skid Row angewiesen sind, nur weiter nach draußen, weg von dem Ort, an dem sie willkommen sind. Sie reduziert den verfügbaren Raum und überzieht das Gebiet mit ignorantem Glanz.

Jede schicke Renovierung erhöht den Anteil von Anwohnern, die den Obdachlosen intoleranter gegenübertreten. Den Anteil von Vermietern, die ihre Gier entdecken, die Mieten hochschrauben und die wenigen Organisationen vertreiben, die Obdachlose ernähren oder ihnen in anderer Form Hilfe leisten.

Lobos sagt sich, dass sie das Viertel, solange sie hier wohnt, besser begreift. Aber was sie vor allem begriffen hat, ist, dass das Chaos kein Ende nimmt, dass Gestank und Gedränge allgegenwärtig sind. Sie ist froh, dass sie nicht im Erdgeschoss wohnt, dieser Luxus ist ihr immerhin vergönnt.

Lobos durchquert den Kern von Skid Row, passiert das brutalistische, fensterlose Revier, in dem sie arbeitet, mehrere Wohnheime und ein paar zum Stillstand gekommene Baustellen, auf denen Unterkünfte für Menschen mit niedrigem Einkommen entstehen sollen. Sie passiert billige Absteigen, die Zelte, die Zeltlosen, die Obdachlosenasyle und die Menschen, die für die Nacht kein Bett mehr bekommen haben und draußen bleiben müssen. Sie passiert vorübergehend geschlossene Betriebe, endgültig geschlossene und Schilder mit der Aufschrift WIR STEHEN ES DURCH – GEMEINSAM.

Gemeinsam – ein Begriff für den Rest der Stadt, für die in Zurückgezogenheit Wohnenden, die mit ihren gehamsterten Vorräten, ihren Projekten und ihren Sorgen um die Kinderbetreuung in größerer Sicherheit leben.

Selbst bei Nacht, selbst in der ungewohnt dichten Stille, vibriert die Stadt in ihrem angespannten Flehen um Erlösung. Lobos spürt die Augen, die sie aus den Zelten heraus beobachten, aus Schlafsäcken, hinter Planen und auf plattgedrückten Kartons.

Sie ist schreckhaft und zuckt bei Geräuschen zusammen – dem Trippeln, Murmeln, Husten –, die zum Soundtrack der nächtlichen Straßen gehören.

Sie schüttelt ihre Tic Tacs und führt die Dose zum Mund,

um sich von ihrer Nervosität abzulenken. Lobos beschleunigt ihre Schritte, schämt sich für ihre Angst. Wieder ein Charakterfehler, wieder eine Schwäche.

Sie schlägt sich mit der Faust auf den Oberschenkel. Es liegt an ihm, ihrem Mann. Er hat sie verwirrt und kopfscheu gemacht. Wenn sie ihn findet ... Lobos gestattet sich nicht, den Gedanken zu Ende zu bringen, weil sie Angst vor all dem hat, was sie nicht tun wird.

Und als sie ihn findet ...

Einen Block von ihrer Wohnung entfernt. Sie überquert die Fifth. Einzelne Gestalten sind im Dunkeln unterwegs, Schatten im Schatten zwischen den Straßenlaternen.

Sie kommt am Downtown Women's Center vorbei. Ihr Haus liegt direkt vor ihr.

Lobos zieht die Schlüssel aus der Tasche und schaut über die Schulter – ein letzter Sicherheitscheck.

Da steht er, auf der anderen Straßenseite, im gelben Licht einer anderen flackernden Laterne. Er stalkt sie.

Die San Pedro ist breit, aber längst nicht die hundert Meter, die ihr Mann sich von ihr fernhalten muss.

»Hey«, ruft sie.

Er rührt sich nicht.

Für diesen Fall hat sie sich einen Plan zurechtgelegt. Zwei Jahre aufgestaute Wut. Zwei Jahre voller Rachefantasien. Jetzt ist der Moment gekommen.

»Hey.«

Aber sie überquert die Straße nicht. Sie hebt nicht die Faust. Sie hält nicht nach einem Gegenstand Ausschau, mit dem sie nach ihm werfen oder ihn schlagen könnte. Diese ganze Wut, trotzdem greift sie bloß nach ihrem Handy, um diesen Regelverstoß zu melden.

Aber in diesem Moment summt ihr Telefon – ein Anruf und eine Textnachricht zur gleichen Zeit.

Die Textnachricht erscheint auf dem Display. Ein Name. Ein Strafregister. Ein Foto.

Florence Baum.

Blond, hübsch, leerer Blick. Nicht das, was sie erwartet hat. Lobos kneift die Augen zusammen und schaut noch einmal hin.

Als sie aufblickt, ist ihr Mann verschwunden.

FLORIDA Florida oder Florence – wer immer sie sein mag – steht auf dem Bahnsteig der Union Station, während der Zug auf seine Rückfahrt wartet. Von irgendwoher drängt ein Gedanke in ihr Bewusstsein, mahnt sie beharrlich, wieder einzusteigen und schnellstens Richtung Osten zu fahren, zurück nach Ontario, dann weiter nach Phoenix und schließlich in ihr Hotel in Chandler.

Aber ...

Ist die Zeit vielleicht schon abgelaufen?

Drinnen gab es nichts als Zeit und noch mehr Zeit. Hier draußen rast die Zeit auf der mit schlechten Entscheidungen gepflasterten Überholspur.

Falls die Zeit tatsächlich abgelaufen ist, steht ihr eine andere Art von Zurück bevor.

Zurück in den Knast.

Schon bald wird sich der lose Kreis, den die Cops um Dios' Verbrechen gezogen haben, in ein dichtes Netz verwandeln, in dem sich auch Florida verfängt. Sehr bald. Vielleicht ist es schon längst passiert. Sie hat Zeit. Und auch wieder nicht.

Drei Jahre war sie nüchtern, aber jetzt hat eine einzige Nacht mit Drugstore-Speed, billigem Alkohol und Selbstgebranntem Floridas Denken ausgehebelt, Logik und Planung durch Panik und Schmerz ersetzt.

Sie ist weder Florida noch Florence. Ihr Kopf hämmert. Ihre Gedanken sind nicht ihre. Sie treibt irgendwo in ihrem eigenen Körper dahin, was ihr erlaubt, die nagenden Gedanken zu ignorieren, sie ihrer Paranoia und Gereiztheit zuzuschreiben, einer ganz anderen, nervenden Person. Einem anderen Selbst in ihrem Inneren. Einer Fremden.

Halt's Maul.

Florida schaut die Treppe zur Bahnhofshalle hinauf, wo ein Beamter der Transit Police den Zugang zum Bahnsteig kontrolliert.

Nach Hause. Sie muss nach Hause, ihr Auto holen. Das eröffnet ihr neue Möglichkeiten.

Sie kann schnell nach Arizona zurückkehren, ohne die Angst, in einem Zug oder einem Bus erkannt zu werden. Sie kann sich wieder im Motel einquartieren, als wäre sie nie weg gewesen.

Mit dem Auto kann sie überallhin.

Das Auto bedeutet Freiheit. Das Auto bedeutet Möglichkeiten. Und es bedeutet Kapital.

Die Stadt wirkt gedämpft und zum Schweigen gebracht. Über ihr liegt Küstennebel wie eine schwere, einheitlich graue Decke.

Die einzigen Zeichen von Leben sind vereinzelte Fußgänger, die davonhuschen, als wären sie in den Nachwehen einer Apokalypse gefangen.

Florida kennt Downtown von Loftpartys, Afterpartys und illegalen Partys in Lagerhäusern. Sie kennt es von langen Nächten und den teuren Wohnungen von Freunden, die ihr Leben besser im Griff hatten als sie. Sie kennt es von Degustationsmenüs, traditionellen Bäckereien, individuell gemixten Cocktails und Dealern, die spät ins Bett gehen.

Sie kennt es von Carters Freunden, Geschäftspartnern, Lieferanten und Schuldeneintreibern. Sie kennt es von den Monaten mit Renny und Ronna.

Zu Fuß oder bei Tageslicht kennt sie es nicht.

Um sich zu orientieren, hält sie sich Richtung Süden, wo die nummerierten Straßen liegen.

Überall stehen Zelte. Skid Row expandiert aus Downtown heraus ins historische Zentrum, von dessen großstädtischem Charme infolge Vernachlässigung nicht mehr viel geblieben ist.

Überall Zelte. Auf den Bürgersteigen, in Hauseingängen, auf den Mittelstreifen, in den wenigen kleinen Grünanlagen und deren näherer Umgebung. Sie geht im Zickzack weiter südlich und überquert die 110 an der Sixth Street. Auf der Überführung bleibt sie stehen und schaut erst nach Süden, dann nach Norden. Der Freeway ist praktisch leer. Überall Zelte. Unter den Brücken der 110. Längs der Böschungen. Unter dem Überhang struppiger Pflanzen verborgen, getarnt von rußbefleckten Blumen.

Florida hat sich nie exponierter gefühlt als jetzt, wo sie in einer zum Stillstand gekommenen Stadt als Einzige unterwegs ist. Dabei ist sie die Letzte, die sich hinauswagen sollte.

Sie ist eine Fahrerin, keine Fußgängerin. Ihr ist es lieber, wenn die Stadt auf Abstand vor den Autofenstern vorbeizieht, ein verschwommener Klecks, den sie mit dem Gaspedal kontrollieren kann.

Ihr sind die Freeways lieber als die Straßen.

Ihr ist die Stadt lieber, wenn sie weniger Stadt ist, sondern aus vier Fahrspuren, Auffahrten und Überführungen besteht. Wenn sie ein Lichtermeer unter der 134 und eine Festung aus Smog und Wolkenkratzern ist, dort wo die 101 auf die 5 trifft.

Aber jetzt ist sie hier, in den Gräben der Metropole Los Angeles, nur von ihren Füßen getragen.

Der MacArthur Park quillt von Zelten über – praktisch jede noch so winzige Grasfläche dient als Stellplatz. Der See verschwindet hinter einem Meer aus Ripstop-Nylon.

Florida nimmt den Wilshire Boulevard durch den Park und hält sich in der Mitte der Straße. Koreatown ist verrammelt.

Auf dem schmalen Mittelstreifen, der den Wilshire teilt, stehen Zelte – jede fingernagelgroße Fläche ist in einen Ort zum Wohnen verwandelt. Zelte vor den Art-Deco-Eingängen des alten Bullocks Wilshire. Zelte vor dem koreanischen Konsulat, dem philippinischen Konsulat, dem peruanischen Konsulat. Zelt überziehen die Stufen des Robert F. Kennedy Parks, wo einst das Ambassador Hotel stand. Es gibt Zelte vor der Oasis Church, der katholischen St. Basil's Church und dem Wilshire Boulevard Temple.

An der Serrano Avenue hält Florida sich Richtung Norden. Ihre Füße schmerzen, sie ist dehydriert und benommen. Ihr Magen knurrt.

An der Serrano stehen Baracken, alle rund zwei Quadratmeter groß und mit Spitzdach. Sie unterscheiden sich nur durch ihr Material. Eine komplett aus Sperrholz, die nächste aus Pappe und Matratzen, eine dritte aus Sperrholz mit Metallverkleidung. Eine präapokalyptische Siedlung für Menschen ohne Einkommen.

Florida entdeckt einen kleinen Supermarkt, in dem sie Wasser, ein Sandwich, Handdesinfektionsmittel und Pfefferminzbonbons kauft. Der Inhaber weicht ihrem Blick aus, als wäre schon Augenkontakt ansteckend. Draußen nimmt sie die rußgeschwärzte chirurgische Maske ab, betupft sich das Gesicht mit Wasser und trinkt den Rest. Sie verschlingt das Sandwich – ihre erste richtige Mahlzeit seit der Pizza im Motel.

Die koreanischen Einkaufszentren auf der Sixth Street sind menschenleer, die Leuchtreklamen ausgeschaltet, die Fenster dunkel.

So sieht die Stadt aus, die zukünftige Forscher bei ihren Ausgrabungen freilegen werden.

Ein modernes Pompeji. Die in ihrem letzten Grinsen erstarrte Stadt vor dem Stillstand der Zeit. Auf dem Sperrholz vor jedem zweiten Geschäft ist die Partitur einer vergessenen Kultur verewigt.

Konzertplakate mit niemals realisierten Tourneedaten im April und Mai.

Comedy-Festivals.

Albumveröffentlichungen.

Theaterstücke, Musicals, Sommerprogramme. Besetzungslisten und künftige Attraktionen. Eine einzige Trauerrede auf die zum Gespenst gewordene Welt.

Florida überquert die Western Avenue.

Auf den Holztafeln entdeckt sie ein Graffito, aber es ist mit nichts zu vergleichen, was sie jemals gesehen hat – nicht die großkotzigen Prahlereien oder Gang-Tags, an denen sie bisher vorbeigekommen ist.

Das Mural fängt auf den Fenstern an der Western an und zieht sich herum bis zur Sixth. Es zeigt Zelte, genau wie die auf der Straße. Aber im Unterschied zu denen, die Florida gesehen hat, sind die gemalten weder schmutzig noch zerschlissen. Sie wirken lebendig, dynamisch, pulsierend. Auf dem Mural sieht es aus, als gehörten sie zur Stadt, als *wären* sie die Stadt. Als wäre eine Zeltstadt aus sich heraus eine eigenständige Stadt. Die Zelte ziehen sich den Hügel hinauf bis zum Hollywood Sign. Sie säumen den Pacific Coast Highway bis zum Ozean. Sie erkämpfen sich ihren Platz auf dem Sunset Boulevard und verschlingen die La Brea Tar Pits.

Es ist seltsam, aber Florida könnte schwören, dass die gemalten Zelte sich kräuseln, als sie vorbeigeht. Als würden sie von einer verborgenen Brise in Bewegung versetzt, die nur für sie allein weht. Sie geht zweimal an dem kompletten Mural entlang. Jedes Mal scheint es sich zu bewegen. Wenn diese Holztafeln ein Geheimnis bergen, kommt Florida nicht dahinter.

Sie wirft einen letzten Blick auf das Mural und fragt sich, ob sich die Bewegung einer optischen Täuschung oder ihrer verwirrten Wahrnehmung verdankt.

Jenseits der Western werden die Geschäfte und Ladenlokale weniger. Es gibt mehr Mietshäuser, hin und wieder führt jemand den Hund aus und wechselt die Straßenseite, wenn ein anderer Fußgänger entgegenkommt.

Es gibt mehr Grün. Weniger Abfall. Mehr Craftsman-Häuser. Mehr ausladende Bäume.

Dann liegt Koreatown hinter ihr.

Dann ist sie in ihrem eigenen Viertel.

Florida ist erschöpft, komplett erledigt. In den Gefängnisstiefeln hat sie sich die Füße wund gelaufen. Ihre Kehle ist wieder ausgetrocknet, ihr Hirn im Leerlauf. Immerhin erkennt sie die Umgebung. Immerhin verankert sie das in einer Welt, die ansonsten an ihr vorbeisaust.

Hier ist das große graublaue Craftsman-Haus, das angeblich Cary Grant gehört hat. Hier die Tudor-Villa des Bürgermeisters. Hier das italienisch anmutende Haus aus den 1920er Jahren, in dem das Mädchen gewohnt hat, das Florence zu einem Konzert in Inglewood geschleppt hat und das nachher kein Wort mehr mit ihr geredet hat.

Hier ist das Haus des berühmten Regisseurs, der all die Fernsehserien gedreht hat, die Florence nicht kennt. Hier das des alternden Rockstars, des Typen mit dem von Drogen verursachten Hirnschaden. Dort das Haus des weiblichen TV-Moguls. Dort das, von dem die Leute hinter vorgehaltener Hand erzählen, es habe einem saudischen Warlord gehört.

Und dann Ronnas Haus. Ronnas altes Haus – ihre Eltern sind umgezogen, nachdem ihre Tochter an einer *Überdosis* gestorben war, nicht an einer allergischen Reaktion, wie sie behaupteten. Dahinter befindet sich der erhöht liegende Garten, in dem sie die Verlobungsparty gefeiert haben. Der kleine Pavillon, wo die Brautparty stattfand. Das Poolhaus, in dem Ronnas Vater seine Hand unter Florence' T-Shirt geschoben hat. Dort steht die doppelstöckige Garage, in der er die Hand in ihre Hose geschoben hat. Dort das Nebengebäude, in dem der Rest passiert ist. Hier ist der neue Vorgarten: teure Bepflanzung, hohe Zypressenbüsche und ausgewachsene Oliven, sodass man den Kopf recken und durch die Büsche spähen muss, um das Haus überhaupt noch zu sehen.

Florida bleibt stehen. Hinter diesem Gebüsch haben Ronna und sie ihre jeweilige Zukunft geplant. Sie waren so verdorben, verwegen und faszinierend, das sie glaubten, sie könnten die Gefahren der Welt für ihre Zwecke nutzen und sie in Stärken verwandeln. Sie waren unbesiegbar, halbwüchsige Amazonen, die zu schnell waren, um sich vom Leben bremsen zu lassen. Sie konnten vor den Narben davonlaufen, die Jungs und Fremde hinterlassen hatten. Sie glaubten, nichts würde hängen bleiben, nichts etwas bedeuten, nichts seine Wunden hinterlassen.

Wie schlimm war Florence verletzt? Wie tief? Waren es tausend kleine Wunden oder nur eine, die weit aufriss und

Florida zum Vorschein brachte? Wann hatte sie angefangen, sich zu verändern? Wann war sie unerreichbar geworden – unauffindbar?

War es vor Ronna?

War es vor Renny?

Oder schon immer?

All die Hände, die Jahre voll grabschender, forschender, zufassender Hände – hatten sie Florence irgendwann aufgerissen und ihr neues Selbst ans Tageslicht gezerrt? Oder hatte sie selbst es getan?

Und Ronna? Sie hatte versucht, die Wunden mit einem Ehemann zu verpflastern, mit einer Hochzeitsfeier in aufeinander abgestimmten Farbtönen, mit einem gekünstelten Wiedereintritt in die geschmackvolle Welt, die sie verachtet hatte.

Immerhin lebt Florida noch.

In Ronnas alter Zufahrt stehen ein Kinderfahrrad und ein Motorroller.

Florida geht weiter.

Einen Block von ihrem Elternhaus entfernt bleibt sie stehen, um zu rechnen. Die Zeit erweist sich als unzuverlässig. Wann hat sie Arizona verlassen? Wann war sie zuletzt in ihrem Motelzimmer? Wann hat sie zuletzt versucht, zu Hause anzurufen?

Wie viele Nachrichten hat sie ihrer Mutter hinterlassen?

Wird ihre Mutter zu Hause sein? Wird sie die Tür öffnen? Oder wird sie Florida auf Abstand halten, wie sie es immer getan hat? Als wären Abstand und Zeit alles, was Florida je gebraucht hätte.

Ihre Mutter wusste Bescheid. Ihre Mutter wusste von Ronnas Dad. Sie wusste von dem Freund von Florence' Vater, der sie und Ronna nach Mexiko mitgenommen hatte. Sie wusste von den Männern aus den Bars und Clubs, von denen, die Florence zu guten Abendessen einluden, als sie noch zu jung zum Fahren war. Und trotzdem fuhr. Ihre Mutter hatte entschieden, dass nichts davon etwas zu bedeuten hatte. Vielleicht dachte sie, ihr Geld würde Florida unbesiegbar machen. Vielleicht dachte sie, Florence wäre tough genug, das alles auszuhalten. Gut möglich, dass sie überhaupt nichts dachte.

Vielleicht wusste sie aber auch, dass aus Florence schon Florida geworden war und sie nichts daran ändern konnte.

Das Haus ihrer Mutter ist ein riesiges Tudorgebäude auf einem gewaltigen Eckgrundstück. Ein protziges Ensemble mit Tennishaus, Poolhaus und Gästehaus, dazu eine Garage für sechs Autos. Alles zusammen wirkt wie die Hollywood-Variante eines idyllischen englischen Dorfs. Eine bizarre Mischung aus Pseudo-Tradition und New Age. Aber es ist ihr Zuhause, Florida liebt und hasst es gleichermaßen.

Das Haus ist seit zwei Generationen im Besitz der Familie. Ihre Großeltern protzten gern – bloß keine falsche Bescheidenheit! Es gibt kein Tor. Keine abschreckenden Sicherheitsvorkehrungen. Ihre Mutter hat die Tradition fortgesetzt und behauptet, ihr Haus wäre für alle offen, sie hätte keinen Grund, es vor der Welt zu verstecken. Das blinkende rote Licht im Inneren spricht eine andere Sprache.

Florida fragt sich, ob die private Sicherheitsfirma, die für die Bewohner des Viertels gearbeitet hat, immer noch in Bereitschaft ist – und wenn ja, ob das Kennwort, mit dem man sie ruft oder abbestellt, immer noch dasselbe ist. Sie schirmt die Augen mit beiden Händen ab und starrt durch das Fenster links der Haustür.

Das Haus ist das Haus – aufgeräumt, klar, einsam und riesig. Es gibt so viele Zimmer und Nebengebäude, dass sie, falls sie sich zu einem von ihnen Zutritt verschafft, sich dort verstecken könnte, ohne entdeckt zu werden. Sie klopft und hört den Nachhall im Hausflur, dann ist es still.

Sie klopft noch einmal.

Eine Tür. Ein Fenster. Ein Spalt. Irgendein Weg, hineinzukommen. Florida hebt den Blick. Ihr altes Zimmer liegt im ersten Stock in einem schmalen Flügel an der Nordseite, mit Blick auf den Pool. Dort im Schrank, gut zehn Meter von ihr entfernt, steht der Karton, in dem sie alles verstaut hat, was sie für einen neuen Start braucht – ihr altes Handy, eine Kreditkarte, ihre Autoschlüssel.

Florida klopft noch einmal.

Es gibt von einem Landschaftsgärtner angelegte Pfade, die ums Haus herum in den Garten mit dem Pool, den Tennisplätzen und diversen Nebengebäuden führen. Florida versucht es am Tennishaus, am Gästehaus, am Poolhaus. Alle Türen sind verschlossen.

Aber die alten Türgriffe sind klapprig. Mit ein bisschen Mühe könnte sie einen von ihnen lockern.

Von der Garage hält sie sich fern. Plötzlich will sie nicht mehr wissen, was aus ihrem Auto geworden ist. Falls es nicht dort steht, ändert das die Spielregeln von Grund auf. Keine Freiheit. Kein Kapital. Nichts.

Sie wirft einen Blick über die Schulter. Auf dem Pool treiben keine Blätter, das Wasser ist sauber. Die Schutzhüllen der Umkleidehäuschen sind abgezogen, die Liegestühle stehen an ihren Plätzen, Kissen liegen darauf. Die Badetücher liegen zusammengerollt auf einem Ständer.

Aus einem der Häuschen nimmt sie zwei Handtücher,

dann kniet sie sich an den Poolrand und taucht den Kopf ein. Sie öffnet die Augen und ignoriert das Brennen des Chlors. Dann wäscht sie sich das Gesicht gründlich ab und fährt sich mit den Fingern durch die Haare.

Vom Rand des Pools starrt Florida ins Haus. Was hat sie in der Zeit, als sie weg war, verpasst? Die üblichen Cocktailpartys, bei denen ihre Mutter immer hoffte, ihre erwachsene Tochter werde keine Szene machen? Bei denen sie sich zurechtmachte und den alternden Junggesellen präsentierte? Bei denen sie die versteinerten Blicke der verheirateten Freundinnen ihrer Mutter spürte. Cocktailpartys, bei denen von ihr erwartet wurde, brav und verdorben zu sein, prüde und wild, alles und jedes?

Die Sonne steht hoch. Sie hat einen klaren Blick durch den Wintergarten. Dann verändert sich das Licht. Ein Schatten fällt durch das Fenster an der gegenüberliegenden Seite.

Florida kneift die Augen zusammen.

Wieder verändert sich das Licht.

Eine Frau schaut in ihre Richtung.

Florida stockt der Atem. Der Puls rast in ihren Ohren. Eine Minute. Noch eine.

Sie weiß nicht, ob die Frau sie gesehen hat, jedenfalls ist sie nicht hier aufgetaucht.

Gebückt schleicht Florida um den Pool herum zum Haus. Sie richtet sich gerade so weit auf, dass sie durchs Fenster schauen kann.

Die Frau steht immer noch auf der anderen Seite des Hauses. Sie schirmt die Augen mit beiden Händen ab und drückt die Nase gegen das Glas der ersten Scheibe des Wintergartens, die von ihrem Atem beschlägt. Florida bemerkt das Muster, das Ein- und Ausatmen von heißer Luft. Die Frau kneift die

Augen zusammen und runzelt die Stirn, als könne sie irgendetwas nicht richtig einordnen.

Sie geht zum nächsten Fenster. Florida duckt sich und geht ebenfalls ein Stück weiter. Dann späht sie über die Fensterbank, um einen näheren Blick auf die Frau zu werfen, bevor sie selbst entdeckt wird.

Die Frau ist klein. Sie trägt einen Blazer und hält etwas in der Hand, vom dem das Sonnenlicht reflektiert.

Sie geht weiter zum nächsten Fenster. Florida geht mit.

Florida sieht, wie die Frau gegen das Glas klopft. Wie ihre Lippen das Wort »Hallo?« formen. Sie beobachtet, wie die Frau in den Wintergarten späht.

Hallo.

Noch zwei Fenster bis zur Hausecke. Dann werden Florida und die Frau sich gegenüberstehen.

Hallo.

Ein, aus – bei jedem Atemzug erscheint eine Blüte aus feuchtem Atem und verschwindet wieder.

Hallo.

Noch einmal klopft die Frau. Diesmal hält sie einen glitzernden Gegenstand vor das Glas, als erwarte sie von dem leeren Haus irgendeine Reaktion.

Es ist eine Polizeimarke. Aber das war Florida schon klar.

Hallo?

Sie kann die Frau durch die Mauer hindurch spüren. Sie spürt das Ein und Aus ihres Atems und den Hall ihrer Stimme.

Florida sitzt in der Falle. Der einzige Weg aus dem Garten führt um das Haus herum. Sie hat nur dann eine Chance, wenn sie sich hier im Garten versteckt.

Hallo.

Sie hört Schritte, die ums Haus herumkommen, legt sich

flach auf den Boden, drückt sich gegen die Hauswand und wartet auf eine Gelegenheit, hinter das Poolhaus oder das Gästehaus zu sprinten.

Florida kriecht zu einem der Häuschen. Von dort schleicht sie sich hinter das Poolhaus.

Sie schließt die Augen.

Dios. Das hat sie Dios zu verdanken – sie hat Florida zur Gejagten in ihrem eigenen Zuhause gemacht.

Sie wartet. Zehn Minuten, aber im Poolbereich taucht niemand auf. Sie eilt zurück vor das Haus. Sie stiehlt sich durch die penibel beschnittenen englischen Büsche und zerreißt sich die Kleidung. Um die Zufahrt schlägt sie einen Bogen. Als die Straße in Sicht kommt, prescht sie aus dem Blattwerk heraus. Im Eiltempo flüchtet sie über den Bürgersteig, wobei jeder einzelne Schritt wie ein Donnerschlag klingt.

Auf der Mitte des nächsten Blocks dreht sie sich um.

Vor ihrem Haus steht eine Frau. Sie stützt eine Hand auf die Hüfte, mit der anderen beschattet sie die Augen. Sie schaut Florida hinterher.

Jetzt ist so ein Moment. Ein Moment der Entscheidung. Einer Entscheidung zwischen möglichem Gleichgewicht und beinahe sicherer Katastrophe.

Jetzt ist ein Moment, auf den Florida zurückschauen wird, den sie in die Hand nehmen und hin und her wenden wird, bis er abgegriffen ist und glänzt wie ein vom Meer geglätteter Kiesel.

Jetzt ist ein Moment, der sich federleicht anfühlt, aber im Laufe der Zeit – oder vielleicht schon in einer Minute – das Gewicht eines Mühlsteins bekommen könnte.

Jetzt. Eine mit Möglichkeiten aufgeladene Sekunde, bevor man die Wahl trifft – eine Sekunde, in der man sich verschiedene Ausgänge der Geschichte ausmalen kann. Ehe man den Moment von sich stößt oder ihn in den Arm nimmt, für alle Zeit ergreift, ihn sich zu eigen macht. Eine Sekunde, um sich zu entscheiden.

Florida spürt den Blick der Frau – der Polizistin.

Sie sollte zu ihr gehen.

Sie sollte Florence sein.

Sie sollte ihre kleinere Verfehlung gestehen, um nicht die Konsequenzen für Dios' größere tragen zu müssen.

Stattdessen läuft sie los.

Südlich. Durch Hancock Park. Über Wilshire Park hinaus. Ins Niemandsland der gepflegten Häuser und weniger gepflegten Straßen, das sich von ihrem Viertel bis zu den Enklaven des Stadtzentrums zieht – Oxford Square, Country Club Park, Dockyard und die südwestlichen Ausläufer von Koreatown.

Florida überquert den Crenshaw Boulevard.

Die Straßen sind von Baumwurzeln aufgerissen und mit Abfall übersät. Unter Floridas einsamen Schritten klingen sie hohl.

Sirenen heulen.

Florida bleibt kurz stehen und versucht herauszufinden, aus welcher Richtung die Sirenen kommen. Sie klingen jetzt näher – aufwühlend, die Luft mit Lärm, Druck und Panik erfüllend. Keine Zeit vergeuden.

Südlich. Weiter südlich. Dann steht sie vor einer Wand – im wahrsten Sinne des Wortes. Sie begrenzt die Böschung, die hinunter zur schmalen Schlucht des Freeway 10 führt.

Die Sirenen sind hinter ihr – ihr Lärm dröhnt in der stillen Stadt umso lauter.

Eine Fußgängerbrücke führt über den Freeway, eine der

wenigen, die es in Los Angeles gibt. Ein schmaler, an beiden Seiten vergitterter Fußweg, der mit Prunk- und Pfeifenwinden überwachsen ist. Er wird von einem Gittertor versperrt, das mit mehreren Ketten gesichert ist.

Florida schaut nach Norden und nach Süden. Auf beiden Seiten sind Brücken zu sehen. Aber die Sirenen erinnern sie darin, dass sie keine Zeit hat. Sie klettert über die Wand und landet in einer Betonrinne – einer wilden Müllkippe voller Dosen und Behälter, verfilzter Kleidungsstücke und Schuhe, kaputter Kinderwagen und Möbelteile.

Sie richtet sich auf. Direkt vor ihr befindet sich ein mit zwei Lagen Kaninchendraht bespanntes Tor in einer lückenhaften Mauer. Sie klettert hinüber und findet sich auf der Böschung wieder, die von Kies und schmutzigen Pflanzen bedeckt ist.

Die Böschung führt direkt zum Freeway hinunter. Der Bewuchs ist teilweise dicht, an anderen Stellen spärlich.

Vorsichtig klettert Florida hinunter und hockt sich hinter einen Busch mit blauen Blüten.

Sie wartet, dass ihr Herzschlag sich normalisiert.

Sie wartet, dass die Sirenen sich entfernen.

Er normalisiert sich. Sie entfernen sich. Dann ist sie allein mit dem ungleichmäßigen Geräusch ihres Atems und dem gelegentlichen Brummen eines Autos.

Der Freeway ist praktisch leer. Jedes Auto wirkt wie ein unerlaubter Eindringling – ein schändlicher fremder Invasor. Florida hat die Fantasie, dass niemand, der jetzt unterwegs ist, Gutes im Sinn haben kann.

Sie hat ihr ganzes Leben in Los Angeles verbracht, aber dieser Hang am Freeway ist ein völlig neuer Anblick, der ein Gefühl der Verletzlichkeit hervorruft und ihr bewusstmacht, dass sie als Fußgängerin in ihren Möglichkeiten beschränkt ist.

Bei ihren Fahrten mit dem Jag gehörte dieser Abschnitt der 10 ihr. Ein Zehendruck auf dem Gaspedal, und sie ließ ihn hinter sich. Sie schlängelte sich hindurch, wurde eins mit dem Verkehr – eine lockere, kurze Fahrt zum oder vom Strand. Ein derart problemloses Stück Straße, dass sie es mit geschlossenen Augen hätte fahren können. Tatsächlich hat sie genau das getan, hat sich den Moment der Dunkelheit gegönnt, indem sie gleichzeitig die Kontrolle hatte und diese Kontrolle jederzeit verlieren konnte.

Sie ist auch schon zu Fuß auf der 10 gewesen. Pannen und Unfälle und Fluchten mit Ronna aus den Autos von Fremden. Sie hat das berauschende Dröhnen und den Sog des vorbeifahrenden Verkehrs gespürt. Sie hat es quietschen und kreischen gehört, wenige Schritte von dort, wo sie ging. Aber auf der Böschung ist sie noch nie gewesen.

Florida starrt zwischen den Zweigen des Buschs, der sie vor Blicken schützt, über die acht Spuren des Freeways. Die gegenüberliegende Böschung ist dichter bewachsen als die, auf der sie sitzt – eine Decke aus satt grünen Weinreben, unterbrochen von einem Wasserfall aus Müll. Autositze, Laufställe, eine Matratze, Teile eines Stuhls, Teile eines anderen Stuhls, ein Einkaufswagen, zwei Kinderwagen und mehrere Müllsäcke, die ihre Eingeweide entleert haben.

Florida lehnt sich zurück und streckt die Beine aus. Sie schaut Richtung Westen und nimmt zum ersten Mal einen aufklappbaren Baldachin wahr, wie man sie auf einem Bauernmarkt oder an Heckklappen von Autos findet. Auf der schwarzen Plane wird für einen Energydrink geworben, von dem es heißt, dass die Kids high von ihm werden.

Unter dem Baldachin sieht sie ein Lager – Kochherd, Schlafsack, jede Menge Plastikbeutel und Bündel. Darüber befindet sich ein zweites Zelt, das vom Farn getarnt wird.

Florida steht auf und betrachtet die Hinweise auf eine Gemeinschaft, die dort in den schäbigen Büschen campiert. Jetzt sieht sie auch die Kleidung, die zum Trocknen auf der Mauer hängt. Das in einen spindeldürren Baum gehängte Bettzeug. Eimer für Wasser und Wäsche. Eine Kühlbox und einen Vorratsbehälter.

Ihr Blick wandert zum Freeway hinüber, auf dem jemand läuft. Er überquert die ostwärts führenden Spuren und die niedrige Trennwand zu den Spuren Richtung Westen. Er wedelt mit den Armen und stößt ein Kriegsgeheul aus. Was hält er in der Hand? Einen Stock? Eine Brechstange? Ein gezacktes Stück Metall?

Er ist voll auf Florida konzentriert, gestikuliert wild und zwingt zwei Autos zum Ausweichen und Abbremsen. Dann hat er die Böschung erreicht.

Sie ist eine Unbefugte, ein Eindringling, eine Bedrohung.

Und wieder läuft sie weg.

Diesmal über die Böschung, weg von dem Mann, der direkt auf sie zuhält. Über das Farnkraut und die Weinreben. Ihr Fuß bleibt an einer Wurzel hängen, ein Zweig zerreißt ihr T-Shirt.

Der Mann ist jetzt hinter ihr, schwenkt immer noch seinen Metallgegenstand und brüllt unzusammenhängende Drohungen.

Jetzt ist sie auf dem Freeway und läuft. Die wenigen vorbeifahrenden Autos scheinen sich über ihre Geschwindigkeit lustig zu machen. Mehrere hupen. Ein Fahrer bietet an, sie mitzunehmen.

Der Mann auf der Böschung brüllt nicht mehr. Er hat sein

Territorium verteidigt und lässt Florida ihr eigenes suchen – einen Flecken ihrer Heimatstadt, an dem sie sich ausruhen und sammeln kann. Ein kleines Stück Los Angeles, das sie wenigstens für ein paar Stunden ihr Zuhause nennen kann.

Ihre Beine schmerzen, die Schienbeine fühlen sich aufgeplatzt an, die Füße mit Blasen übersät. Florida beugt sich vor, stützt die Hände auf die Knie, keucht wie eine kaputte Mundharmonika.

Dann hört sie Sirenen. Sie treiben Florida weiter westwärts, bis ...

Bis sie nicht mehr kann. Ihre Beine brennen. Ihre Füße sind taub.

Florida setzt sich auf eine Leitplanke. Sie kennt die Ausfahrt gut – die Haltebucht für Fahrzeuge der Unfallanalyse kurz vor der La Brea Avenue, ein kurzes Stück Straße, das vom Freeway abgeht.

Hier an der 10 ist sie zu exponiert, aber die Mauer zwischen Haltebucht und Straße bietet Zuflucht und Schutz vor Blicken aus den vorbeifahrenden Autos. Ein paar Schritte noch, dann hat sie es geschafft.

In der Haltebucht stehen keine Fahrzeuge. Die Wand dämpft die sporadischen Motorengeräusche. Florida steht vor einem dichten Gewirr von Bäumen. Dahinter schließen sich die Straßen einer Wohngegend an, die zu dicht an der 10 liegt, um attraktiv sein können.

Nach fünf Minuten beruhigt sich Floridas Puls.

Sie atmet tief durch und lässt die Ruhe dieser geschützten Nische gleich an der Straße in sich einsinken, das leise Rascheln der Blätter und die tiefe, unerwartete Stille.

Sie nimmt einen Geruch wahr – den Gestank menschlicher Exkremente. Frisch und unverkennbar. Sie schaut zur

Seite und entdeckt einen Eimer, gleich daneben hängt über einem Ast ein zerrissenes Handtuch.

Sie steht auf und sieht sich um. An einem Busch hängen diverse Ziergegenstände – Schleifen, alter Festschmuck, zwei eingerissene Lampions und Splitter eines Spiegels. Weiter zwischen den Bäumen baumeln Gebetsfahnen von den Ästen und grenzen eine Parzelle ab.

Der Wind frischt auf und trägt den Klang von Glocken und Windspielen herüber. Florida bekommt eine Gänsehaut.

Gerade als sie weitergehen will, tritt ein Mann zwischen den Bäumen hervor. Er ist weiß, aber die Haut ist sonnengebräunt und mit einer Staubschicht überzogen. Er geht auf die mittleren Jahre zu und hat wirre, teils schwarze, teils graue Haare. Ein Bart verbirgt nur teilweise die tiefen Falten in seiner Wange.

Er trägt eine dunkle weite Hose, die möglicherweise ursprünglich eine andere Farbe hatte, und ein T-Shirt, das nicht unbedingt als T-Shirt, sondern als Kleid oder gar als Decke zur Welt gekommen sein mag. Alles in allem wirkt er wie eine Vogelscheuche aus einer weit entfernten Agrarlandschaft.

Florida bleibt reglos stehen, sie fühlt sich in der Falle und verängstigt.

»Willkommen.«

»Ich will nicht ...«

»Aber du bist hier.«

Der Gestank aus dem Eimer ist überwältigend, aber Florida gibt sich alle Mühe, ihren Ekel nicht zu zeigen. Sie schaut zum Himmel, wo die Sonne einen Schieferton angenommen hat.

»Du bist müde.« Er kratzt sich am Bart. »Und sicher durstig. Du solltest nicht einfach so am Freeway entlanglaufen.

Der Staub und die Abgase trocknen dich aus. Es gibt Wasser, wenn du willst.«

Florida lässt ihren Blick über das Lager schweifen.

»Du glaubst, es ist nicht sauber, stimmt's? Das ist es aber. Du hast nicht zufällig etwas zu rauchen bei dir? Du hast gar nichts, oder?«

»Nichts.«

»Schau an. Du hast nichts, ich habe etwas. Trotzdem zögerst du, es anzunehmen. Geh wenigstens ein Stück zur Seite. In dem Gestank kannst du dich nicht wohlfühlen. Schamgefühle sind das Einzige, was ich mir hier draußen nicht leisten kann, aber ich gebe mein Bestes, um alles sauber zu halten. Weißt du, was sie als Erstes tun, wenn sie dich ins Krankenhaus bringen? Sie schauen sich deine Füße an. Der Zustand der Füße ist ein wichtiges Zeichen. Bei Fäulnis oder Fußpilz schicken sie dich nach Hause, sogar mit einer Schusswunde. Ganz egal, ob deine Därme raushängen oder du einen Herzinfarkt hast, mit schwarzen Füßen brauchst du gar nicht erst zu kommen.«

Florida schaut auf ihre Stiefel und hat plötzlich Angst wegen der Blasen und wunden Stellen an ihren Zehen und Fersen.

»Ich hab den Eindruck, du bist noch weit entfernt von solchen Problemen, aber sie könnten kommen. Vieles ändert sich, wenn man die Zeit totschlägt und nur noch einen Tag an den anderen reiht. Die ersten dreißig Tage hier draußen hat man den Eindruck, die Welt dreht sich in Zeitlupe. Danach verliert die Zeit ihre Bedeutung.«

»Über die Zeit kann mir keiner was erzählen.«

»Mag sein, mag nicht sein. Angeblich steht die Zeit im Moment still. Aber du bist in Bewegung.«

Florida hat sich ein paar Schritte von der Leitplanke entfernt und steht jetzt näher bei den Bäumen, an denen die Gebetsfahnen im leichten Wind flattern.

»Ich bin nicht so dumm, zu fragen, wohin du willst.«

»Es klingt aber nach einer Frage«, stellt Florida fest.

Der Mann hält ihr eine verbeulte Wasserflasche entgegen. Ohne groß nachzudenken greift Florida zu. Das Wasser ist warm, aber sie trinkt es in einem Zug.

»Willst du noch etwas?«

Sie schüttelt den Kopf, aber der Mann reicht ihr eine weitere Flasche.

»Trink.«

Florida hebt die Flasche an die Lippen. Plötzlich heult eine Sirene auf und übertönt die Glocken und das Flattern der Papierfahnen. Sie verschluckt sich, lässt die Flasche fallen, Wasser spritzt auf ihre Stiefel. Sie schaut suchend nach links und rechts – nach einem Weg, einer Fluchtmöglichkeit, einem nächsten Schritt.

»Du glaubst, sie suchen dich«, sagt der Mann.

Florida dreht sich auf der Stelle um.

Der Mann hat ihr Handgelenk gepackt – eine zweite Haut mit rauen Furchen und Narben. »Du glaubst, sie suchen dich.«

Sie versucht, sich loszureißen.

»Sie suchen dich nicht. Die Sirenen haben nichts mit dir zu tun. Sondern mit den Kranken. Mit den Sterbenden und den Toten. Die Sirenen singen ein Klagelied. Du wirst schon sehen.«

»Krankenwagen?«

»Feuerwehrautos. Privattransporte. Alle, die Kranke wegschaffen, damit sie allein sterben.«

»Tut mir leid wegen des Wassers.«

»Tut mir leid wegen der Sterbenden, aber wir können nichts daran ändern. Das Wasser ist ausgelaufen. Die Sterbenden sind fast tot. Die Welt dreht sich langsam und scheint für manche stehenzubleiben. Ich zeige dir etwas.« Er verschwindet gebückt zwischen den Bäumen. »Ich war mal Gärtner oben in den Hügeln. Von meiner Großmutter in Michigan hab ich alles über Pflanzen gelernt. Sie konnte die nackte Erde zum Blühen bringen. Ich kam her und arbeitete auf riesigen Grundstücken – lange Hecken, englische Küchengärten. Blumen und Landschaftsgestaltung, alles teurer als jede Wohnung, in der ich je gelebt hatte. Aber wir wohnen in einer hinterhältigen Stadt. Einer hinterhältigen Stadt in einer hinterhältigen Welt. Das Feuer kam. Mit aller Macht. Ich sage nicht, dass ich nicht wüsste, wer es gelegt hat. Das sage ich wahrhaftig nicht. Es hat das ganze Haus verschlungen. Gästehaus, Gärten, alles. Und auch die Menschen.«

Er hält einen Karton in der Hand und stellt ihn auf den Boden. Er hebt den Deckel an, greift hinein, holt einen kleinen Gegenstand heraus und wiegt ihn in beiden Händen. Florida nimmt ihn. Es ist ein Schädel, klein und perfekt, irgendwie konserviert oder mit Schellack überzogen.

»Das ist eine Katze, die ich aus dem Feuer gerettet hab. Das Einzige, was ich lebend herausholen konnte. Es ist bloß eine Geschichte. Eine Geschichte in meiner Geschichte. Ich will nichts damit sagen. Den Körper hab ich vor ein paar Jahren eingetauscht. Ein Nachbar wollte eine Lampe daraus machen. Aber den hier tausche ich nicht ein. Ich behalte ihn einfach. Eine Erinnerung ans Leben. Eine Erinnerung, dass die Sirenen nicht deinetwegen heulen.«

Der Mann nimmt den Schädel zurück und legt ihn vorsichtig wieder in den Karton. »Wir brauchen Erinnerungsstücke«, sagt er. »Wir brauchen etwas, das uns an diese flüchtige Welt und an das erinnert, was bleiben könnte, wenn wir selbst nicht mehr da sind.« Floridas Blick folgt den Händen des Mannes, die seinen wertvollen Besitz wieder verstauen. »Das ist meine Tauschkiste. Meine Sammelkiste. Verstehst du? Der Lampenmann hat mir für die Knochen eine Angelrute und einen Vogelkäfig gegeben. Die Rute hab ich bei einem Mann, der im MacArthur angelt, gegen einen Karpfen eingetauscht, der so lang wie dein Arm war. Die Fischhaut hab ich gegerbt und ein Portemonnaie daraus gemacht. Den Vogelkäfig hab ich behalten, das Portemonnaie weggegeben.«

In dem Karton glitzert etwas.

»Man kann nie wissen, was die Leute wollen. Hier draußen sind das keine Dinge, sondern eine Währung.« Der Mann sieht Florida von oben bis unten an. »Was hast du?«

Florida klopft ihre Taschen ab und spürt das glatte Rechteck ihrer Bankkarte. »Nichts, was etwas wert wäre.« Nur Währung.

»Für das Portemonnaie hab ich zwei Funkgeräte bekommen. Und dafür eine Leuchtpistole.« Der Mann greift in seinen Karton. »Und für die Leuchtpistole den hier.« Er nimmt einen alten .44er heraus.

Florida zuckt nicht mit der Wimper. Vielleicht wäre sie früher einmal – als sie noch Florence war – vor der Waffe zurückgeschreckt.

»Wenn man lange genug draußen lebt, kann einem alles Mögliche begegnen. Bist du sicher, dass du nichts zum Tauschen hast? Das Ding hier liegt mir wie eine Last auf den Schultern. Eine tödliche Last.«

»Ich hab nichts anzubieten«, sagt Florida und streckt die leeren Hände aus.

»Für nichts gibt's nichts«, sagt der Mann. »Hast du mal so ein Ding benutzt?«

»Bei meinem Dad in New Mexico. Er hat mich draußen in den Bergen schießen lassen, auf nichts Besonderes«, sagt Florida. Sie hört noch den Widerhall des Knalls von den weit entfernten Tafelbergen. Sie erinnert sich an das Gewicht der Waffe, an das alberne Cowboy-Gejohle ihres Vaters, als der Rückstoß sie ins Taumeln brachte. Ist es immer schon in ihr gewesen? Hatte sie es damals in sich? Oder jetzt?

»Eines Tages tausche ich ihn gegen etwas Besseres ein«, sagt der Mann. »Aber erst mal behalte ich ihn. Nicht zum Schutz, denn zum Schutz hab ich das hier.« Er hebt den Blick zu den Windspielen, Traumfängern und Gebetsfahnen in den Bäumen. »Ich behalte ihn aus demselben Grund wie das Kätzchen. Wir sind nur auf der Durchreise. Manchmal wirkt die Welt auf uns ein, manchmal ist es umgekehrt. So oder so bleibt am Ende dasselbe zurück.« Er nimmt den Karton, verschwindet gebückt in seinem Lager und kommt mit einem Milchkasten und einem Klappstuhl zurück, an dem die Stoffbespannung teilweise fehlt. »Du kannst dich gern ein bisschen setzen. Hier sucht dich keiner.«

Schließ die Augen und stell dir vor, du machst Camping.

Schließ die Augen, und das gelegentliche Dröhnen eines zu schnell fahrenden Autos wird zum kräftigen Wind in einem engen Tal.

Schließ die Augen, und der Müll verschwimmt, ändert die Form und verwandelt sich in unentdeckte Flora.

Schließ die Augen und spüre einen Moment des Friedens.

Die Welt ist woanders.

Die Welt macht Pause.

Sie hat aufgehört, dich zu jagen und zu verletzen.

Schließ die Augen, und du hörst Hühner – du bist auf dem Land, auf einem Bauernhof, weit weg.

Aber die Hühner sind tatsächlich hier, sie picken im Schotter herum, stöbern im menschengemachten Müll – Kronkorken, Dosenringe, Plastikkarten, Gummiringe – nach Futter.

»Sie leben hinter der Wand«, erklärt der Mann. »Es sind ungefähr zwölf, mit zwei Hähnen. Wenn sie hier rüberkommen, kann ich nichts machen. Absolut nicht. Ich denke, sie gehören zur Hälfte mir. Ich denke, ich darf mich an ihren Eiern bedienen. Und von Zeit zu Zeit kann ich auch das machen.«

Er schnappt sich eins der Hühner und dreht ihm den Hals um, ehe Florida auch nur ein Wort sagen kann.

»Käme der Tod doch immer so schnell und gnädig.«

Du hast im Gefängnis gegessen. Du hast Mahlzeiten gegessen, von denen du nie gedacht hättest, dass du sie runterbringst. Grau und geschmacklos. Formlos, labberig, unbestimmbar. Trotz des Anblicks hat dein Magen geknurrt.

Du hast den dampfenden Gefängnisfraß verspeist, der dir ins Motel gebracht wurde. Du hast gegessen, was du vorgesetzt bekamst. Du bist anderthalb Tage mit einer pappigen Pizza ausgekommen.

Du wirst auch das hier essen – ein Huhn, das am Rand des Freeways getötet, zerlegt und über einem Campingkocher gebraten wurde.

Anschließend schläfst du in einer Baumgruppe, geschützt vor der Stadt und ihren Geräuschen. Du schläfst, während die Sirenen noch im Dunkeln heulen, einige vielleicht deinetwegen, die anderen nicht. Du schläfst, während Feuerwerk den Himmel erhellt, obwohl es nichts zu feiern gibt.

Du schläfst, während die Hubschrauber aufsteigen und von oben patrouillieren. Während die Augen der nachtaktiven

Tiere in der Dunkelheit leuchten wie die Scheinwerfer auf dem Freeway. Und die Welt immer unvertrauter wird.

LOBOS

Easton taucht auf, als die Frau gerade über den leichten Anstieg des Rimpau Boulevard verschwindet. Die Palmen wiegen sich in der Brise. Die Sonne bleibt trotzig und lässt sich nicht sehen.

»Ist sie das?«

»Das ist irgendjemand«, sagt Lobos. Sie zerbeißt ein Mintdragée und spürt die spitzen Kanten auf ihrer Zunge.

»Warum hast du ...?«

Lobos bringt ihn mit einem Blick zum Schweigen. Ein Versprechen hat sie sich gegeben, als sie sich nach Downtown versetzen ließ, von der Sitte zurück zur Mordkommission: Sie lässt sich von den Männern keine beiläufigen Schuldzuweisungen mehr bieten.

Warum haben Sie Ihren Mann bisher nie angezeigt?

Warum haben Sie die Situation zu Hause so eskalieren lassen?

Warum sind Sie nicht allein damit zurechtgekommen?

Warum haben Sie Ihren Kopf ausgeschaltet? Warum haben Sie zugelassen, dass Ihr Mann Sie so behandelt?

Nie mehr.

»Was ist passiert?«, fragt Easton stattdessen.

»Ich war ... Ich war auf die falsche Person gefasst.«

»Aber ... Aber war das nicht Florence Baum?« Easton verhaspelt sich, verblüfft, dass Lobos einen Irrtum eingeräumt hat.

»Ich war auf ihre Mutter vorbereitet, nicht auf sie. Falls sie es überhaupt war.«

»Wie du schon sagst: Es war irgendjemand.«

»Irgendjemand, der abgehauen ist.«

»Mach dir keine Vorwürfe.«

Lobos dreht sich um, sodass ihr Partner und sie sich Auge in Auge gegenüberstehen. »Wer sagt, dass ich das tue?«

»Immer mit der Ruhe. Ich bin auf deiner Seite.«

»Es gibt keine Seiten.«

»Wie du meinst, Lobos.« Easton starrt die menschenleere Straße hinauf. »Wetten, dass wir sie in den nächsten achtundvierzig Stunden finden?« Er streckt ihr die Hand entgegen.

»Wir sind nicht beim Fantasy Football.«

»Leb ein bisschen, Kumpel«, sagt Easton und packt ihre Hand. »Ich sag dir, worum wir wetten. Eine Flasche Whiskey. Eine Frau wie du kennt sich mit dem teuren Zeug sicher aus.«

»Eine Frau wie ich?«

»Das sollte ein Kompliment sein. Nimmst du die Wette an oder nicht?«

»Okay«, sagt Lobos und löst sich aus dem Griff ihres Partners.

Auf dem Rückweg zum Revier fahren sie hintereinander. Easton rast, Lobos folgt angespannt in ihrem ausgeborgten Streifenwagen. Sie hasst das Fahren, sogar in der leeren Stadt. Sie ist klug genug, trotz des nicht existenten Verkehrs wachsam zu bleiben. In solchen Situationen achten die Leute nicht darauf, ob die Kinder auf der Straße Ball spielen oder waghalsige Fahrradmanöver ausprobieren. In solchen Situationen laufen die Leute mit ihren Hunden im Zickzack über die Straßen, ohne sich um Ampeln oder Zebrastreifen zu scheren. In solchen Situationen beanspruchen Radfahrer und Jogger die Straße für sich.

Im Revier setzen sie sich in einen Besprechungsraum und

schauen sich die Fotos vom Tatort an. Lobos hat das Polizeifoto von Florence Baum an die Wand geheftet.

»Sag mir noch mal, was sie verbrochen hat«, fordert Easton sie auf. »Abgesehen davon, dass sie ein hübsches reiches Mädchen ist.«

»Ich dachte, ihr Jungs liebt hübsche reiche Mädchen?«

»Wer sagt, dass ich das nicht tue?«

»Als ich zuletzt nachgeschaut hab, waren reich und hübsch noch nicht verboten.«

»Doch, wenn man es dazu benutzt, idiotische Dinge zu tun.«

»Du meinst kriminelle Dinge. Komplizin bei einem Mord. Sie hat gegen den Komplizen ausgesagt und ihre Strafe runtergehandelt.«

»Wie gesagt, idiotisch.«

»Idiotisch verharmlost es ein bisschen.«

»Aber sie hat nicht geschossen oder so«, sagt Easton.

»Easton, wahrscheinlich hat diese Frau einem Mann, der doppelt so schwer war wie sie, die Kehle aufgeschlitzt. Und das in einem Bus voll anderer Fahrgäste. Warum kriegst du es nicht in den Kopf, dass sie gewalttätig sein könnte?«

»Schau sie dir doch an. Okay, sie könnte es getan haben. Aber bis ich das sicher weiß, tue ich mich schwer, es zu glauben. Hast du ein Problem damit?«

»Ja, wenn du deswegen Beweise ignorierst.«

»Reg dich ab, Lobos. Ich versuche nur, offen und ehrlich zu sein. Mir ist lieber, wenn die hübschen Mädels einfach hübsch sind, nicht gewalttätig. Mach aus einer Mücke keinen Elefanten.«

Lobos kippt sich die halbe Tic-Tac-Dose in den Mund, damit sie nicht antworten kann. Immer geht sie ihrem Partner an die Kehle. Immer rechnet sie mit dem Schlimmsten. Immer wartet sie darauf, dass er etwas Falsches sagt. Denn in der Zeit vor Easton ist es immer so gelaufen.

Lobos sieht sich das Polizeifoto von Florence Baum an. Ein Partygirl nach einer langen Nacht. Eine kalifornische Blondine mit Waschbärringen unter den Augen. »Ich frage mich ...«, sagt sie mit dem Mund voller Tic Tacs.

Sie verteilt die Blätter aus Baums Akte auf dem Tisch und denkt an die Tatortfotos. An die Kraft und Entschlossenheit, die nötig sein mussten, um einem erwachsenen Mann die Kehle durchzuschneiden. An den Hass.

Sie ist darin geübt, so zu tun, als würde sie den Hass nicht verstehen, als könnte sie sich auf keinen Fall mit dem gesetzlosen Zorn identifizieren, der auf ihrem Schreibtisch landet. Desensibilisierung ist die Norm. Verständnis kommt nicht infrage.

Sie hat es trotzdem. In den Jahren bei der Sitte hat Lobos viel über Wut, Hass, Rache und die emotionalen und physischen Wunden gelernt, die einen Menschen zur Gewalt treiben.

Himmel, ein paar Stunden im Pausenraum mit den Kollegen auf ihrem alten Revier hätten schon gereicht. Alles, was sie tun konnte, war, ihre Wut in Schach zu halten. Wie oft schon?

Im Job vergewaltigt zu werden – Berufsrisiko.

Ein zugedrücktes Auge im Gegenzug für eine schnelle Nummer.

Schwer zu beweisen, dass er sich nicht einfach genommen hat, wofür er bezahlt hatte.

Immer weiter. Bis Lobos wütend die Kaffeekanne auf den Tisch knallte und ein Glas zerbrach.

Ganz ruhig, Detective. Nutten sind auch Kriminelle. Vergiss das nicht. Vergieß wegen denen nicht zu viele Tränen.

Die Kollegen haben sie provoziert. Sie liebten es, wenn sie die Beherrschung verlor, selbst wenn es nur um Kleinigkeiten ging: dass sie den Kaffee überschwappen ließ, über einen Stuhl stolperte oder ihr Handy fallen ließ. Jede verärgerte Reaktion, die sie zeigte, war für die anderen ein kleiner Triumph.

Also unterdrückte Lobos die Wut. Häufte sie auf die andere unterdrückte Wut auf. Schloss sie weg, bis sie abstumpfte und glaubte, gleichgültig geworden zu sein.

Sie geht die Fallakte durch.

Ein Brand. Baums männlicher Komplize wurde wegen zweier vorsätzlicher Morde infolge von Brandstiftung verurteilt. Sie war beteiligt. In welchem Umfang, ließ sich nicht klären. Man konnte nie wissen, welche Wahrheit sich hinter der Strategie der Verteidigung verbarg.

Brandstiftung ist in gewisser Weise eine Straftat, die auf Abstand begangen wird. Meist sind Jugendliche die Täter – Dummköpfe, die sich nicht bewusst machen, welch tödliches Chaos ein einziges Streichholz anrichten kann. Aus einer kleinen Flamme wird schnell eine Explosion, und ehe man weiß, was ist los ist, bleibt ein Haufen verkohlter Leichen übrig. Das Feuer fegt über einen Hang oder eine ganze Stadt hinweg, einfach so. Man fackelt die halbe kalifornische Küste ab, ohne sich die Hände schmutzig zu machen. Praktisch ohne einen Finger zu rühren.

Ein Verbrechen, das typischerweise von Frauen begangen wird?

Lobos hämmert mit der Faust auf den Schreibtisch, um den Gedanken zu verscheuchen. Schluss damit.

Easton zuckt zusammen. Sie hat gar nicht bemerkt, dass er ihr über die Schulter schaut. »Brandstiftung, hm?«

»Du glaubst, sie hatte ihre Finger drin?«

»Du doch auch«, sagt Easton. »Brandstiftung eben.«

Und was, wenn? Wenn die Leute bessere Lügner sind, als wir für möglich halten? Wenn Cops wie Lobos tatsächlich so viele Fehler machen, wie die Öffentlichkeit glaubt? Wenn Florence Baum nicht bloß ein Partygirl war, das sich auf die falschen Leute eingelassen hat?

Wenn sie schon damals, mit ihrem teuren Anwalt und dem Deal des Teilgeständnisses, eine Mörderin war?

So etwas kommt vor. Lobos weiß, wie schnell die Dinge außer Kontrolle geraten. Wie man sich in einem Moment der eigenen Unabhängigkeit und Souveränität sicher sein kann, wie man die Gefahren um sich herum wahrnimmt, aber fest daran glaubt, sie sich vom Leib halten zu können. Und ganz plötzlich gerät man doch in Gefahr oder wird, wie im Fall von Florence Baum, möglicherweise selbst zur Gefahr.

Wann wird man zu dem, wovon man sich bis dahin distanziert hat?

Wann wird man zum Opfer oder zur Täterin?

Wann wird man zu einer Frau, die sich in ihrem eigenen Zuhause fürchtet, die sich, in ihrer Wut betäubt, wegduckt?

Wann wird man zu einem Menschen, für den Gewalt auf einmal eine Option darstellt?

Schau in die Vergangenheit. Jeder Vorfall ist eine Durchgangsstation auf dem Weg zur jetzigen Situation. Gewalt ist nur selten spontan. Sie entlädt sich niemals in einem Vakuum.

Beihilfe zum Mord.

Wie sah die Vorgeschichte aus?

Geschwindigkeitsüberschreitungen. Und noch mehr Geschwindigkeitsüberschreitungen.

Fahren ohne Führerschein und unterhalb der Altersgrenze.

Ein paar Fälle von Ruhestörung und Fahren unter Alkohol oder Drogen.

Weiter zurück.

Collegefreunde. Freunde von der Highschool.

Einmal als vermisst gemeldet, möglicherweise entführt.

Weiter.

Zwei Anzeigen wegen Besitzes illegaler Substanzen.

Schau in die Vergangenheit.

Eine Party im Haus in Hancock Park, zu der die Polizei gerufen wurde.

Er ist irgendwo in alldem. Finde ihn. Den Moment, der alles aus dem Gleichgewicht gebracht hat.

Jeder Mensch ist ein Rätselspiel. Die Schwierigkeit liegt darin, herauszufinden, um welches Rätsel es sich handelt. Um einen komplizierten Knoten? Ein Labyrinth? Ein *Tetris*-Spiel, bei dem man die Teile dazu bringen muss, an die richtige Stelle zu fallen?

»Lobos?«

Von allen Kollegen, mit denen sie zusammengearbeitet hat – oder zusammenzuarbeiten versucht hat –, bringt Easton die größte Toleranz für ihre langen Pausen auf.

»Lobos, dein Telefon.«

Sie ist wieder im Besprechungsraum, bei Florence Baums Polizeifoto und den Aufnahmen vom Tatort. Bei der Fallakte und ihrem Strafregister. Lobos schaut auf ihr Handy. Zwei verpasste Anrufe und drei Messages.

»Welche Schlüsse ziehst du aus ihrem Strafregister?«, fragt sie Easton und hält die Unterlagen hoch.

»Dein Telefon«, erwidert Easton mit einem vielsagenden Blick auf den Tisch, wo Lobos' Handy wieder zu summen begonnen hat.

»Sauber, stimmt's? Ziemlich sauber für jemanden, der so etwas tut.« Sie legt den Finger auf ein Hochglanzfoto vom Tatort. »Zu sauber.«

»Willst du den Anruf annehmen?«

Lobos wirft einen Blick aufs Display. Die Nummer sagt ihr nichts.

»Die andere Frau«, sagt sie stattdessen und wirft sich mehrere Mintdragées ein. »Was ist mit der anderen Frau?«

Ihr Handy summt noch immer. Sie hebt es ans Ohr. »Lobos.«

Sie hat mit etwas Offiziellem gerechnet – dem Labor, das die Fingerabdrücke der anderen Frau identifiziert hat, oder einem Anruf aus Perryville mit dem Namen der zweiten aus einem Motel verschwundenen Frau.

»Mrs Lobos?«

»Detective Lobos.«

»Ja, Mrs Lobos. Ich habe Ihre Katze.«

Lobos kippt sich einen Wasserfall von Tic Tacs in den Mund. »Wer ist da?«

»Mr Franklin. Ich habe Ihre Katze.«

Lobos ist gedanklich flexibel, sie kann aus der unmittelbaren Gegenwart problemlos in das Gewirr vergangener Ereignisse und zukünftiger Eventualitäten eintauchen. Aber im Augenblick streikt ihr Gehirn bei dem Versuch, sich auf etwas außerhalb dieses Zimmers zu konzentrieren. Sich von den auf den Tisch ausgebreiteten Einzelheiten des gegenwärtigen Problems zu lösen und sich Anforderungen von außen zu stellen.

»Mrs Lobos, Ihre Katze, bitte. Sie müssen kommen. Kommen Sie nach Hause? Ich kann sie nicht hierbehalten.«

Endlich macht es klick. »Franklin. Der Hausmeister. Mein Hausmeister. Mr Franklin.«

»Sag ich doch.«

Lobos springt auf und sucht ihre Sachen zusammen. Dann ist sie fast schon zur Tür raus.

»Lobos? Alles in Ordnung?«

Sie dreht sich um, einmal mehr durch die Gegenwart ihres Partners verwirrt.

»Meine Katze ist abgehauen.«

Ihre Gedanken – die immer noch versuchen, sich in Florence Baums Vergangenheit zu orientieren – hinken den Schritten hinterher. Sie ist schon auf der San Pedro Street, als sie innehält.

Ihre Katze ist abgehauen.

In ihrem alten Leben, dem alten Zuhause, das sie mit ihrem Mann und der zerbrechlichen Illusion von Stabilität geteilt hat, ist die Katze häufiger verschwunden, manchmal für mehrere Tage. Aus den Augen, aus dem Sinn, bis sie plötzlich wieder auftauchte.

Aber aus der Wohnung gibt es nur den Weg hinaus durch die Tür, die Lobos abgeschlossen hat.

Es ist ein trüber Tag.

Noch zwei Blocks bis zu ihrer Wohnung.

Lobos ist zu oft Zeugin derselben Geschichte geworden – Opfer, Familienmitglieder, die hoffen, dass die immer unerträglicher werdende Realität vor ihren Augen sich in Luft auflöst. Frauen, die darauf beharren: *Erhatesnichtsogemeint, erliebtmichwirklich, ermachtesnichtnochmal.*

Es muss eine Erklärung geben. Die Katze ist hinausgeschlüpft, ohne dass sie es mitbekommen hat. Sie hat die Tür nicht abgeschlossen und sie angelehnt gelassen. Ihre Putzhilfe ist unerwartet aufgetaucht.

Mr Franklin steht im Hauseingang, die widerspenstige Katze auf dem Arm. »Er war draußen. Er wollte wieder rein.«

»Sie.«

»Sie sollten besser aufpassen. Hier ist keine gute Gegend für Katzen.«

»Haben Sie die Wohnung überprüft?«, fragt Lobos.

»Niemand hat aufgemacht. Ich hab Sie angerufen.«

Der Hausmeister hat die Kratzspuren und Einkerbungen am Schloss nicht bemerkt.

Er hat das Klappern des Türgriffs nicht bemerkt.

Das Schloss hängt mehr oder weniger lose im Türblatt.

Als sie die Tür öffnet, hofft Lobos immer noch auf eine andere Erklärung. Einbrüche und Diebstähle sind sprunghaft angestiegen. Die Pandemie hat die Menschen aus der Stadt vertrieben und ihre Häuser und Wohnungen in leichte Beute für Diebe verwandelt.

Aber das gilt nicht unbedingt für eine Wohnung in der oberen Etage eines Hauses in Skid Row.

Trotzdem köchelt in Skid Row eine neue Welle der Verzweiflung hoch. Hilfsleistungen werden zurückgefahren. Obdachlosenunterkünfte sind randvoll. Niemand weiß, welche Risiken auf die Menschen zukommen.

Lobos betritt ihre Wohnung. Augenblicklich stellt sich das Gefühl einer Verletzung ihrer Privatsphäre ein.

Der Einbruch hat einen persönlichen Hintergrund, er war nicht zufällig.

Und beim letzten Streit mit ihrem Mann war es um die Katze gegangen.

Ihre Dachwohnung ist nicht durchwühlt, sondern eher umdekoriert worden. Kleine Veränderungen, die zu entdecken ihr Blick geschult ist. Aber auch größere: Der Einbrecher hat ihre Papiere durcheinandergebracht und verstreut. Die Schublade an ihrem Nachttisch ist nicht richtig geschlossen, auf Kissen und Laken finden sich neue Falten. Vom Kühlschrank wurden die Fotos und Postkarten abgenommen. Durchs Glas ihrer beiden gerahmten Belobigungen ziehen sich Risse.

Lobos zieht das Bett ab und stopft die Decken in den Schrank.

Sie lässt die beschädigten Rahmen in einer Schublade verschwinden.

Sie schickt ihrer Putzfrau eine Nachricht mit der Bitte, so schnell wie möglich zu kommen.

Als es an der Tür klopft, zuckt sie zusammen und zieht ihre Waffe. Es ist der Hausmeister. »Ich will nur nachschauen. Rufen Sie die Polizei?«

Lobos zückt ihren Dienstausweis. »Ich bin die Polizei.«

Sie knallt die Tür zu. Sie spürt die Hitze auf ihren Wangen. Eigentlich ist sie diejenige, die man anrufen, die man um Hilfe bitten sollte.

Über Monate hinweg – nein, eigentlich über Jahre hinweg – hatte ihr Mann sich in seinem Arbeitszimmer verkrochen, seinem einzigen Fenster zur Welt, ins blaue Leuchten seiner Monitore. Wochenlang hatten sie kein Wort gewechselt. Lobos war so leise wie möglich durchs Haus geschlichen, aus Angst, das Schweigen zu stören, das, wie sie nach und nach begriff, ihr einziger Schutz war. Dann kam der Tag, als sie ihre Schritte vor seinem Arbeitszimmer verlangsamte, um nach ihm zu schauen – nur ein kurzer Blick.

Das hatte gereicht, um den Damm brechen zu lassen.

Du redest überhaupt nicht mehr mit mir.
Du setzt mich herab.
Du machst mich klein.
Er stürmte aus seinem Zimmer, die Anschuldigen flogen ihr um die Ohren.
Du hast mir das angetan. Du hast mich zu einem Feigling in meinem eigenen Haus gemacht. Du hast mir Angst gemacht. Ich zittere vor dir. Du hast mich schwach gemacht. Du hast mich eingeschüchtert.
All das, was er ihr angetan hatte, klang aus seinem Mund, als wäre sie der Aggressor gewesen.
Sogar hier drin wedelst du mit dem Dienstausweis herum, als würde er dir Macht über mich geben. Ich weiß, was du vorhast. »*Ein falscher Schritt, Mister, und meine Kollegen von der Arbeit kümmern sich um Sie.*« *Du bist eine Tyrannin. Meine Peinigerin. Du hast mich auf die Knie gezwungen. Du hast mich ruiniert.*
Dass irgendeiner ihrer Kollegen mitbekäme, was sich bei ihr zu Hause abspielte, war in Wirklichkeit das Allerletzte, was Lobos wollte.
Du hast mich zu einem Nichts gemacht.
Du hast mich an dieses Haus gefesselt, während du zu den unmöglichsten Zeiten arbeitest, nie nach Hause kommst, mich nie beachtest. Du hast mich hier mit meinen Computern sitzen lassen. Sonst habe ich nichts.
Ein paar Tage lang glaubte Lobos seine Anschuldigungen. Vielleicht war es ja tatsächlich ihre Schuld. Vielleicht arbeitete sie zu hart. Vielleicht wäre es nach dem Unfall ihres Mannes tatsächlich an ihr gewesen, alles in Ordnung zu bringen. Nach dem Unfall, der dazu geführt hatte, dass er gefeuert wurde, dass er sich nur noch an seine Monitore klammerte,

an die Falschinformationen, die wie Gift aus ihnen heraussickerten. Vielleicht war alles ihre Schuld, weil sie mit seiner depressiven Abwärtsspirale und seinem schwelenden Zorn nicht zurechtgekommen war. Vielleicht.

Sie hatte es versucht. Sie hatte ihnen Abendessen gekocht. Sie hatte beim Lieferservice bestellt. Sie hatte Blumen gekauft und vorgeschlagen, abends etwas zu unternehmen.

Spiel mir nichts vor.

Tu nicht so, als würdest du mich lieben, obwohl du mich hasst.

Ich weiß, warum du zur Polizei gegangen bist. Du hattest es schon in dir, als wir noch klein waren – einen Defekt, etwas Pathologisches. Eine Wunde aus deiner Kindheit. Du willst etwas zurechtbiegen. Du willst Männer wie mich fertigmachen. Du bist aus Rache Cop geworden, nicht aus Verantwortungsgefühl. Stimmt's? Stimmt's? Habe ich recht? Ich habe recht.

Du musst gar nichts sagen.

Ich habe recht und weiß, wann ich recht habe.

Immer und immer wieder. Jede Kleinigkeit wurde zur Waffe gegen sie. Was sie auch tat, wurde missverstanden und in einen Angriff umgedeutet, von seinem verletzten Ego zu etwas anderem gemacht.

Man kann nicht mit einem Menschen diskutieren, der sich in seinem eigenen Leiden suhlt, der im selbst aufgeschütteten Treibsand versinkt.

Nichts war gut genug. Alles irgendwie vergiftet. Jedes Buch, das sie las. Jeder Anruf, den sie machte. Jeder Film, den sie aussuchte: ein negatives Urteil über ihn und ihre Ehe. Jedes Restaurant, jedes Wort aus ihrem Mund: ein leeres Gefäß, in das er seine Wut, seinen Hass gießen konnte. Mit allem, was sie tat, demonstrierte sie bloß ihre Verachtung.

Aber. Da war dieses große Aber. Trotz allem. Trotz seiner Launen, seiner Paranoia, seiner wachsenden Wut war sie immer noch da. Sie ging nicht fort. Sie lief nicht weg. Sie blieb und blieb. Obwohl seine Wut inzwischen das komplette Haus ausfüllte, obwohl seine Anschuldigungen und Beleidigungen immer neue Höhepunkte erreichten. Obwohl er sie kaputtmachte.

Sie blieb, was ihn noch wütender machte. Selbst diese Entscheidung las er als Demonstration ihrer Verachtung. Sie blieb, bis er gewalttätig wurde. Dann schlich sie sich mit eingezogenem Schwanz davon. Alles war ihre Schuld. Auch wenn sie wusste, dass es nicht so war.

Lobos greift zu ihrem Handy. Sie kennt das Protokoll, sie weiß, wen sie anrufen muss, um einen Einbruch und den Verstoß gegen ein richterliches Kontaktverbot zu melden. Sie kennt auch die Geschichten von Frauen, die sich nicht gemeldet haben, als ihre Ex-Partner auftauchten. Sie weiß, was den Frauen zugestoßen ist, die ihr nachher in Statistiken oder auf Tatortfotos begegneten.

Sie weiß auch, wie es sich anfühlt, nicht bloß die Kontrolle zu verlieren, sondern sie geradezu entrissen zu bekommen. Sie weiß, wie es ist, schwach zu erscheinen, wo man Stärke zeigen muss. Sie weiß, dass sie bei Easton genau diesen Eindruck erweckt hat, als sie sich nicht gegen den Mann aus dem Zelt gewehrt hat.

Sie tippt eine Telefonnummer ein. Der Labortechniker hebt beim vierten Klingeln ab.

»Wer ist die andere Frau aus dem Bus?«, blafft Lobos ihn an.

»Ich wollte gerade anrufen ...«

»Mir ist egal, was Sie gerade wollten. Hauptsache, Sie nennen mir einen Namen.«

Am anderen Ende herrscht Schweigen. Es zieht sich so lange hin, dass Lobos sich fragt, ob sie Easton bitten sollte, Schadensbegrenzung zu betreiben.

»Diana Diosmary Sandoval.«

»*Diosmary?*«

»Ich glaube, Sie haben mich verstanden«, antwortet der Techniker.

FLORIDA Sie erwacht vor Morgengrauen. Sie riecht nach ihrer Umgebung. Ihr eigener Geruch kommt ihr fremd vor.

Sie hört Vögel singen. Ein frühmorgendlicher, auf viele Bäume verteilter Chor, der das Ende der Nacht herbeisingt. Es ist nicht nur ein einziges Lied, es sind viele – verschiedene Melodien und Klangfarben, verschiedene Tonlagen und Rhythmen. Auf und ab, Ruf und Antwort, lauter – so scheint es wenigstens – als alle Geräusche der Stadt.

Der Mann im Zelt schläft unter einem Netz aus Traumfängern und Glöckchen.

Langsam schlüpft sie hinaus und gibt Acht, weder die Windspiele anzustoßen noch die Glocken zum Klingen zu bringen. Er hat sie ungestört schlafen lassen. Was für ein Segen.

Im allerersten Lichtschein – der Stunde, die das Schwarz des Himmels in Grautöne verwandelt – geht sie Richtung Osten, dem Sonnenaufgang entgegen.

Wieder steigt aus ihrem Unterbewussten ein Name an die Oberfläche.

Renny.

Was wird aus Menschen wie Renny? Dem alternden Trinker. Dem ewigen Partygänger. Dem Einbrecher. Dem Kleinkriminellen. Dem traurigen Handlanger.

Was passiert, wenn die Bars schließen? Wenn Schluss mit den Partys ist?

Was passiert, wenn man alt wird?

Wie alt mag Renny heute sein? Fünfzig? Fünfundfünfzig?

Als er Ronna und Florence damals über den Weg gelaufen ist, war er älter als sie. Zu alt, um Sechzehnjährige anzubaggern. Zu alt, um nach ihrer Pfeife zu tanzen. Zu alt, um sich wirklich für ihr Leben zu interessieren.

Sie und Ronna haben abgemacht, Rennys Namen nie wieder auszusprechen, selbst wenn er ihre Namen aussprechen würde.

Ronna war tot.

Florida war auf dem besten Weg.

Vielleicht war Renny die Antwort.

Wie alt ist sie jetzt? Fast so alt wie Renny war, als sie sich begegneten. Obwohl sie und Ronna sich damals an ihn dranhängten, war ihnen klar, dass er eine Sackgasse war, dass er sich weiter im Kreis drehen würde, während sie im Eiltempo zu privilegierten Ufern aufbrachen.

Man musste nur sehen, was inzwischen aus ihr geworden war: Renny hoch zwei.

Jenseits von Downtown malt die Sonne einen rosafarbenen Streifen an den Horizont. Im blassen Licht zeigen sich die langen Arme der Kräne, die über der Stadt schweben und ins Nichts greifen.

Das Licht bringt die Hänge der Hügel zum Lodern.

Später wird der über Hügeln und Penthouses liegende Küstennebel dieses Licht dämpfen und schlucken.

Genau jetzt atmet das Licht zum ersten und letzten Mal richtig durch.

Der Sommer in Los Angeles kann wirklich nerven.

Sie erreicht Downtown, eine Gegend, die man in jeder beliebigen Stadt Mittelamerikas finden könnte: Läden und Verkaufsstände, Quinceañera-Kleider und Piñatas und überladene Blumengestecke für die kürzlich Verstorbenen. Im Moment sind die Kleider zu großen, mit Klarsichtfolie überzogenen Bündeln verstaut, die Blumen verwelkt und vergessen.

Ein Anblick sticht heraus: ein Mural wie das mit den Zelten an der Western Avenue. Dieses hier zeigt eine Rückenansicht von Demonstrierenden, die mit erhobenen Fäusten Gerechtigkeit einfordern. Wie auch das andere Wandbild scheint es in Bewegung zu sein – die Fäuste stoßen in die Luft, die Plakate, Schilder und Banner zittern.

Florida reibt sich die Augen.

Sie muss schlafen. Sie muss essen. Die Welt muss zur Ruhe kommen und sich verfestigen.

Es besteht eine gewisse Chance, dass Renny immer noch über dem alten Ausbeuterbetrieb seiner Eltern auf der Grenze zwischen Flower District und Fashion District wohnt. Dort werden die Straßen von Zelten gesäumt – eine Stadt in der Stadt.

Männer wie Renny sind bequem. Sie machen es sich einfach und wählen den Weg des geringsten Widerstands. Wenn er die Chance dazu hatte, wird er hiergeblieben sein.

Keine Regeln. Keine Orientierung. Nur ein dumpfer Selbsterhaltungstrieb. Auf dem letzten Loch pfeifen und den Tank bis zum letzten Tropfen leerfahren – so ist Renny immer durchgekommen. Von der Hand in den Mund. Tag für Tag für Tag. Und Nacht für Nacht.

Sie ist also nicht überrascht, als sie seinen neben die Klingel gekritzelten Nachnamen entdeckt: Toth. Das Rasseln der Klingel hallt nach wie in einem leeren Lagerhaus.

Florida drückt den Knopf so lange, bis ihr der Finger wehtut, dann sinkt sie zu Boden. Sie wird hier im Hauseingang warten. Sie wartet einfach. Renny wird kommen. Er wird sauer sein, aber helfen. Er wird sie verstehen. Verloren, wie sie ist. Am Boden zerstört.

Erst am AIS vorbei und dann in diese Seitenstraße des Olympic Boulevard. Sie hat sich den Namen nie merken können. Aber jetzt ist sie hier und taumelt in einen schlafähnlichen Zustand, während die Sonne sich müht, die Straßen zum Strahlen zu bringen. Mit schweren Augenlidern, das Herz und das Hirn mürrisch und träge, versucht Florida zu sehen, was die Sonne zu zeigen hat. So schläft sie ein.

Es ist ein Traum, aber gleichzeitig eine Erinnerung, die durch zwei schlaflose Nächte verfälscht ist. Durch das Verstreichen der Zeit und die Monate hinter Gittern, wo Wahrheit und Realität aufgesplittert wurden.

Aber trotzdem eine Erinnerung und ein Traum – eine grelle Kombination aus Wirklichem und Unwirklichem.

Florence und Ronna als Sechzehnjährige, im freien Flug. Florence und Ronna gerade zurück aus Mexiko, wohin ein Freund von Florence' Vater sie gebracht hatte, wo sie gelernt hatten, was ihre Jugend und ihre Arroganz bewirken konnten. Welche Macht sie hatten, einen Mann, der dreimal so alt wie sie war, zu bezaubern, zu unterhalten und zu zerstören.

Sie waren zu jung, als dass man ihnen Vorwürfe hätte machen können, also mussten sie unschuldig sein. Das sagte man ihnen.

Und sie sollten nicht darüber sprechen.

Man sagte ihnen, es sei vorbei. Mit ihnen sei alles in Ordnung.

Sie sollten es hinter sich lassen.

Also dann. Florence und Ronna, von der eigenen Macht berauscht, schleichen sich ins Les Deux in Hollywood, um einen Wodka mit Cranberrysaft zu trinken. Obwohl man kaum von Hineinschleichen sprechen kann, weil der Club sich bemüht, Mädchen wie sie anzulocken.

Am nächsten Tag werden Florence und Ronna ins Büro des Managers eingeladen, um für Jobs vorzusprechen, die sie nicht wollen. Florence und Ronna sind aufgeregt, als sie den Club tagsüber betreten können, in den verbotenen After-after-after-Hours für die ganz Ausdauernden.

Die Mädchen stehen in vier Reihen an der Bar und warten auf ihre Vorstellungsgespräche.

Anschließend: Florence und Ronna in Rennys Downtown-Apartment, nachdem er erfahren hat, dass sie die Jobs nicht wollen, die er ihnen angeboten hat. Sie wollen gar nichts von ihm, nur das Gefühl, älter und außergewöhnlicher und tougher zu sein als ihre Klassenkameradinnen. Und ein paar Gratisdrinks sowie das Privileg, bei jedem Besuch des Clubs direkt an der Schlange vorbei eingelassen zu werden.

Florence und Ronna und Renny fliegen in Florence' Jag über den PCH. Bei Topanga steuert Florence den Wagen mit den Füßen am Lenkrad durch eine Kurve. Renny greift ins Steuer. Florence fährt zu schnell. Immer mit der Ruhe, sagt Renny, während Ronna sie anfeuert, noch schneller zu fahren. Renny ist ihnen hörig. Sie haben Renny in der Hand.

Sie schwimmen an irgendeinem Privatstrand in Malibu. Der eiskalte Pazifik kann ihnen nichts.

Abendessen in einem Restaurant, das sogar ihre Eltern als kostspielig bezeichnen würden, Florence und Ronna als Rennys Gäste in einem privaten Hinterzimmer – er schmückt sich mit ihnen, die Weine sind älter als sie.

Dann kam das Wochenende in den Frühjahrsferien, das zur kompletten Woche wurde. Sie waren in Florence' Haus in Hancock Park, ihre Mutter war unterwegs. Sie tauchten in den Pool ein, der in jener Woche blauer als blau war. Die Sonne wärmte perfekt, ohne dass es zu heiß wurde. Renny hing mit ihnen ab, während die Nacht in den Tag überging und dann wieder in die Nacht. Irgendwann rief das Les Deux an, um ihm mitzuteilen, er solle sich nicht die Mühe machen, noch einmal zur Arbeit zu kommen.

Renny war stinksauer.

Ronna und Florence machten es mit Hilfe der Kreditkarten ihrer Eltern wieder gut. Mit den Autos, dem Alkohol und dem Essen ihrer Eltern. Mit langen Fahrten zu dritt im Jag.

Ronna und Florence weihten Renny in die Geheimnisse ihrer Eltern ein. Und in ihre eigenen Geheimnisse.

Florence und Ronna konkurrierten. Jede wollte älter sein, klüger, kaputter, wagemutiger.

Ronna sprang komplett bekleidet und mit einem Drink in der Hand in den Pool.

Florence sprang nackt und mit einer brennenden Zigarette in den Pool.

Florence erzählt Ronna, dass deren Vater sie gern angrapscht. Florence erzählt Ronna, dass deren Vater gern allein mit ihr ist.

Ronna sagt, sie sei nichts Besonderes. Nur ein dummes Mädchen. Eins von den dummen Mädchen ihres Dads. Eins von vielen. Vielen, vielen, vielen.

Ronna weint am Pool, immer weiter.

Florence rudert zurück, ehe es zu spät ist. Florence behält für sich, dass es ein bisschen weiter gegangen ist, als sie ihrer besten Freundin gestanden hat. Dass sie ihn möglicherweise ermutigt hat. Weil sie es vielleicht genoss, diese Art Macht über ihre Freundin zu haben, diejenige zu sein, auf die ihr Dad steht.

Nur dass die nicht *diejenige* war. Sondern eine von vielen.

Danach ist Ronna kalt wie ein Gletscher.

Daraufhin überzeugt Florence ihre Freundin davon, dass deren Dad sie beide betrogen hat. Dass er ein Arschloch ist. Und noch mehr. Ein perverses Arschloch. Ein Betrüger und eine Schlange. Eine Gefahr für sie beide.

Ronna stimmt Florence zu. Und Renny stimmt ihnen beiden zu. Hauptsache, die Party geht weiter.

Aber die kühle Atmosphäre zwischen den beiden Mädchen blieb für den Rest der Woche bestehen.

Der Tag wurde zur Nacht, die Nacht zum Tag. Bis zu dem letzten Wochenende, an dem Renny sich wieder in seinen Loft über dem Ausbeuterbetrieb schlich. Und Ronna die paar Blocks bis nach Hause ging, wo sie von ihren Eltern nicht vermisst worden war. Bis zu dem Wochenende, an dem Florence nachts durch die Gegend fuhr, weil sie Angst hatte, allein zu Hause zu sein. Sie hatte Angst vor dem leeren Haus. Sie fuhr bis tief ins Inland Empire, dann Richtung Süden zum Industriehafen von Long Beach. Sie fuhr, bis sie einen Plan entwickelt hatte, um sie alle zurückzugewinnen.

Eine Woche später wurde Ronnas Dad nicht weit von seinem Büro auf der Straße überfallen. Er blieb auf einem Ohr taub, traumatisiert und mit dauerhaften Hirnschäden zurück.

Ronna, die seit der langen Party nicht mehr mit Florence gesprochen hatte, rief an und sagte nur ein Wort: Renny. Was Florence schon wusste.

Die Erinnerung schmerzt wie ein Schlag in den Magen. Ein scharfer, pulsierender Schmerz, der Florida auf einen Schlag hellwach sein lässt.

An dieser Stelle endet der Traum, die Schläge fangen an.

Die Angreiferin ist so nah, dass Florida kaum irgendwelche Details erkennt, nur dass die Frau ihr einen Stock in den Magen rammt.

Schlampeverpissdichvonmeinemplatz.
Schlampeverpissdichvonmeinemplatz.
Schlampeverpissdichvonmeinemplatz.

Im Knast kamen die Schläge auf seltsame Weise gemäßigt und vor allem schnell. Eine rasche Lektion, die so lange dauerte, bis die Wärter eintrafen und dazwischengingen. Eine Lektion, deren Bedeutung in den Schmerzen selbst lag, nicht in irgendeinem übergeordneten Ziel.

Schlampeverpissdichvonmeinemverdammtenplatz.

Die Frau wird nicht aufhören, bevor Florida verschwindet oder tot ist.

Florida versucht aufzustehen. Aber ein Schlag mit dem Stock lässt ihre Stirn aufplatzen und wirft sie zurück. Der Schmerz kommt explosionsartig, ein Funkenregen hinter ihren Lidern. Blut rinnt ihr in die Augen.

Die Angreiferin ist wie ein Wirbelwind, ein Derwisch. Sie kommt von überall, zielt auf ihre Seiten und den Rücken – der Stock prallt mit dem Knacken eines brennenden Holzscheits von Floridas Wirbelsäule zurück.

Florida rollt sich zusammen, legt die Hände auf die Ohren, zieht den Kopf ein, halb zum Selbstschutz, halb als Rammbock. Sie nimmt alle Kraft zusammen, stürzt sich nach vorn und stößt die Frau zur Seite.

Dann rollt sie sich über den schmutzigen Bürgersteig, bei

jeder Umdrehung brennt ihr geschundenes Inneres wie Feuer. Sie rollt vom Bordstein hinunter und bleibt auf der Straße liegen, ihr ganzer Körper ein einziger Schmerz.

Sie hebt den Kopf. Die Angreiferin hat sich in den Hauseingang zurückgezogen, wo Florida auf Renny gewartet hat. Sie dreht etwas in den Händen hin und her, hält es gegen das Licht wie einen Edelstein. Floridas Bankkarte, mit freundlichen Grüßen der Justizbehörde von Arizona.

Wie ein Tier – zusammengekauert, stinkend, verwildert – schleicht Florida hinüber auf die andere Straßenseite, setzt sich in einen Hauseingang und beobachtet.

Die Haut der Frau hat eine Farbe, die Florida nicht benennen könnte. Sie ist von Wind und Sonne verwittert. Von Jahren im Schmutz und Qualm gebräunt. Mehr wie eine Tierhaut als wie die eines Menschen. Ihre Haare sind farblos – eine Leinwand für die Farbspritzer des Lebens auf der Straße.

Trotzdem wirkt die Frau majestätisch und selbstsicher. Ihr Auftreten ist das einer souveränen Eroberin.

Zu ihren Füßen stehen vier riesige Plastikbeutel, die mit Klebeband und Schnur zusammengebunden sind. Sie legt Floridas Bankkarte auf einen der Beutel. Versuchung und Herausforderung zugleich. Der Stock, mit dem sie Florida geschlagen hat, liegt gleich neben ihr.

Sie nimmt einen Stapel Zeitungen aus einem Beutel und breitet sie auf dem Boden aus, um ihr Revier abzustecken. Dann rollt sie eine Decke aus und stellt allen möglichen Nippes auf, wodurch sie selbst in den Mittelpunkt eines selbstgebastelten Heiligtums rückt.

Florida hat nur Augen für die Bankkarte, deren kleines Hologramm unter dem grauen Himmel glitzert.

Sie berührt ihren verletzten Bauch, ihre geprügelten Hüften und Seiten. Die Blutergüsse werden in der Farbe eines Unwetters am Horizont aufblühen. Ihre Wimpern sind blutverklebt. Sie wischt sich über die Stirn und spürt die Ränder der feuchten Wunde.

Ihre Verletzungen können warten. Erst einmal muss sie die Angreiferin im Auge behalten. Sie beobachtet, wie die Frau die Bankkarte in eine Tasche schiebt. Jetzt weiß Florida, wo sie suchen muss. Sie weiß noch etwas anderes. Nämlich dass die Frau bald einschlafen wird. Weil sie in ihren Taschen herumtastet, bis sie eine Spritze findet und Anstalten macht, sich eine Injektion zu setzen und dem inneren Feuer, das sie dazu getrieben hat, auf Florida einzuprügeln, die Schärfe zu nehmen.

Inzwischen steht die Sonne am Himmel. Diejenigen, die durch die Stadt müssen, haben ihre Reise begonnen und ziehen auf den Straßen ihre gemächlichen Kreise.

Florida spürt ein Pochen in ihrem Bauch. Die Hüftknochen schmerzen. Ihre Stirn pulsiert.

Die Straßen werden bald zur Ruhe kommen. Der Tag wird ausklingen. Vor Einbruch der Dunkelheit wird sie die Initiative ergreifen und zurückfordern, was ihr gehört. Die Bankkarte – ihre einzige Verbindung zur normalen Welt.

So lange wird sie warten. Der Tag wird vorübergehen. Sie ist Expertin darin, über jede einzelne Sekunde zu wachen, bis keine mehr übrig ist.

KACE Die Gerüchte verbreiten sich wie ein Lauffeuer. All diese Atemzüge, die von Zelle zu Zelle weitergegeben werden. All die Keime. Eine Geschichte geht um.

Dios und Florida sind auf der Flucht.

Dios und Florida haben einen Mord begangen.

Dios und Florida haben einen Justizbeamten umgebracht.

Dios und Florida sind auf einem Rachefeldzug.

Dios und scheiß Florida – zwischen all dem Husten werden ihre Namen geflüstert. Ihre Namen sind Teil des Hustens. Ihre Namen übertragen die Krankheit im ganzen Zellentrakt.

Marta sagt, ich soll den Mund halten. Mich nicht einmischen. Meinen Senf nicht dazugeben. Als bräuchte ich ihren Rat.

Ich bin nicht so dumm, Informationen weiterzugeben, mit denen Tinas Geist mich versorgt hat. Mir ist klar, wie das klingen würde.

Aber trotzdem: Tinas Geschichte will erzählt werden.

Tina war die Hüterin von Floridas Wahrheit, sie hat den Preis dafür bezahlt.

Manchmal höre ich sie – diese toten Wüstenhippies, die Florida abgefackelt hat. Ich habe eine Weile gebraucht, um dahinterzukommen, wessen Stimmen das sind, denn für dieses Verbrechen hat Florida nie die Verantwortung übernommen. Diese Typen waren sauer. Sie gehörten zu niemandem, zumindest Florida wollte sie nicht haben. Die Hippies wollten, was ihnen zusteht.

Am Ende war es Tina, die mir alles erklärt hat. Tina sagte, Florida hätte das Streichholz angezündet, das die Bombe zum Explodieren gebracht und diese Motherfucker in Brand gesteckt hat. Florida war komplett high, aber auf ihre Rache wollte sie nicht verzichten.

Da sehen Sie es, schon wieder Rache. Aber Marta meint, ich soll den Mund halten.

Und was man noch sieht: Es war ganz anders als bei Tina. Florida wusste genau, was sie getan hatte, und stritt es eiskalt ab. So was ist einfach nicht richtig.

Übernimm die Verantwortung. Das ist die einzige Regel. Das einzige Gebot, das im Knast gilt. Aber Florida ... Sie hat sich von allem distanziert.

Nur bei Tina hat sie eine Ausnahme gemacht. An einem Abend in ihrer ersten Zeit hier hat sie es Tina erzählt. An einem Abend, an dem sie sich nach menschlichem Kontakt sehnte und hoffte, sie wäre so hart wie die anderen Frauen.

Bei Tina bestand das Problem darin, dass sie über ihr Verbrechen nicht reden konnte, weil sie nicht die leiseste Erinnerung daran hatte. Aber das bedeutete nicht, dass sie uns etwas vormachte. Im Gegensatz zu Florida.

Plötzlich taucht der Gefängnisdirektor bei mir auf und fragt mich, was ich über einen Schließer namens Reyes weiß, einen Grünschnabel. Er wurde draußen umgebracht.

Über Reyes weiß ich nichts, nicht mal sein Name sagt mir was. Und was mit ihm passiert ist, ist mir scheißegal.

Du kennst ihn, sagt Marta. *Denk nach.*

Ich schließe die Augen und versuche, ihn mir vorzustellen. Genau wie Tina sehe ich nichts.

Aber der Direktor gibt keine Ruhe. Ich höre ihm zu, aber in Wahrheit suche ich nach meinem inneren Gleichgewicht. Ich stoße auf die beruhigenden Schwingungen des Ozeans, spüre Sand zwischen den Zehen und schmecke das Salzwasser. Ich tue so, als würde ich die frische Luft einatmen, nicht diesen krankheitserregenden Dreck hier, der mich auf die eine oder andere Art umbringen wird. Ich mache, was mir gesagt wurde, bewahre die Ruhe, hoffe auf eine bessere Welt, auf ein besseres Ich, obwohl ich weiß, dass es nur dieses eine Ich gibt. Und jetzt dieser Blödsinn hier.

Es geht dich nichts an, sagt Marta. *Sie haben sich das selbst eingebrockt. Alle beide.*

Marta legt mir warnend die Hand an die Kehle, als sie anfangen, nach Dios und Florida zu fragen. Nach *Sandoval* und *Baum*.

Sie wollen unbedingt wissen, ob die beiden etwas ausgeheckt hätten.

Sie wollen unbedingt wissen, ob ich wüsste, was sie vorhatten.

»Nichts weiß ich«, sage ich. »Verdammt überhaupt nichts.«

»Denn wenn die beiden etwas vorhatten, von dem Sie uns nichts gesagt haben, würde Sie das zur Komplizin machen«, sagen sie.

»Verschwinden Sie aus meiner Zelle. Lassen Sie mich in Ruhe. So nah, wie Sie kommen, bringen Sie mich noch um. Sie bringen mich mit Ihrer vergifteten Luft von draußen um.«

Ich könnte den Kerl mit seinen Fragen auf der Stelle ermorden. Ich könnte ihm die Fresse einschlagen, bis ihn niemand mehr erkennt. Ich könnte ... ich könnte ... ich könnte.

Sie machen mir derart die Hölle heiß, dass ich fürchte, ich könnte in Rauch aufgehen.

In der Höllenlandschaft des Hofs koche ich wütend vor mich hin.

Mir dröhnt der Kopf, weil sich alle Stimmen auf einmal melden.

Die Frauen gehen mir aus dem Weg, manche verlassen sogar ihre Schattenplätze, um mir Platz zu machen.

Was zum Teufel ist los mit dir?, sagt Marta.

Es gibt kein Entkommen. Keine Begnadigung. Wir sind auf alle Zeiten an unseren Weg gefesselt. An unseren Weg und an unsere Vergangenheit.

Es lässt sich nicht ändern.

Es gibt keine Erlösung. Nur diesen beschissenen Würgegriff, in dem wir stecken.

Auch für die eingebildeten Bitches mit ihrem verdammten Baum.

Das ganze große Gerede, und wissen Sie was? Nur eine Sache zählt: dass uns eine gewisse Zeit auf dieser Welt gegeben ist, auch wenn manche von uns beschließen, sich zu verpissen.

Und das ist manchmal die einzige Möglichkeit.

LOBOS Diana Diosmary Sandoval. Schwere Körperverletzung. Zu zwei Jahren Haftstrafe verurteilt.
Intelligent. Gebildet (was nicht dasselbe ist). Frühere Zellengenossin von Florence Baum.
Keine bekannten Verbindungen nach Los Angeles, jedenfalls soweit ihre Mutter und ihr Bewährungshelfer wissen.
Kein Kontakt zum Vater, und das seit je.
Kein Kontakt zum früheren Arbeitgeber.
Keine Präsenz in den sozialen Medien.
Keine Spur von ihr.

In der Art, wie das Gefängnispersonal über Sandoval spricht, schwingen verschlüsselte Botschaften mit – die Begriffe »intelligent« und »gebildet« werden fallengelassen, als käme ihnen eine besondere Bedeutung zu. Als würde von Gefangenen ein bestimmtes Persönlichkeitsprofil erwartet, dem Sandoval nicht entspricht.

»Wie meinen Sie das: ›intelligent‹?«, fragt Lobos den Wärter, als er endlich ans Telefon kommt.

»Was meinen Sie damit, wie ich es meine? Haben Sie das Wort noch nie gehört?«

»Nicht so, wie es bei Ihnen klingt – als wäre es ein Verbrechen.«

»Vielleicht ist es das ja«, erwidert der Wärter.

Lobos starrt noch eine Weile auf ihr Telefon, nachdem der Mann längst aufgelegt hat. *Intelligent*: als sei das etwas Furchteinflößendes.

»Easton.« Mit einem Schütteln der Tic-Tac-Dose macht Lobos ihren Partner auf sich aufmerksam. »Woran denkst du, wenn dir jemand sagt, eine Frau sei intelligent?«

»Dass ich mich nicht mit ihr verabreden will.«

»Warum nicht?«

»Weil es einschüchternd klingt. Anstrengend.«

»Und sonst?«

Easton reibt sich übers Kinn. »Dass irgendwas mit ihr nicht stimmt.«

Lobos wirft sich die Mintdragées ein und zerbeißt ein paar mit ihren Backenzähnen. »Würdest du mich als intelligent bezeichnen?«

»Als getrieben.«

»Das klingt auch ungut.«

»Du hast mich gefragt. Und du wirkst wirklich getrieben. Du hast Probleme.«

»Welche?«

»Weiß ich nicht. Aber du weißt es.«

Probleme. Schwierigkeiten. Eigene Ideen. Vage Begriffe, die von Männern – von ihrem Mann – benutzt werden, um sie abzuwerten. Damit sie ihre eigenen Gedanken in Frage stellt und schlechtmacht.

»Ich hab keine *Probleme*«, sagt Lobos.

»Na ja, irgendwas treibt dich um«, erwidert Easton. »Irgendwas lässt dich in Zelte gucken und die Straßen absuchen. Ich hab dich im Auge.«

Er klingt fast schon neckisch.

»Kümmer dich um deinen eigenen Kram, Easton.«

Easton beißt die Zähne zusammen, lässt aber schnell wieder locker. »Himmel, Lobos, ich will eigentlich nur sagen, dass ich da bin, falls du Hilfe brauchst.«

Woher kommt die Wut, die langsam von ihren Zehen bis in die Fingerspitzen hochsteigt? Die sie dazu bringt, auf ihre Tastatur einschlagen, ihr Pfefferminz ausspucken, ihren Kaffee verschütten zu wollen? Wo versteckt diese Wut sich normalerweise?

»Lobos?«

Manchmal spürt sie noch die Hand an ihrer Kehle. Immer in Verbindung mit ihrer eigenen Unfähigkeit, etwas dagegen zu unternehmen. Dieser Punkt schmerzt am meisten.

»Hilfe brauche ich nur hierbei.« Lobos deutet auf Diana Diosmary Sandovals Foto auf ihrem Computer.

Schwarze Haare. Grüne Augen. Hohe Stirn. Bei genauerem Hinsehen ein kaum merklicher Latina-Einschlag.

»Hübsch«, stellt Easton fest. »Sehr sogar. Das hätte ich statt intelligent gesagt. Man würde nicht glauben, dass sie einen Mann auf solche Art umbringt, stimmt's?«

»Warum nicht?«, fragt Lobos.

»Die Vorstellung fällt mir einfach schwer.«

»Fällt sie dir bei anderen Menschen leichter?«

Easton lässt sich mit der Antwort Zeit. »Nein, ehrlich gesagt. Jedenfalls nicht, bis ich das Gegenteil erfahre.«

Schau in die Vergangenheit. Aber bei Sandoval führt der Blick in eine Sackgasse. Keine Einträge vor der Anklage wegen Körperverletzung. Lobos ruft die Fallakte auf.

Sie hat sich gegen einen aggressiv werdenden Kollegen verteidigt und ihn versehentlich mit einem Handy geblendet. Es klingt simpel, ein Klassiker: Eine Frau wehrt sich und muss trotzdem in den Knast. Von einem ehrgeizigen Anwalt, den die wohlhabende Mutter des Opfers sich geleistet hat, gnadenlos in die Ecke gedrängt. Eine Geschichte, die Lobos immer wieder gehört hat. In diesem Fall ist der auslösende Vorfall in der Akte festgehalten.

Schau in die Vergangenheit, bis du in der nächsten Sackgasse landest. Bis zu jenem Moment vor zwei Jahren war Diana Diosmary Sandoval ein unbeschriebenes Blatt.

Bei Florence Baum sieht es anders aus. Überall Flecken. Kleinere Verfehlungen. Größere Geschichten, in denen sie oft am Rande beteiligt, aber nie die Beschuldigte war.

Als Minderjährige gegen ihren Willen über die Grenze gebracht.

Beifahrerin bei einem Unfall mit Alkohol am Steuer, der Fahrer wurde wegen Drogenbesitz angeklagt.

Irgendetwas muss es dort geben, das eine Erklärung für die Gegenwart liefert. Weil es immer diesen Vorfall gibt, der das Gleichgewicht zum Kippen bringt, den entscheidenden Moment, der einen zu der Person macht, die man ist.

Eine Kaffeetasse, die man beinahe an den Kopf bekommt.

Beleidigungen, wenn man an einer Zimmertür vorbeigeht.

Die um die Kehle gelegten Hände des eigenen Ehemanns.

Noch ein Fall von Gewalt, die entschuldigt wird. Und der nächste – derjenige, der einen zum Opfer macht. Es gibt ihn. Für Opfer und Kriminelle gleichermaßen.

Ronna. Ronna Deventer. Der Name taucht mehrfach in Verbindung mit Florence auf. Auch sie wurde nach Mexiko entführt. Auch sie wegen Drogenbesitz beschuldigt und noch einmal davongekommen. Noch ein reiches Mädchen, das sich selbst in Schwierigkeiten gebracht hat.

Sie ist tot. Überdosis, vor sechs Jahren.

Auch sie ist in Hancock Park aufgewachsen. *Deventer.* Irgendetwas klingelt bei Lobos. Jan Deventer. Sie startet eine Suche und stößt auf einen Zeitungsartikel.

Club-Promoter verhaftet in Zusammenhang mit beinahe tödlichem Überfall auf Hollywood-Mega-Agent Jan Deventer

Dann, auf der letzten Seite versteckt: *Anklage gegen Renny Toth fallengelassen, nachdem eine Freundin von Deventers Tochter, Florence Baum, ihm ein Alibi gegeben hat.*

Sehen Sie? Da ist es. Etwas, das nicht in Florence Baums Akte gelandet ist. Etwas, das ignoriert, übersehen oder vertuscht wurde.

Der Brand, die Anklage wegen Beihilfe, war nicht ihre erste Runde in diesem Rodeo.

Sie ist schon eine Weile dabei.

Als er sieht, wie Lobos aufsteht und ihre Sachen zusammensucht, eilt Easton an ihre Seite.

»Du musst nicht mitkommen.«

»Ich komme aber mit.«

Lobos wirft ihm einen strengen Blick zu: *Beklag dich nicht, wenn es Zeitverschwendung ist.*

Aber in Wirklichkeit will sie lieber allein gehen. Renny Toths Adresse liegt am anderen Ende von Skid Row, auf der Grenze zum Flower District, eine Strecke von mehreren Blocks, die ihr Gelegenheit gibt, nach ihrem Mann Ausschau zu halten. Ihn zu finden, bevor er sie findet, bevor er sie noch einmal überraschen kann. Sie will ihn finden – und dann?

Was immer dann passiert, Easton muss es nicht mitbekommen.

»Ich beschwere mich nicht«, sagt er.

»Ich hab doch gar nichts gesagt«, erwidert Lobos.

Wo bist du? Wo bist du zwischen all diesen Zelten und Baracken, unter diesen Planen, auf den Bürgersteigen? Vor diesen Murals. Diesem Mural, das lebendig zu sein scheint.

Sie ist eine Meisterin im Aufspüren: Kreditkarten, Bankkonten, Handys. Er hat sie alle entweder verloren oder aufgegeben. Sie hat seine Freunde, seine Verwandten wieder und wieder überprüft. Nichts. Bei ihnen ist er nicht.

Also bleibt nur hier oder ein vergleichbarer Ort.

»Lobos?«

»Was ist?«

»Du hast kein einziges Wort gesagt.«

»Vielleicht habe ich nichts zu sagen.«

»Du könntest sagen, wohin wir gehen.«

Lobos schaut auf die Straßenschilder. Wie weit sind sie vom Revier entfernt? Mindestens sieben Blocks. »Renny Toth«, sagt sie. »Anscheinend war er ein Nachtclub-Manager, der sich irgendwie mit Florence Baum eingelassen hat, als sie noch ein Teenager war.«

»Und?«

»Das *und* kenne ich noch nicht.«

Sie kommt nicht dahinter. Noch nicht. Aber da ist etwas. Oder vielleicht auch nicht. Vielleicht hat sie nur einen neuen Vorwand entdeckt, um durch die Straßen zu gehen, von Zelt zu Zelt zu schauen, prüfend, suchend, nach den Behausungen Ausschau haltend, die sie noch einmal ohne Easton unter die Lupe nehmen will. Gesichter, manche mit Masken, andere nicht. Manche unter Strom, manche zugedröhnt, manche, die nur das Ende des Tages abwarten.

»Lobos?«

Diesmal kann er ihr nicht vorwerfen, lange geschwiegen zu haben.

»Du hast mir noch immer nicht gesagt, wen du suchst.«

»Doch. Renny Toth.«

»In den Zelten, meine ich«, sagt Easton.

»Ich sehe mich bloß um.« Lobos' Blicke wandern über die schmutzigen Planen.

Gesichter. Verwittert und erschöpft. Trotzig und stolz. Verloren und in sich zusammengeschrumpft.

Wird ihr Mann sich ihnen anschließen? Wird er Teil dieser Welt werden statt ein Eindringling? Wird sie ihn irgendwann nicht mehr erkennen? Wann wird er seinen persönlichen Punkt erreichen, von dem es kein Zurück mehr gibt?

»Und du glaubst, dass dieser Toth weiß, wo Baum ist?«

»Ich weiß nicht, was er weiß«, sagt Lobos.

»Okay, okay.« Easton hebt kapitulierend die Hand. »Du hast ja gesagt, dass ich nicht mitzukommen brauche.«

»Ich versuche nur, mir ein deutlicheres Bild davon zu machen, hinter wem wir her sind.«

Lobos sucht die Straßen ab, Zelt für Zelt, Gesicht für Gesicht. Die Gesichter werden jetzt weniger. Die Zelte auch. Sie stehen weiter auseinander.

Sie kennt diese Straße, diesen Block.

»Lass uns gehen.«

»Wir gehen doch«, bemerkt Easton.

Hier hat sie beinahe den Mann getreten, der zu Boden gegangen war. Er könnte zu den Gestalten gehören, die jetzt über den Bürgersteig verstreut den Tag verschlafen.

»Lass uns schneller gehen.«

Wäre es bloß so einfach, sich selbst abzuhängen.

Sie durchqueren den Flower District, wo die Läden, die geöffnet haben, nur Grabkränze binden. Normalerweise wären die

Straßen hier mit Einkäufern, Autos und den kleinen Wagen verstopft, die ihre Hotdogs und Tacos den Verkäufern und deren Kundschaft anbieten. Heute sind nur die Menschen da, die vor den leeren Schaufenstern schlafen.

Sie stehen dem Gebäude gegenüber, in dem Renny Toth wohnt – einem kleinen, blauen, zweigeschossigen Lagerhaus, flankiert von Blumengroßhändlern.

»Bringen wir es hinter uns«, sagt Easton. »Was immer es ist.«

Als sie die Straße betreten, bleibt Lobos' Schuh an etwas hängen, das sie übersehen hat, einem menschlichen Umriss, einer Person, die auf dem Bordstein hockt.

Sie stolpert, fängt den Sturz aber gerade noch ab. Jetzt ist sie Auge in Auge mit dem menschlichen Hindernis.

Es ist eine junge Frau – jünger als der Durchschnitt der Obdachlosen. Ihr schmutziges Gesicht ist mit getrocknetem Blut beschmiert, die Augen sind rot.

Die Frau hält Lobos' Blick stand, als wolle sie sie herausfordern. Dann senkt sie den Kopf und verbirgt ihn zwischen den Armen.

Lobos zögert, greift nach ihrem Telefon und fragt sich, ob sie Meldung machen soll. Aber warum sollte sie diese Frau melden und nicht die Hunderte von anderen, an denen sie auf dem Weg hierher vorbeigekommen ist? »Geht es Ihnen gut?«

Als Antwort kommt nur ein leichtes Nicken.

Easton wartet schon auf der anderen Straßenseite. Lobos eilt zu ihm hinüber. Eine Frau blockiert den Eingang zu Renny Toths Haus. Sie liegt inmitten eines Durcheinanders aus kleinen Gegenständen, die an religiöse Kultgegenstände erinnern. Ihre lang ausgestreckte Gestalt ist so tief in ihrem narkotisierten Schlummer versunken, dass Lobos und Easton über sie hinwegsteigen können, ohne dass die Frau sich rührt. Easton drückt die Klingel.

Aber Lobos ist mit den Gedanken nicht mehr dabei. Sie ist im Einsatzraum und brütet über Florence Baums Akte.

Florence Baum.

Sie wirbelt herum. Die Frau, die auf dem Bordstein gesessen hatte, ist verschwunden.

»Easton!«

Lobos zerrt seine Hand von der Klingel weg. Ohne auf ihn zu warten rennt sie über die Straße, hält sich Richtung Süden, schaut auf dem langgezogenen Olympic Boulevard nach links und rechts und macht dann kehrt. Dann läuft sie östlich, den ganzen Block entlang und wieder zurück. Als sie zum zweiten Mal an Easton vorbeihastet, packt er ihren Arm und zwingt sie zum Stehenbleiben.

»Verdammt, was ist los?«

»Das war sie. Da auf dem Bordstein hat Florence Baum gesessen.«

Lobos schlägt mit der Faust auf ihren Oberschenkel. Die ganze Zeit nach einem anderen Gesicht Ausschau zu halten hat ihre Sinne benebelt und sie von ihrem Job abgelenkt. Und wer ist schuld? Ihr Mann bringt sie immer noch durcheinander, macht sie immer noch dumm und langsam.

»Gratuliere. Ich hab sie nicht mal registriert.«

Lobos nimmt die restlichen Mintdragées in den Mund und beißt so fest zu, dass sie schon fürchtet, sich ein Stück vom Backenzahn abgebrochen zu haben. »Dann los.«

Noch einmal steigen sie über die Frau vor Renny Toths Tür hinweg. Ihr Krimskrams und Nippes ist in eine Art symbolische Ordnung gebracht. Sie liegt auf Zeitungen und mehreren übervollen Plastikbeuteln.

Easton klingelt. »Vor ein paar Minuten hat niemand aufgemacht.«

»Versuch's noch mal.«

»Wenn er nicht da ist, ist er nicht da. Daran wird das ganze Klingeln nichts ändern, Lobos.«

Lobos beugt sich zum Gesicht der Frau hinunter. Schmutz und tiefe Falten bilden ein Netz auf ihrer Haut. Die Augen sind hinter einem Vorhang aus fettigen Haaren verborgen. Lobos legt ihr eine Hand auf die Schulter.

»LAPD, wachen Sie auf.«

»Die kriegt nichts mit von der Welt«, sagt Easton.

»LAPD.«

Die Augen der Frau öffnen sich flatternd – das Weiße ist gelblich verfärbt, die Iris sind geweitet. Dann nickt sie wieder ein.

»Wachen Sie auf«, sagt Lobos und zieht sie in die Sitzposition hoch.

Easton scharrt mit den Füßen. »Was glaubst du, was sie uns erzählen kann?«

Lobos versucht es mit leichten Schlägen auf die Wange. »Wachen Sie auf, hab ich gesagt, sonst muss ich Sie auffordern, hier wegzugehen.«

Die Frau öffnet die Augen und schiebt sich die Haare aus dem Gesicht. »Ich habe das Recht ... Sie dürfen gar nichts.«

Lobos streckt ihr den Dienstausweis entgegen. »Und wie ich darf. Wie heißen Sie?«

»Kaiserin Amber.«

»Ist das Ihr Platz hier, Kaiserin Amber?«

»Sie können mich India nennen.«

»Okay, India. Wohnen Sie hier? Kennen Sie den Mann, der im Haus wohnt?«

»Er nennt mich Göttin India.«

»Göttin, kennen Sie ihn oder nicht?«, fragt Easton.

»Er ist nicht da. Deshalb halte ich für ihn Wache. Er braucht mich. Ich bin sein Wachhund. Ich bin die Augen der Nacht. Ich bin Durga. Ich bin der alles sehende Argus.«

»Und deswegen schlafen Sie?«, fragt Easton.

»Sie kommen nachts«, sagt India. »Sie kommen mit dem Mond. Also schlafe ich bei der Sonne.«

»Und wo ist Renny Toth?«, fragt Lobos.

»Er bringt mir Essen, wenn er zurückkommt. Er kommt, wenn er weiß, dass ich hungrig bin.«

»Wann ist das?«, fragt Easton.

»Heute. Morgen. Ich kann die Tage nicht auseinanderhalten.«

Lobos steht auf. »Wie lange ist er denn schon weg?«

»Zwei Nächte. Zuerst war die Nacht mit dem Waschbären. Dann die Nacht mit dem Eindringling. Da sehen Sie, warum er mich hier braucht. Den Waschbären hab ich mit meiner Stimme verscheucht. Er hat die Macht meines Rufs gehört und wusste gleich, dass hier nicht sein Platz ist. Um die Frau hab ich mich mit dem Stock gekümmert.« Sie hält einen großen Holzstock mit umwickeltem Griff hoch.

Sofort beugt Lobos sich wieder hinunter. »Welche Frau?«

»Es ist sein Haus, aber hier ist mein Platz«, sagt India. »Ich dachte, ich könnte ihn für einen Moment verlassen, aber als ich zurückkam, war sie auf meinem Platz und hat geschlafen. Hier baue ich mir mein Heiligtum. Hier mache ich mich zur Königin.«

»Kaiserin, dachte ich«, bemerkt Easton.

Lobos wirft ihm einen warnenden Blick zu. »Wer war die Frau?«

»Die Feindin. Die auf meinem Platz lag. Aber ich hab ihn verteidigt. Ich hab für das gekämpft, was mir gehört.« Sie hebt den Stock und fuchtelt damit herum wie mit einer Waffe. Lobos legt eine Hand auf das Holz und drückt es nach unten. »Ich hab sie geschlagen und mir meinen Platz zurückgeholt. Aber sie kommt wieder.«

»Warum?«, fragt Lobos.

»Ich hab etwas von ihr.«

»Das nehme ich.« Lobos streckt die Hand aus.

Die Frau tastet in ihrer Tasche umher. »Aber das ist meine Trophäe.«

»Wir haben keine Zeit für irgendwelchen Gesetz-der-Straße-Scheiß«, erklärt Easton. »Was auch immer Sie der Frau gestohlen haben ...«

»Meine Trophäe«, sagt India und lässt eine Bankkarte in Lobos' Hand fallen.

Lobos dreht sie um. Eine JPay Progress Mastercard. »Von den Justizbehörden ausgegeben«, sagt sie und streckt Easton die Karte entgegen. Dabei legt sie den Finger auf eine bestimmte Stelle das Plastiks: *Florence Baum.*

»Ich hab sie mir verdient«, stellt India fest.

»Ich sag Ihnen was«, erwidert Lobos und zieht eine ihrer Visitenkarten aus der Tasche. »Ich gebe Ihnen eine von meinen. Wenn die Frau zurückkommt, können Sie ihr die weitergeben. Sagen Sie ihr, ich hab ihre Bankkarte.«

India starrt auf die Karten. »Lobos«, sagt sie. »Sind Sie die einsame Wölfin?«

»Bloß Polizistin«, erwidert Lobos.

Wessen Stimme hörst du im Kopf? Wer spricht in dein Ohr? Durch wessen Augen siehst du?

Schau nicht hin.

Schau nicht nach.

Schiel nicht hinüber und stell nicht mal Fragen. Bleib mit den Gedanken bei der Sache, vergiss die Zelte. *Wer ist da drin?*

Auf dem Weg zurück zum Revier hält Lobos die Augen geradeaus und lauscht auf jedes Wort, das Easton über die Wahrscheinlichkeit verliert, dass Florence Baum wegen der Bankkarte ins Polizeirevier kommt. Wenn man ihm glaubt, liegt sie praktisch bei null.

»Man weiß nie.«

»Was weiß man nie?«, fragt Easton. »Ich weiß, dass Kriminelle sich nicht einfach auf dem Revier vorstellen. Wenn sie das täten, wären wir arbeitslos. Wie auch immer, du schuldest mir was.«

»Wie bitte?«

»Ich hab gesagt, wir finden Baum binnen achtundvierzig Stunden.«

»Meine Güte, Easton. Ernsthaft?«

»Ich meine doch bloß. Wir haben sie gefunden.«

»Nie und nimmer. Ich zahle nicht.«

Ticky. Ticky. Ticky.

»Hast du da drin eine Klapperschlange, Lobos?«

Sie hält die Tic-Tac-Dose hoch und schüttelt sie einmal kräftig. »Willst du eins?«

»Das kann ich dir nicht antun.«

»Ich bezahle, wenn wir sie schnappen.«

Sie ist Baum zweimal begegnet und hat sie beide Male entwischen lassen. Wie stehen in dieser ausgedehnten Stadt – dem perfekten Ort für Anonymität, fürs Abtauchen – die Chancen, dass Lobos ihre Beute aufspürt und dann entwischen lässt?

Vielleicht hätte Easton gewettet? *Praktisch bei null.*

»Du wettest gern, Easton.«

»Das weißt du doch.«

»Worauf am liebsten?«

»Den Super Bowl, manchmal March Madness. Football Poker.«

»Was zum Teufel ist das?«

»Ein Anlass zum Trinken.«

Lobos bleibt stehen. »Willst du dagegen wetten, dass Baum auftaucht?«

»Das ist eine Scheißwette.«

»Schlag ein oder lass es bleiben.« Sie streckt ihm die Hand entgegen. »Verdoppeln wir den Whiskey.«

»Du willst mich bloß betrunken machen, hm?«

»Nein, ich will gewinnen«, erklärt Lobos.

»Vor zwei Tagen hast du gedacht, wir lassen sie entwischen. Und jetzt glaubst du, sie kommt von allein vorbei? Du hast nicht die geringste Chance.«

»Lass das meine Sorge sein.«

Sie schütteln die Hände.

Wie viele Chancen wird sie mit Baum noch bekommen? *Chancen.* Sie kann nicht mal klar denken. Chancen entziehen sich ihrer Kontrolle. Möglichkeiten erschafft sie selbst.

»Entweder sie kommt, oder wir finden sie. Du hattest recht – wir haben sie in nicht mal achtundvierzig Stunden zweimal gesehen.«

»Ich sage nicht, dass wir sie nicht schnappen. Nur, dass sie nicht freiwillig kommt«, stellt Easton klar.

»Wir werden sehen.«

Skid Row schläft, schüttelt sich, stammelt. Jedes Zelt stellt für Lobos eine Versuchung dar. Aber sie setzt die Scheuklappen auf und konzentriert sich nur auf den Fall.

»Wohin würdest du gehen?«

»Was meinst du?«

»Wenn du nirgendwohin könntest? Wie Baum.«

»Jeder kann irgendwohin«, sagt Easton.

»Das stimmt nicht«, entgegnet Lobos. »Schau dich mal um.«

»Hierhin können sie. Das ist ihr Zuhause. Sie haben ihre Plätze, entweder selbstgewählt oder durch Zufall. Hier herrscht nicht bloß Chaos, das weißt du doch.«

»Stimmt«, sagt Lobos.

»Sie treffen eine Entscheidung. Am Rand des Freeways. Unter einer Brücke. In einer Gemeinschaft oder allein. In Skid Row oder nur in der Nähe. Für jeden gibt es einen Magneten, etwas, das die Leute an einen bestimmten Platz zieht. Vielleicht glaubst du ja, mit der Bankkarte selbst ein Magnet zu werden, aber ich vermute, irgendwo gibt es einen stärkeren.«

Lobos bleibt mitten auf der Seventh stehen und starrt ihren Partner an.

»Was ist?«, fragt Easton.

Er hat recht. Es geht nicht um diese Zelte. Sie ist der Magnet. Ihr Mann wird zu ihr kommen. Er hat es schon getan.

»Lobos?«

Sie lässt den Blick über die dicht gedrängten Zelte an der Straße schweifen. Es sind die Menschen, nicht die Orte, von denen die Anziehung ausgeht.

Keine Autos. Niemand passiert Downtown auf dem Weg an einen besseren Ort. Nur in der Luft herrscht Bewegung. Die Hubschrauber ziehen unentwegt ihre Kreise.

»Aber was ist mit der anderen – Sandoval?«, fragt Lobos. »Was ist ihr Magnet?«

»Keine Ahnung.« Easton legt ihr eine Hand auf den Rücken und versucht, sie zum Verlassen der Straße zu bewegen. Aber seine Vorsicht ist unnötig. Lobos könnte hier mitten auf der Seventh ein Zelt aufschlagen und in aller Ruhe schlafen.

»Na ja, es muss einen Grund geben, warum sie gegen die Bewährungsauflagen verstoßen hat und in den Bus gestiegen ist.«

»Lobos, komm von der Straße.«

Plötzlich wird es ihr klar. Eine Kaskade von Gedanken – zu viele auf einmal und zu schnell, um sie voneinander trennen zu können. »Sie sind nicht zusammen, Baum und Sandoval.«

»Ja, und? Das wissen wir schon.«

»Warum?«

»Ein Streit unter Liebenden?«

»Komm schon, Easton. Denk nach. Sie steigen getrennt in den Bus. Und getrennt wieder aus.«

»Vielleicht wollten sie uns nur die Arbeit erschweren«, wirft Easton ein. »Sie beschließen, sich zu trennen. Zwei Spuren. Zwei separate Fahndungen. Doppelter Ärger.«

»Es sei denn ...«

Lobos hält sich die Tic-Tac-Dose an den Mund. Sie lässt die Bonbons zwischen ihren Zähnen klappern. Dann schließt sie die Augen.

»Kommst du jetzt von der Straße, oder was?«

Sie scheucht Easton mit einer Handbewegung weg. Verscheucht die Straße, die Geräusche und die begleitenden Gerüche. Es gibt keine Straße mehr. Stattdessen ist Lobos in Chandler und wartet auf den Bus. Baum ist schon an Bord. Sandoval kommt nach – eine auf den letzten Drücker eintreffende Mitreisende. Später steigt Baum als Erste aus. Vorzeitig. Vierzig Meilen vor ihrem Ziel.

Warum sollte sie mit einer Reise nach L.A. die Bewährung riskieren und dann vor dem Ziel aussteigen?

Warum sollte Sandoval ihr folgen?

Es sei denn ... Das ist es.

Sandoval verfolgt Baum. Baum läuft vor Sandoval davon. Baum steigt als Erste in den Bus. Sandoval folgt ihr. Baum steigt praktisch bei der ersten Gelegenheit wieder aus. Sandoval gibt die Verfolgung nicht auf.

Baum ist der Magnet. Sandoval wird von ihr angezogen.

Lobos öffnet die Augen. »Warum könnte Baum vor Sandoval davonlaufen?«

»Aus Angst.«

»Genau. Ganz genau. Sie hat Angst.« Lobos atmet erleichtert durch. »Wir sind hinter der falschen Frau her. Wir brauchen Sandoval.«

»Aber du hast gesagt, dass sie keine Bindung nach hier hat.«

»Sie hat Baum. Sie jagt Baum.«

Während Lobos zum Revier eilt, hört die Stadt um sie herum auf zu existieren. Wie ein Wasserfall sprudeln die Fragen aus Easton heraus. Wie und wo und warum.

»Schau in die Vergangenheit«, sagt Lobos.

»Was soll das heißen?«

»Es gibt einen Augenblick, einen Verbindungspunkt, etwas in der Geschichte der beiden, das in die Gegenwart führt. Etwas, das Sandoval und Baum erlebt haben. Etwas, das sie verbindet und gegenseitig anzieht.«

»Und was genau soll das sein?«

»Verdammt. Scheiße.« Wie lange hatte sie ihr Hirn ausgeschaltet, den Ball aus den Augen verloren? Zwei Täterinnen, aber sie hat eine abgeschrieben, weil ihr das besser in den Kram passte. Es war leichter, sich auf Baum zu konzentrieren – ihre Vergangenheit in L. A., die Story des Mädchens aus gutem Hause, das außer Kontrolle geraten ist, eine Frau, die zu dem geworden ist, was am wenigsten von ihr erwartet wurde. Eine Geschichte, die so perfekt zu ihrer eigenen passte.

»Ich hab's versaut.«

»Wir fangen doch gerade erst an, die Sache zu kapieren.«

Gerade erst. Jetzt erst. Endlich ist sie im Spiel angekommen, nicht mehr in ihrem eigenen Kopf unterwegs.

Und wessen Schuld ist das? Seine – die ihres Mannes? Oder ihre?

Es wird Zeit, ihn nicht mehr für ihre eigenen Fehler verantwortlich zu machen.

»Lobos! Immer mit der Ruhe.«

Sie rennt. Die Straßen verschwimmen vor ihren Augen. Die Zelte huschen vorbei, ein fahrender Zug aus zerlumptem, eingerissenem Stoff kommt ihr entgegen.

»Lobos.«

Wenn sie in Bewegung bleibt, kann sie diesen Ort schnell hinter sich lassen und sich ihrem Fall widmen, sie kann die Ablenkung abschütteln, zu der sie ihren Mann hat werden lassen. Diese Straßen hier sind ihre Straßen, nicht seine, sie sind kein Ort, um ihn zu suchen.

Einen Block vor dem Revier bleibt sie stehen und wirbelt herum, sodass sie Easton direkt gegenübersteht, ihre Augen auf Höhe seiner Brust. »Okay, Easton. Du hast recht. Ich hab in diesen Zelten nach jemandem gesucht.«

»Was?«

»Nach wem, spielt keine Rolle.«

»Sicher?«

»Wenn ich es dir doch sage, bin ich sicher. Wir haben einen Job zu erledigen.«

Wie er da steht, kommt er ihr wie eine Erscheinung vor. Ausgerechnet auf der Treppe zum Revier. An ihrem Arbeitsplatz.

Lobos merkt es erst, als sie ihm bis auf einen halben Meter nahe gekommen ist.

Irgendwo in ihrem Kopf – an einem Ort zwischen Hoffnung und Verzweiflung – bringt sie die Vorstellung zustande, dass er vielleicht gar nicht wirklich da ist. Als könnte sie ihn mit einem Blinzeln verscheuchen oder mit einem leichten Drehen des Kopfs abschütteln. Damit die Welt wieder zur Realität zurückkehrt.

»Hallo, Detective.«

Was für Streiche einem die Fantasie doch spielen kann – welch plastische Angstvorstellungen sie manchmal heraufbeschwört.

»Ich hab Hallo gesagt, *Detective Perry*.«

Kein Respekt davor, dass sie ihn angezeigt hat. Kein Respekt vor dem Kontaktverbot. Kein Respekt vor ihrem Arbeitsplatz. Vor ihrem *Beruf*. Denn sie und Easton und die in nächster Nähe stehenden Grüppchen anderer Polizisten könnten ihm eine Lektion erteilen, ihm den Arsch aufreißen, ihm seine Rechte vorlesen und ihn einsperren.

»Ich hab ...« Lobos' Mann greift nach ihrem Arm, als sie an ihm vorbeigehen will.

Sie zuckt zurück, bevor er sie packen kann.

»Ich hab ...«

»Ich denke, sie hat Sie gehört«, sagt Easton. »Wer auch immer Sie sein mögen.«

»Sie wissen nicht, wer ich bin? Essie, hast du dem Mann nicht gesagt, wer ich bin?«

»Wer immer Sie sein mögen, Sie verschwinden jetzt von dieser Treppe«, sagt Easton. »Wer auch immer ...«

Lobos ist schon im Gebäude. Die schwere Eingangstür des Reviers lässt sie den Rest des Gesprächs nicht mehr mitbekommen.

FLORIDA Wie lange muss sie weglaufen? Wie weit? Diesmal geht sie den Olympic hinauf, ins verschlossene Herz von Downtown. Das ist nur vorläufig. Später muss sie weiter, muss vor der Frau bleiben, die ihr auf den Fersen ist.

Auf den leeren Straßen hallen ihre Schritte wider, ihr eiliges Tempo stört die Ruhe. So ist es jetzt seit vierundzwanzig Stunden: Um voranzukommen muss sie sich in der schlafenden Stadt zeigen. Kein Ende ist in Sicht, kein Ziel, kein Zweck, kein schützender Hafen. Bloß weiter weglaufen, weiter verstecken. Weiter überleben.

Wenn man darüber nachdenkt, ist es ironisch. Dios, die Florida als Jägerin sehen wollte, hat sie zur Gejagten gemacht.

Sie biegt auf den Broadway und sucht Schutz unter dem Vordach des hundert Jahre alten Kinos, das, bevor es geschlossen wurde, ein Comeback als hipper Konzertsaal erlebt hatte.

Sie hat noch rund dreihundertfünfzig Dollar auf ihrer Bankkarte. In der Zeit davor hätte das ein schickes Kleid bedeutet, ein Paar Schuhe für die Strecke zwischen Taxi und Bordstein, zwei Nächte in Las Vegas, eine Nacht in Malibu. Die Kosten für Taxis, Drinks, Essen und Drogen an einem langen Abend. Eine Behandlung im Spa. Einmal Schneiden und Färben.

Jetzt bedeutet die Summe alles. Sicherheit. Zuflucht. Eine Busfahrt zurück nach Arizona. Denn das ist das einzig Vernünftige: selbst zurückzukehren, bevor man sie zurückbringt und ihr die wenigen verbliebenen Freiheiten nimmt.

Aber erst braucht sie die Bankkarte.

Ihre Seiten schmerzen. Der Bluterguss an ihrem Bauch ist zu einem riesigen Tintenfleck aufgeblüht, der sich über den ganzen Unterleib zieht. Die Wunde an ihrer Stirn pulsiert in einem hämmernden Rhythmus.

Sie lehnt sich mit dem Rücken gegen das Kartenhäuschen und starrt auf die Straße, wo Masken und Latexhandschuhe wie Wüstensträucher umherwirbeln.

Die Fassaden sind mit Sperrholzplatten verrammelt, das Sperrholz mit Graffiti überzogen.

Plötzlich rollt wie eine Erscheinung aus einer ganz anderen Apokalypse ein Armeepanzer vorbei, dessen Raupenband über den Asphalt mahlt, den Müll zerquetscht, Dreck und Staub aufwirbelt. Die Soldaten sind eindeutig gelangweilt, durch eine Stadt zu patrouillieren, in der nichts passiert.

Aber auch der Panzer ist ein Signal, nicht auszuruhen. Als er Richtung Norden verschwindet, macht Florida sich wieder in die entgegengesetzte Richtung auf.

So etwas passiert anderen Leuten, stimmt's? Verprügelt, zerschrammt, gejagt, heimgesucht, sich versteckend. Florence Baum passiert so etwas nicht.

Trotzdem durchwühlt sie jetzt einen Müllcontainer am nördlichen Rand von South Central auf der Suche nach etwas Scharfem. Sie findet ein Stück Blech.

Die Frauen im Knast – Frauen wie Dios und härtere, brutalere – verwandelten alltägliche Gegenstände in Messer und Klingen. Jedes Kehrblech, jeder Topf, jeder Stift war potenziell eine Waffe. Jede Gefangene ein Opfer. Aber das waren die Knastwaffen anderer Frauen. Jetzt ist Florida draußen und macht es genauso. Sie tastet sich durch den Müll und schneidet sich dabei die Handfläche auf.

Was schert sie diese eine Verletzung mehr? Ihr Körper ist zum blutigen, geschwollenen Protokoll jeder einzelnen Fehlentscheidung seit dem Besteigen des Busses geworden.

Ein Stück Metall. Ein Stück Schnur. Ein Stock. Jetzt hat sie die Zutaten für eine Waffe.

Florida schaut Richtung Downtown, wo Hubschrauber aufgestiegen sind. Geier, die über dem Aas der Stadt kreisen.

Sie fängt an, die Schnur um den Stock zu wickeln, damit sie fest zupacken kann. Dann fädelt sie die Schnur durch ein Loch im Blech und zurrt es fest. Als sie fertig ist, fuchtelt sie mit der Klinge durch die Luft. Das Metall gibt jaulende und peitschende Geräusche von sich.

Jetzt ist es Zeit, auf das langsame Herankriechen der Nacht zu warten. Zeit, sich heimlich zurück in den Flower District zu schleichen. Zeit, sich einen schnellen Eindruck von Rennys Straßenblock zu verschaffen. Zeit, nach der kleinen Frau im Kostüm Ausschau zu halten. Zeit, gründlich sicherzugehen, dass die Frau, die sie angegriffen hat, immer noch weggetreten im Hauseingang liegt.

Der Himmel ist ein ausschließlich in Grautönen gemaltes Aquarell. Die Sonne, die sich noch gar nicht gezeigt hat, macht sich zum Untergehen bereit.

Auf den Straßen herrscht langsame Betriebsamkeit, ein vorabendliches Umherkriechen.

Weitere Hubschrauber steigen auf, in Vorwegnahme jener Unruhen, die ihre Gegenwart wahrscheinlich hervorruft.

Der Hunger hält Florida wach und auf die bevorstehende Aufgabe konzentriert. Die Frau schläft im Eingang inmitten ihres Sammelsuriums.

Florida berührt ihr improvisiertes Messer und fragt sich,

wie es sich beim Aufschlitzen der Haut anfühlen mag, beim Auftrennen von Fleisch, beim Berühren des Knochens.

Hat Dios ähnliche Gedanken gehabt, bevor sie die Gabel in Mel-Mels Wange gestoßen hat, oder ging es ihr mehr um den emotionalen Kick?

Würde es sich anfühlen, als schnitte man in ein gekochtes Stück Fleisch? Oder als öffnete man ein Päckchen? Wie lange würde es dauern, bis Blut fließt?

Die Frau im Hauseingang rührt sich.

Florida hat keine Zeit zu vergeuden.

Sie überquert die Straße, stößt der Frau ein Knie in den Rücken und hält ihr die Klinge an die Wange.

»Gib sie zurück.«

Sie spürt den kurzen Widerstand der Haut. Dann aber öffnet sich die Wange der Frau wie ein Pfirsich, warmer Saft dringt heraus. Die Frau heult auf.

Ein warmes Rinnsal aus Blut befeuchtet Floridas Finger. Sie starrt auf die halbmondförmige Wunde, die sie der Frau zugefügt hat. Wie leicht es doch war, die Haut zu durchtrennen.

Die Frau tastet nach ihrem Gesicht. Die Wunde ist nicht tief, aber das Blut fließt schnell.

»Mörderin. Verführerin des Dunklen und des Teufels.« Sie starrt Florida an, die gelblichen Augen weit aufgerissen vor Schmerz und von der Wirkung der Drogen. »Killerin.« Sie spuckt das Wort aus.

Florida stürzt sich mit der Klinge auf sie, aber die Frau rollt sich zusammen und zieht sich zum Schutz vor der Attacke weiter in den Hauseingang zurück. Florida greift nach ihrem Arm und zerrt sie hervor, damit sie ihre Prügel entgegennimmt. »Feigling.« Wieder holt sie mit der Klinge nach der Frau aus, diesmal bleibt eine Schnittwunde am Unterarm zurück, aus der das Blut strömt und sich mit den Spuren vermischt, die der Staub auf ihrer Haut hinterlassen hat.

»Wie kannst du es wagen, die Königin zu töten? Wie kannst du es wagen, die Kaiserin zu töten? Du hast das Universum auf den Kopf gestellt. Du hast die Sterne vom Himmel geholt.«

»Halt's Maul«, sagt Florida. »Gib mir einfach, was mir gehört.«

»Nichts auf der Welt gehört einer einzigen Person allein.«

Florida geht auf die Knie, setzt sich rittlings auf die Frau und hält ihr die Klinge an die Kehle. »Für solchen Mist hab ich keine Zeit. Gib mir meine Karte.«

»Was ich hab, ist mir gegeben worden«, krächzt die Frau.

»Niemand hat dir was gegeben.«

»Das Universum hat es mir gegeben.«

»Scheiß aufs Universum.«

Florida drückt die Klinge fest an den Hals der Frau. Wieder spürt sie den schwachen Widerstand. Sie spürt die straffen Sehnen und Bänder. Sie spürt die Zentimeter, Millimeter zwischen Leben und Tod. Ihre Handflächen prickeln vom Gefühl der Macht. »Gib sie her.«

»Diebin«, sagt die Frau. Sie wirft sich hin und her. Die Klinge zeichnet einen schrägen Strich auf ihren Hals, ein schiefes Grinsen. Wieder ist die Wunde nur oberflächlich, trotzdem weicht Florida zurück, als sie sieht, wie sich das Blut dem Schlüsselbein ihres Opfers nähert.

»Diebin«, wiederholt die Frau, kämpft sich auf die Knie hoch und stürzt sich wie eine verwundete Bärin auf Florida.

»Was zum Teufel soll ich dir gestohlen haben?«

Die Frau fuchtelt wild mit den Händen herum, Blut spritzt

aus ihren frischen Wunden. »Das. Das. Das alles. Du hast meine Luft gestohlen.«

»Gib mir die Karte, sonst brauchst du keine Luft mehr«, sagt Florida.

»Du hast versucht, mir meinen Platz zu stehlen. Was ich hab, ist ehrlich verdient.«

»Du hast *mich* bestohlen. Du hast mich als Erste angegriffen.«

Die Frau legt ihre schmutzigen Hände auf den Schnitt in ihrer Kehle. »Du hast ein Loch gemacht, wo meine Seele rauskann. Diebin.«

Florida stellt ihr einen Fuß auf die Brust. »Gib mir die Karte, sonst verlierst du mehr als deine Seele.«

»Unsere Seele ist alles, was wir haben.« Sie fixiert Florida mit umwölktem Blick. »Aber du hast deine längst verschleudert.«

In den Straßen wird es unruhiger. Hubschrauber wummern und verschwinden wieder. Ein Mann mit Reibeisenstimme beginnt mit einer Beschwörungsformel.

»Gib sie mir.« Florida verstärkt den Druck ihres Stiefels auf dem Brustbein der Frau. Durch die Kleidung und das Fleisch hindurch spürt sie die Knochen. »Her damit.«

»Wenn du deine Seele verlierst, verlierst du die Orientierung. Du bist nur eine Ansammlung von Taten, von denen dich jede einzelne dem Tod näher bringt.« Sie hebt die Arme. Florida tritt zu. Die Frau taumelt zurück, von Floridas Stiefel am Boden gehalten. »Du glaubst, du hast gewonnen. Aber ich sehe den Verlust, der auf dich zukommt.«

»Gib mir meine verdammte Karte.«

Die Frau greift in ihre Kleidung. Schließlich zieht sie etwas hervor und reicht es Florida.

Florida greift nach der Karte und nimmt den Fuß weg. Sie dreht die Karte um. Es ist nicht ihre Bankkarte, sondern eine Visitenkarte, die jetzt mit blutigen Fingerabdrücken verschmiert ist.

»Ich hab gesagt, gib mir *meine* Karte.«

»Das ist deine verdammte Karte«, sagt die Frau. »Es gibt nur die.«

Florida packt ihre Waffe und hebt sie drohend über die liegende Gestalt. »Das ist eine Visitenkarte.«

»Ich hab getauscht.«

Florida streicht mit dem Finger über das erhabene Siegel, kneift die Augen ein Stück zusammen und entziffert die Aufschrift. *Detective E. Lobos, LAPD.* »Was soll der Scheiß?«

»Ich hab mit dem Teufel gehandelt«, sagt die Frau. »Und der Teufel hat deine Seele.« Sie setzt sich auf. Überall ist Blut – an ihrem Hals, auf den Armen, es läuft von den Wangen den Kiefer hinunter.

Florida betrachtet das Chaos vor ihr, die blutende Frau, die verstreuten Kisten und Schachteln ihres Lagers, die umgekippten Objekte. »Der Teufel interessiert mich nicht.«

Die Frau lacht. »Aber sie interessiert sich sehr für dich.«

Auf ihrem Weg die Straße hinauf hält Florida die Karte in der Hand. Diese Frau – Detective Lobos – ist ein Schatten, den sie nicht abschütteln kann.

Sie dreht die Karte immer wieder hin und her und versucht, die blutigen Abdrücke der Frau abzuwischen, die sie angegriffen hat. Aber anscheinend muss sie diese Erinnerung an ihren gewalttätigen Ausbruch zusammen mit dem Namen der Frau mit sich herumtragen, die sie jetzt als Einzige retten kann.

»Pass doch auf.«

Den Kopf über die Karte von Detective Lobos gebeugt, ist Florida mit einem entgegenkommenden Mann zusammengestoßen.

»Pass auf, wo du hinläufst, verdammt. Und zieh dir eine scheiß Maske an.«

Der Mann trägt ein rotes Bandana über Mund und Nase. Seine schwarzen Haare sind grau gesprenkelt. Die Haut um seine Augen herum ist von Nächten, die niemals vor Sonnenaufgang enden, dünn wie Papier. Aber es ist eindeutig Renny.

»Jetzt geh mir schon aus dem Weg.«

Florida rührt sich nicht.

»Was stimmt mit euch Leuten eigentlich nicht?«, sagt Renny und macht einen Bogen um sie.

Mit euch Leuten. Und so verschwindet Florence Baum immer weiter und lässt nur Florida zurück.

KACE

Manche Geschichten sind wie ein gebrochener Damm, eine Flutwelle, eine rasende Büffelherde in der Prärie. Manche Geschichten lassen sich nicht aufhalten. Wer bin ich, dass ich versuchen würde, mich gegen einen Willen zu stellen, der größer ist als meiner?

Die Stimmen werden es nicht zulassen.

Ich tue es für sie. Und für Sie.

Jetzt gerade tue ich es für Tina, die geschrien und geschrien hat, so laut wie in der Nacht, als die beiden sie umgebracht haben. Sie hat sogar Marta übertönt. Und die Schreie auf der Galerie.

Ich schreie auch, damit sie endlich Ruhe gibt.

Du weißt, wann es angefangen hat, Kace! Du weißt es! ... im Dunkeln ... beim Stromausfall. Ich hab's dir gesagt. Ihnen allen. Ihr seid gottverdammte Mörderinnen und Lügnerinnen und Teufelinnen. Mehr hab ich nicht gesagt. Und das ist die Wahrheit. So seid ihr alle. Ihr ... ihr ... ihr ...

Und ihr wisst es. Ihr wisst es. Ihr wisst es. Tut nicht so, als wüsstet ihr es nicht.

Im Gegensatz zu mir, weil ich mich nicht erinnern kann.

Man hat mir gesagt, was ich getan hab. Ich komme mir vor, als würde ich wegen der Verbrechen einer anderen sitzen.

Aber im Dunkeln wusste ich, dass die Zeit gekommen war. Und ich hab's euch gesagt.

Dir, Kace. Florida. Dios. Weil ihr es hören solltet.

»Halt's Maul, Kace. Halt dein verdammtes Maul.« Stimmen auf dem Gang. Vom anderen Ende der Galerie. Alle sagen, ich soll den Mund halten.

Das höre ich nicht zum ersten Mal. Ich kenne diese Stimmen, die mir sagen, ich soll Ruhe geben.

Kapieren die eigentlich nicht, dass ich diesen ganzen Mist für sie mit mir herumschleppe? Ich muss die Stimmen aus meinem Kopf rauslassen. Ich muss die anderen zum Zuhören bringen. »Haltet ihr doch den Mund«, brülle ich. »Hört zu. Hört Tina zu.«

»Halt's Maul. Jemand soll ihr das Maul stopfen«, schreien sie über ihr Husten hinweg. Dieses Husten. Sie schreien, bis sie in ihrem Husten versinken.

Jetzt versuchen zwei Schließer, mich zu beruhigen. Sie halten mich fest, wollen mich bändigen. Fesseln mich, damit ich nicht um mich schlage.

»Scheiß auf Tina«, höre ich die Frauen sagen.

In diesem Moment gehe ich auf die Wärter los. Plötzlich sind meine Arme und Beine überall, meine Finger werden zu Klauen, Messern. Meine Füße zu Rammböcken.

Jetzt stoßen sie mich herum. Jetzt bringen sie mich auf die psychiatrische Station.

Aber Tina ... Sie redet immer noch, sie schreit.

Ich hab Florida gesagt, sie hätte echt Glück gehabt. Ich hab's ihr gesagt. Ich hab's ihr gesagt. Ich hab's ihr gesagt. Ich hab ihr gesagt, sie könnte für das, was sie getan hat, büßen. Weil sie weiß, was sie getan hat. Und trotzdem hat sie weiter gelogen.

Lügnerin.

Schon immer eine Lügnerin.

Und ich hab's ihr gesagt. Endlich. Ein für alle Mal. Am Ende.

Als der Strom ausfiel, konnte ich die Wut nicht sehen. In ihren Augen. Ich hab nicht gemerkt, dass sie auf mich losging. Ich hab's erst gespürt, als sie von hinten kam, meinen Bauch mit den Fäusten traktierte, bis ich keine Luft mehr bekam.

Ich hab ihr gesagt, dass ich sie schon immer für eine Lügnerin gehalten hab. Dass ich wusste, warum sie log. Dass ich wusste, dass sie die Wüstenratten unbedingt hatte brennen sehen wollen. Dass sie das Streichholz hatte anzünden wollen.

Wieder schlug sie mich. Hart und schnell. Jeder Atemzug fühlte sich an, als würde meine Lunge platzen. Ich spürte die Freude in ihren Fäusten. Wirklich, glauben Sie mir.

»Ich hab's getan. Hab's getan. Hab's getan«, wiederholte sie gebetshaft, während sie auf mich einschlug. »Ich hab's getan. Ich hab's getan.«

Jeder Tritt ein Treffer, bis ich nichts mehr hören konnte. Bis ich jenseits von Schmerz war.

Erst in dem Moment, bevor ich nichts mehr sehen konnte, sah ich sie so, wie sie war.

Sie sollten mir gut zuhören. Wenn Sie nicht richtig aufpassen, glauben Sie noch, Florida hätte mich geschlagen, damit ich nicht rede. Aber am Ende wollte sie mir einfach zeigen, wer sie war.

Am Ende zeigte Florida mir, was ich dieser Frau angetan hatte – denn bis dahin hatte ich keinen Schimmer.

Sie hat es mir gezeigt.

Und sie hat sich selbst gezeigt. Wollte immer noch beides – ich sollte die Wahrheit kennen, die sie niemals ausgesprochen hätte.

Dann hat sie mich Dios überlassen, die es zu Ende gebracht hat. Weil Florida immer auf halbem Weg stehengeblieben ist und sich nie wirklich für das eine oder das andere entscheiden konnte.

Mir geht die Puste aus. Sie haben mich wieder geschlagen, meine Gedanken gehen durcheinander.

Aber Tina hat gesagt, was sie zu sagen hatte.
Ihre Geschichte ist jetzt Teil meiner Geschichte.
Unserer Geschichte, erinnert mich Marta.
Dann wird uns schwarz vor Augen.

FLORIDA Sogar im Dunkeln merkt Florida sofort, dass jemand hier gewesen ist. Die Handtücher am Pool liegen nicht am richtigen Platz. Die Liegestühle stehen durcheinander. Das Glasfenster der Garage ist eingeschlagen. Die Zugangstür steht offen.

Ganz hinten erkennt sie ihren Jag. Der Staubschutz ist zurückgeschlagen. Florida eilt zum Wagen. Das Verdeck ist geöffnet, scheint aber mit Gewalt verzogen worden zu sein. Sie versucht es an der Tür. Verschlossen. Beide verschlossen. Sie klappt die Motorhaube auf. Auf der eingestaubten Batterie erkennt sie Fingerabdrücke, daneben einen Blumenstrauß aus losen Kabeln.

Das Auto ist nutzlos. Das Auto ist hin.

Sie kann nicht weg. Sie kann nicht abhauen. Sie kann nur hierbleiben, bis sie entdeckt wird.

Florida verlässt die Garage und geht zum Pool.

Es ist Zeit, sich hinzulegen. Zeit, die Augen zu schließen und sich auszuruhen, das Unvermeidliche Fahrt aufnehmen zu lassen und auf die Kollision zu warten.

Florida zieht sich aus und dreht den Kopf zur Seite, als der Gestank aus ihren schmutzigen Klamotten hochsteigt. Nackt taumelt sie in den Pool ihrer Mutter und spürt, wie Staub und Schmutz sich langsam lösen. Sie fährt sich mit den Fingern durch die verhedderten Haare, zieht und zerrt, um die Knoten zu lösen, bis ihre Kopfhaut schmerzt.

Sie kommt an die Oberfläche und lässt sich unter dem nächtlichen Himmel auf dem Rücken treiben.

Dann taucht sie wieder unter.

Die einzigen Geräusche sind das Meeresküstenrauschen in ihren Ohren und das Klopfen ihres Herzens. Florida zwingt sich, unten zu bleiben. Ihre Lunge schmerzt, ihre Kehle zieht sich zusammen, ihr Kopf fühlt sich an, als würde der Druck ihn jeden Moment zum Explodieren bringen.

Aber jetzt ist nicht der richtige Zeitpunkt. Sie will einfach ausprobieren, wie es sich anfühlen könnte aufzugeben, sich auf die andere Seite zu schleichen, in die Vergessenheit einzutauchen, wenn es ihr nötig erscheint.

Aber die endgültige Dunkelheit reizt sie nicht.

Stattdessen will sie nur schwimmen und für einen Moment an nichts denken. Nicht an das Blut der Frau auf der Straße, das sie vergossen hat. Nicht an ihr eigenes Blut, das die Frau vergossen hat. Nicht an ihre Fäuste, die auf Tina einhämmerten. Nicht daran, wie gut es sich anfühlte, sie zum Schweigen zu bringen. Nicht an den köstlichen Schmerz, als ihre Fingerknöchel die Haut aufrissen und auf Knochen trafen.

Nicht an den Bus.

Nicht an ihre gestohlene Bankkarte.

Nicht an Dios.

Nicht an die Frau, die sie verfolgte.

Nicht an die Hühner am Straßenrand.

Nicht an Carter und das Feuer. Nicht an die Streichhölzer.

Einfach nur da sein, solange das Jetzt existiert.

Es ist ein ganzes Leben her, dass sie mit Ronna in diesem Pool geschwommen ist, damals, als der doppelte Betrug von Ronnas Vater ans Tageslicht kam. Damals brach die erste Welle der Wut über Florence herein, verdüsterte ihre Gedanken, umtoste ihr Herz, ertränkte sie.

Damals nahm sie zum ersten Mal die schattenhafte Wolke

wahr, die sich auf ihre Seele legte. Es gab noch einen weiteren solchen Moment – ähnlich dem Sekundenbruchteil neulich, als sie durch die Fenster des Wintergartens die Polizistin entdeckte –, einen winzigen Augenblick, der alles in ein klares Vorher und Nachher teilte.

Sie tauchte aus dem Wasser auf und sah Ronna in einem der Rugbystreifen-Liegestühle in Rennys Arme geschmiegt, die sie Florence' Blicken entzogen. Florence, die Freundin seit Ewigkeiten, wurde plötzlich zur Feindin. Sie schaute von Renny zu Ronna. Renny, der verzweifelt versuchte, sich an diese jungen Mädchen zu klammern. Ronna, die sich an jedem festhielt, der nicht Florence war.

Und Florence, die die Kontrolle verlor, verloren hatte.

Sie setzte sich an den Rand des Pools, kaute an einem Nagel und beobachtete die Szene in der Reflexion auf der unruhigen Wasseroberfläche: Renny und Ronna, sich kräuselnd in ihrem dämlichen geteilten Leid.

Im selben strahlenden, vom kristallblauen Wasser reflektierten Sonnenlicht sah sie ihre Deformation, ihren Defekt. Sie sah, was sie Ronna angetan hatte.

Ihr war klar, dass sie sich entschuldigen konnte, nach dem Motto: Mädchen sind halt so. Und mit sechzehn muss das Leben einfach weitergehen. Aber Florence sah einen anderen Weg zur Wiedergutmachung.

Er ist ein Arschloch, sagte sie durch die zusammengebissenen Zähne, so laut, dass Ronna es hören konnte. *Schau nur, was er uns angetan hat.*

Renny war derjenige, der zu ihr hersah. Er suchte bei den Mädchen nach seiner Rolle, wie immer.

Was würde er tun, um wichtig zu bleiben? Wie weit würde er gehen?

Genau in diesem Moment fängt es an. Ronna weint. Renny klammert. Und Florence macht den ersten kleinen Schritt hin zu Florida.

Sie stemmt sich auf den Beckenrand hoch und trocknet sich mit einem Badetuch ab. Dann wäscht sie ihre Kleidung im Pool, wringt sie aus und legt sie zum Trocknen. Florida wickelt sich in weitere Handtücher, verwandelt eins in ein Kissen, ein anderes in eine Decke und legt sich hin.

Sie wird schlafen. Was kommt, das kommt. Zum Abhauen ist es zu spät. Das Auto nützt ihr nichts. Außerdem ist es Nacht, sie kann nirgends hin.

Als sie die Augen öffnet, spürt sie, dass es auf Mittag zugeht. Die Wolkendecke hat sich verzogen und einem strahlend blauen Himmel Platz gemacht. Der Pool hat dieselbe Farbe angenommen und glitzert so einladend, wie er soll. Plötzlich gibt es diesen Augenblick, in dem alles bestens scheint – nur ein normaler Tag am Pool, die Stadt erstaunlich ruhig und weit genug weg, um Florida allein und in Frieden zu lassen. Nur sie und das leise Plätschern des Wassers, wenn es gegen den glatten Beton schwappt. Sie sinkt so tief in diesen Moment ein, dass nicht einmal das Zwitschern der Vögel und das Summen der Insekten zu ihr durchdringen. In diesem Moment – kneif die Augen zusammen, dann kannst du sie beinahe sehen – umrundet Ronna die Ecke des Wintergartens und tritt an den Pool, ohne wie sonst den Weg durchs Haus zu nehmen.

Ronna. In Floridas Haus so selbstsicher und unbefangen, als wäre es ihr eigenes. Was es nach dem Überfall auf ihren Vater auch wurde, als die beiden Mädchen im Kielwasser der Gewalt und ihrer Folgen noch enger zusammenrückten. Ronnas Vater erholte sich im Krankenhaus und kam mit einer gestörten Persönlichkeit wieder heraus – als Resultat der Prügel, die Renny ihm verpasst hatte.

Renny, nicht Florence. Es ist wichtig, sich daran zu erinnern.

Sie hat nur eine Anregung gegeben.

Neige den Kopf zur Seite, sodass die Sonne über das Dach des Wintergartens streift, über das Dach deines Schlafzimmers, und einen breiten Lichtstrahl bis hinunter auf den gepflasterten Weg wirft, der ums Haus herumführt. Ein buchstäblicher Sonnenstrahl, durch den Ronna gehen wird, im Herzen noch immer ein Teenager. Sie ist aufgedreht, weil sie ihre Eltern los ist, die sie zu Florida geschickt haben, wo sie bleiben soll, bis es ihrem Vater wieder gut geht. Die Freundschaft der Mädchen ist als Resultat eines Geheimnisses gekittet, das nur eine von ihnen in ganzem Umfang kennt.

Wie viel Spaß können sie noch haben?

Wie viel Chaos können sie anrichten?

Wie werden sie sich von Renny lösen, der das, was er getan hat, für sie getan hat? Auch wenn Ronna den Grund nie erfahren wird.

Florida lehnt den Kopf noch weiter zur Seite, kneift die Augen fester zusammen, zoomt Ronna näher zu sich heran. Sie werden in den Pool springen, auf alberne Weise glücklich, auf tollkühne Weise frei. Dann werden sie sich abtrocknen und für das abendliche Abenteuer zurechtmachen. Weil es immer noch ihre Stadt ist, ein Ort, den sie nach Belieben aufsaugen und ablegen können. Ein Ort, der nicht an ihnen kleben bleibt. Noch nicht. Das wird später kommen, für beide auf unterschiedliche Weise. Der Schaden aus jener Zeit, bleibend und unwiderruflich.

Aber jetzt ist Ronna hier, eine Silhouette im Gegenlicht, umgeben von einem strahlenden Lichtschein. Sie ist hier, unbekümmert und mit geschmeidig glänzenden Haaren, als sei sie bereit für welche Party auch immer.

Vor Floridas Liegestuhl bleibt sie stehen. Florida streckt ihr die Hand entgegen.

Ronnas Finger verschränken sich mit denen von Florida. Florida packt fest zu, als könne sie ihre Freundin durch den kaputten Spiegel zurück ins Leben zerren. Jetzt steht ihr das Traumbild in Fleisch und Blut gegenüber. So gottverdammt realistisch, dass Florida sie spüren kann – die Haut und die Knochen, sogar Ronnas Pulsschlag in ihrer eigenen Hand.

Und dort, ihre Hand um Floridas geschlossen, als wolle sie nie wieder loslassen, steht Dios.

»Freust du dich, mich zu sehen?«

Florida entreißt ihr die Hand und legt sich das Handtuch um den Körper.

»Da ist nichts, was ich nicht schon gesehen hätte.«

Dios zieht sich einen Liegestuhl heran und setzt sich hin. Sie stützt die Ellbogen auf die Knie und wirft ihr einen forschenden Blick zu.

Sie sieht gut aus, natürlich. Sauber, gepflegt, mit neuen Klamotten, die nicht so ganz ihrem Stil zu entsprechen scheinen – unauffällige Jeans und ein gestreiftes T-Shirt. Die Blutergüsse im Gesicht haben einen gelblichen Ton angenommen, ihre Lippe ist noch immer geschwollen. Die Sonnenbrille verbirgt ihre Augen, aber nicht das Ausmaß der Verfärbung.

Florida tastet nach ihrer Kleidung. »Dios, was hast du bloß gemacht?«

»Ich hab eine ganze Menge gemacht.«

»Du hast den Kerl umgebracht.«

»Die Gelegenheit war da, also hab ich sie beim Schopf gepackt.« Ihr Ton ist aalglatt.

»Die Gelegenheit?«

»Du weißt, was er mit mir gemacht hat. Du weißt, was er mit uns gemacht hätte.«

»Nichts, wenn du den Mund gehalten hättest. Überhaupt nichts. Stattdessen hast du mich reingeritten. Du hast mich zur Komplizin gemacht.«

»Ach, Florida. Immer die Komplizin, nie die Böse.« Dios lehnt sich zurück und verschränkt die Arme hinter dem Kopf, als wäre alles in bester Ordnung. »Aber wir wissen ja, dass es nicht stimmt. Und du weißt, dass das, was im Bus passiert ist, nur ein Teil des Puzzles ist. Alles hat mit Tina angefangen, mit dem, was *du* getan hast. Trotzdem hörst du von mir keine Klagen.« Prüfend betrachtet Dios den Pool. Ihre Haare sind oben streng zurückgekämmt und fallen hinten locker herab, ihre Brauen gemaltes Feuer. »Ich kenne dich, Florida. Ich hab mir deine Lügen zwölf Monate lang angehört. Wenn es möglich gewesen wäre, hättest du natürlich mir die Verantwortung für Tina in die Schuhe geschoben, so wie du deinen Freund Carter für die toten Hippies verantwortlich gemacht hast. Aber darauf lasse ich mich nicht ein. Du musst schon die Verantwortung für deinen Mist übernehmen.«

»Aber *du* hast Tina umgebracht.«

»Was willst du eigentlich schützen, Florida? Wen willst du schützen?«

»Mich.«

»Nein«, sagt Dios. »Du willst ein künstliches Bild von dir schützen. Eine Florida, die nie existiert hat.« Sie reißt Florida hoch.

»Du musst gehen, Dios.«

»Wir sind hier alle beide unbefugt eingedrungen.«

»Ich wohne hier«, sagt Florida.

»Dann muss ich das große Willkommens-Banner wohl übersehen haben. Von jetzt an gehen wir, egal wohin, nur noch zu zweit. Du und ich sind nicht nur aus demselben Stoff gemacht, wir *sind* der Stoff. Wir sind ein richtiger scheiß Wandteppich. Und nichts trennt die Fäden durch.«

»Was willst du damit sagen?«

»Ich will sagen, wir setzen fort, was du mit Tina angefangen hast und ich im Bus beendet hab.« Dios wirft einen Blick auf Floridas gekräuselte Haare und schiebt sie ihr hinters Ohr. »Ich hab einen Plan.«

»Nein.«

»Da gibt es einen Bus.«

»Nein.«

»Wieder so ein Geisterbus. Er bringt uns aus der Stadt, runter nach San Diego. Runter zur Grenze.«

»Du musst noch verrückter sein, als ich gedacht hab, wenn du wirklich glaubst, ich würde mich noch einmal mit dir in einen Bus setzen.«

»Hast du eine bessere Idee? Er fährt um zwölf morgen Mittag an der Kreuzung Olympic und Western ab.«

»Ich fahre nirgendwo mit dir hin.«

»Doch, Florida, das wirst du. Morgen.« Dios greift nach Floridas Handgelenk.

»Lass mich los und verpiss dich, Dios.«

Dios hat ihren Unterarm fest im Griff und zieht sie Richtung Wintergarten. »Sonst? Was machst du sonst?«

Florida spürt, wie ihr Arm taub wird. Nichts wird sie tun. Und das ist die Wahrheit.

Sie stehen neben den Fenstertüren. Dios legt eine Hand

über die Augen und schaut durch die dünnen Gardinen. »Nett hier. Ein bisschen langweilig vielleicht.«

Ehe Florida sie aufhalten kann, stößt sie den Ellbogen durch eine der kleinen Scheiben in der Tür. Fast geräuschlos landet das Glas auf dem schweren Teppichboden. Nur der hoch über ihnen kreisende Hubschrauber ist zu hören.

Dios greift durch die zersplitterte Scheibe und macht sich am Schloss zu schaffen. Die Tür geht auf. Die Alarmanlage schrillt los. »Schalt sie aus.«

»Ich ... ich.«

»Eine Frau wie deine Mutter käme niemals auf die Idee, den Code zu ändern, bloß weil ihr einziges Kind sich als Mörderin entpuppt.«

»Du weißt nicht ...«, sagt Florida über den Lärm hinweg.

»Doch, ich weiß.«

Florida befreit sich aus Dios' Umklammerung und läuft in den Hausflur. Sie öffnet die Klappe des versteckten Bedienfelds mit der Tastatur. Der Geburtstag ihrer Mutter. Kein Problem.

Als Florida zurück in den Wintergarten kommt, wirkt Dios zufrieden. »Home sweet home«, sagt sie. »Freust du dich?«

Der Anblick von Dios zwischen den cremeweißen und korallenroten Möbeln ihrer Mutter. Dios' Stimme, die von den faden Tropenfaserntapeten ihrer Mutter widerhallt. Die Vorstellung, dass Dios in dieses Haus eindringt, es verändert und entstellt. Die Wut bricht sich ungebeten und unkontrolliert Bahn. Florida packt sich von einem Holzgestell ein Keramikei und schleudert es in Dios' Richtung.

Dios duckt sich. Das Ei zerspringt am Fensterrahmen. »Recht so, Schlampe«, sagt Dios. »Reiß den Laden hier ab.«

Und dann ...

Dios schnappt sich eine Lampe, lässt sie auf den Boden fallen und trampelt darauf herum. Die Birne platzt mit dem Geräusch eines brechenden Knochens. Dann geht sie weiter zu einem Beistelltisch, fegt mit dem Arm sämtliche Deko-Gegenstände hinunter und tritt sie in Stücke. »Was ist?«, fragt sie mit ihrem Schlangenlächeln. »Sag nicht, dir gefällt dieses Zeug?« Sie schnappt sich eine Meerglasflasche, die nie das Meer gesehen hat, und drängt sie Florida auf. »Na los. Tu es. Das ist nicht dein Haus. Das war es nie. Du warst nie der Mensch, als den deine Mutter dich gesehen hat.«

»Hör auf, Dios.«

»Womit? Soll ich aufhören, dich so tun zu lassen, als könntest du zurück in diese Scheiße hier? Als hättest du weder diese verdammten Dealer umgebracht noch Tina halb totgeprügelt? Wie lange kannst du diese Farce durchziehen? Wie lange kannst du am Pool sitzen, Weißwein trinken, Smalltalk machen und elegant die Wahrheit umschiffen? Wie lange funktioniert das, bevor du explodierst?«

Florida hält sich die Ohren zu.

»Mach es einfach«, sagt Dios. »Lass es raus. Wie bei Tina.« Sie bringt die Lippen dicht an Floridas Ohren. »Deine Mutter weiß Bescheid, stimmt's? Sie kennt dein wahres Ich. Sie weiß, wer du bist und was du getan hast. Und damit kommst du nicht zurecht, stimmt's? Sie hat für dich gelogen. Sie lügt dich an. Ihr seid eine Familie von Lügnern. Und wozu?« Dios schaut sich im Zimmer um. »Für das hier?« Sie stößt mehrere Bilderrahmen um und zertritt das Glas. »Vergiss nicht, dass ich Frauen wie deine Mutter kenne. Frauen wie deine Mutter haben mir das Leben zur Hölle gemacht und dabei so getan, als würden sie mir helfen. Sie haben mir die teuren Schulen bezahlt. Sie haben dafür bezahlt, dass ich mich von meinen

Freunden und meiner Familie abgewandt habe. Und weißt du, was dann passiert ist? Sie haben mich in den Knast gebracht, weil ich ihren Söhnen, als sie mir blöd gekommen sind, gegeben hab, was sie verdienten. Wohltätigkeit hat ihre Grenzen. Aber das ist dir sicher nicht neu. Jetzt schmeiß das Ding hin.«
»Nein.«
»Deine Mutter hat dich kein einziges Mal besucht. In drei Jahren. Weil sie Bescheid weiß. Sie weiß, wer du bist, und das gefällt ihr nicht. Sie will nicht, dass es auf ihr perfekt manikürtes Leben abfärbt. Sie ist weggeblieben, weil sie dein wahres Ich kennt. Und damit kommst du nicht klar, hab ich recht? Ich weiß, was du mit Leuten machst, die dahinterkommen, wie du wirklich bist. Du hast Tina zu Brei geprügelt. Erst willst du, dass wir Bescheid wissen, aber dann hältst du es nicht aus.«

Es ist vorbei, bevor sie es richtig mitbekommen hat. Florida schleudert die Flasche durch eins der zum Pool liegenden Fenster. Das Klirren des Glases wirkt befreiend. Entlastend.

Ihre Mutter. So kalt. So distanziert. Sich ihrer Tochter so bewusst und doch nicht in der Lage, dieses Wissen anzuerkennen. Sie wusste – nicht wahr? –, dass Florida sich bewusst von einem Mann, der dreimal so alt war wie sie, auf eine zweiwöchige Rundreise durch Mexiko mitnehmen ließ. Sie wusste, dass Florida für ihren Schmuck und ihre Kleidung nicht selbst bezahlte – dass sie manches stahl und sich anderes schenken ließ. Sie wusste von Renny und davon, wie viel Zeit ihre sechzehnjährige Tochter mit dieser zwielichtigen Niete verbrachte. Sie wusste, welche Gegenleistungen Florida brachte, wenn Renny sie in Clubs einschmuggelte, für die sie noch zu jung war. Sie wusste von den kleinen Verstößen und größeren Vergehen. Sie kannte Floridas Umgang – die Männer, ihr inzwischen gelöschtes Jugendstrafregister mit den kleinen Diebstählen und sonstigen Vorfällen. Sie wusste von den Männern, denen sie Florida in der Annahme, ihre Tochter werde schon zurechtkommen, selbst vorgestellt hatte. Ihr war klar, dass Florida es mit fünfzehn nicht besser wusste. Ihre Mutter wusste Bescheid, aber es kümmerte sie nicht. Vor allem wusste sie, wie die Sache mit Carter lief. Sie wusste genau, was Florida tat, denn sie hatte ihre Tochter heranwachsen sehen. Sie wusste alles, denn um Florida beim Vertuschen der Wahrheit zu helfen, musste sie diese Wahrheit kennen.

Florida schnappt sich eine Kaninchenfigur aus Jade und wirft sie durch die Scheibe neben der, die sie gerade eben eingeworfen hat. Sie schnappt sich eine Messingpalme. Sie schnappt sich eine Keramikkoralle.

Beschwörend begleitet Dios' Stimme sie dabei, wie sie ein Objekt nach dem anderen durch die Fenstertüren, an die Wände, gegen die Wandleuchter, die von der Decke hängenden Gegenstände und die Zierleisten schleudert.

»Frauen wie deine Mutter behandeln einen von oben herab. Sie bezahlen für dich, um dich ignorieren zu können. Das ist ihr Recht. Das ist ihr Ziel. Statt dich aufs Abstellgleis zu schieben und dich einfach zu ignorieren, bezahlen sie für das Recht, dich zu hassen, weil sie sich dann besser fühlen. Ja – sogar deine Mutter. Sogar dir gegenüber. Ihr Geld – ihre verlogene Wohltätigkeit – das alles rechtfertigt ihren Hass. Es entschuldigt diesen Hass. Denn Frauen wie deine Mutter dürfen nicht hassen. Sie dürfen solche schmutzigen Leidenschaften nicht spüren. Also lenken sie sie um. Sie lügen. Sie sind nicht besser als wir. Sie sind schlimmer, weil sie uns zu dem machen, was wir sind, und dann so tun, als wären wir unsere eigenen Teufel.«

Ein Objekt nach dem anderen.

Ein Bilderrahmen nach dem anderen.
Ein Gemälde nach dem anderen.
Ein Fenster nach dem anderen.
Ein Zimmer nach dem anderen.

Der Wintergarten. Das vornehme Esszimmer. Die Küche mit ihren hohen Schränken. Die Bibliothek. Das Wohnzimmer.

Aufgerissene Polster. Zersplittertes Glas. Flecken auf dem Teppich. Alles, überall. Zertrampelt. Zerrissen. Umgestürzt. Zertrümmert.

Der Pool voller Abfall – der dämliche, in Stücke geschlagene Scheiß, der für das selbstgefällige Leben ihrer Mutter steht.

Florida ist verschwitzt. Sie ist atemlos. Sie hört den Puls in ihren Ohren. Spürt ihn in den Fingerspitzen. Überall gleichzeitig. Das hier ist besser als das MDMA-High, das sie zurück zu diesem Trailer in der Wüste getrieben hat, das sie um das Feuer hat tanzen lassen wollen, mit einem Mann, den sie dem Tod entgegengetrieben hat. Denn jetzt ist sie hier und zerlegt im Gleichschritt mit Dios das Gefängnis ihrer Kindheit. Sie reißen es zu Boden, damit sie ein für alle Mal neu geboren werden kann. Endlich.

Sie sind in der Küche, die an der Poolseite gleich neben dem Wintergarten liegt. Eine Tür baumelt lose an den Angeln. Ein Stuhl von der Kücheninsel hängt – halb drinnen, halb draußen – in einem eingeschlagenen Fenster.

Dann hört sie eine Stimme. Aus dem Flur dringt eine Frauenstimme.

Florida packt Dios am Arm. »Schsch.«

Hallo. Hallo.

»Das ist sie«, flüstert sie. »Die Polizistin, die mich verfolgt. Lobos.«

Dios kneift ihre Schlangenaugen zusammen. »Polizistin?« Sie greift nach einer teuren Flasche Portwein, die, so weit Florida zurückdenken kann, schon immer zur Dekoration auf der Arbeitsplatte gestanden hat.

Hallo?

In Floridas Kopf ist es so laut, dass sie sich nicht konzentrieren kann. Sie hört nicht, wie die Schritte näher kommen, wie sie auf allem knirschen, was zerstört und überall verstreut wie ein zweiter Teppich den Boden überzieht.

Wer ist da?

Florida kann sich nicht rühren. Aber Dios an ihrer Seite ist wie ein stromführender Draht, geladen und jederzeit bereit, Funken zu schlagen.

Hallo?

Dann ist die Frau in der Küche. Für einen Moment. Die Dauer eines Pulsschlags.

An wie viele einzelne Augenblicke wird Florida sich ihr Leben lang erinnern? Wie viele Wendepunkte sind in einem Leben möglich?

Der Moment, in dem sie Ronna in Rennys Armen gesehen und beschlossen hat, die Initiative zu übernehmen?

Der Moment, in dem sie den aus der Brandbombe baumelnden Stoffstreifen angezündet hat?

Der Moment, in dem sie Detective Lobos hinter sich auf dem Rimpau Boulevard gesehen und sich zum Weglaufen entschieden hat, statt sich zu stellen?

Jetzt ist wieder so ein Moment. Ein Moment, in dem Florida Florence freilassen könnte, statt sie zu verstecken.

»Florence?«

Trotz Dauerbräune ist das Gesicht ihrer Mutter vor Schrecken kalkweiß. Der Koffer, den sie hinter sich hergezogen hat, entgleitet ihr. Mit weit aufgerissenen Augen betrachtet sie das Chaos, das die beiden Frauen in ihrer Küche angerichtet haben – ihre Tochter und die wilde Furie an ihrer Seite.

»Florence.«

Dios' Gesichtsausdruck – pure, perverse Freude.

Floridas Arme beginnen zu zittern, ihre Knie geben nach. Ihr dreht sich der Magen um.

Ihre Mutter hat das Handy aus der Tasche gezogen und tippt.

»Legen Sie es hin«, warnt Dios sie.

Es gibt nichts mehr zu verbergen. Keine Lügen mehr. Sie ist, was sie ist. Ein Eindringling, eine Invasorin. Ein mörderisches Höllenwesen, das im Haus der eigenen Mutter randaliert. Eine Kriminelle.

Ihre Mutter weiß es. Ihre Mutter sieht es. Es gibt kein Zurück mehr.

Im Blick ihrer Mutter liegt keine Wärme, was nichts Neues ist. Er reflektiert nur mit eisiger Kälte, wer Florida ist und was sie getan hat.

Sie macht einen Schritt auf ihre Mutter zu. Und noch einen.

Aufkreischend weicht ihre Mutter in den Flur zurück, das Handy am Ohr. »Ich rufe die Polizei.«

Wieder – vielleicht zum letzten Mal – läuft Florida davon, durch die kaputte Tür hinaus, zum Pool, um die andere Seite des Hauses herum, auf die Straße. Der letzte dünne Faden, der sie mit einem anderen Leben verbunden hat, ist gerissen.

Erst als sie draußen ist, wird ihr bewusst, dass Dios ihr nicht gefolgt ist.

DIOS Warte. Moment.
Ich weiß, dass ich gesagt hab, es soll deine Geschichte sein, Florida. Aber hier bin ich an einem Wendepunkt. An der Kreuzung, an der du zu dir geworden bist. Fast. Bevor du weggelaufen bist.

Dabei waren wir so dicht davor.

Aber ich gebe nicht auf.

Also möchte ich kurz durchatmen. Einen Moment. Ich möchte nach draußen schauen, ehe wir uns in den letzten Akt begeben.

Schau dir diesen Baum an. Was ist es? Eine Palme? Eine Dattelpalme? Eine Fächerpalme? Die verdammte Palme auf der Bounty-Verpackung?

Schau dir diesen Baum an, der über den pseudo-englischen Garten wacht. Schau, wie er sich wiegt und schwankt, beinahe unerreichbar.

Jetzt hör ihm zu. Hör sein Rascheln – das einzige Geräusch in einer so gut wie stillen Stadt. Einer Stadt, die den Atem anhält. Einer Stadt, die explodieren will. Einer Stadt, die darauf wartet, zum Explodieren gebracht zu werden.

Hast du diesen Baum auch beobachtet, Florida? Hast du ihn angeschaut, als du dich mit dem Gesicht nach oben im Pool hast treiben lassen, während dein altes Leben sich weiter und weiter entfernt hat? Hast du ihn angeschaut, als du mit Ronna Pläne geschmiedet hast? Hat der Baum dich beobachtet, bis er sicher war, dass dieses kleine Anwesen nicht mehr dein Zuhause sein konnte? Bis er wusste, dass du ein hoffnungsloser Fall bist?

Was muss er nicht alles gesehen haben.

Ich weiß, dass deine Dunkelheit nicht zweidimensional ist. Ich wünschte nur, du wärst in diesem Moment hier, wo ich auf deine Mutter zugehe. Es ist Zeit, dass sie all das Unrecht begreift, das sie Leuten wie mir angetan hat. Leuten wie dir. Es ist Zeit, dass ich es ihr sage.

Wahrscheinlich glaubst du, dass in meinem Kopf momentan großes Chaos herrscht, dass sich alles dreht und dreht. Eine Explosion aus Farben, Licht und Tönen. Heiße Wut, metallisches Geschepper. Blinder Zorn. Kranke Raserei.

Es ist genau umgekehrt. Ich bin kühl, ganz bei mir und absolut ruhig.

Ich bin eine Urgewalt.

Bist du schon mal im Ozean geschwommen und hast dich mit dem Kopf voran in eine Welle gestürzt, die zu groß war? Es gibt diese panische Sekunde, in der du glaubst, die Welle wird dich vernichten, dich im Ganzen verschlingen, dich an den Felsen oder auf dem Strand zerschmettern. In diesem Moment glaubst du, dass du es ein für alle Mal hinter dir hast.

Aber dann kommst du in die Welle hinein. Du findest dich in ihren Rhythmus ein. Du lässt dich von ihr tragen. Du fühlst dich schwerelos, fast als würdest du fliegen. Du spürst die Macht des Ozeans. Er hebt dich hoch, lässt dich abheben und erdet dich gleichzeitig.

So fühle ich mich gerade. Als sei das Gleichgewicht wiederhergestellt. Als sei die Energie der ganzen Welt zu meiner geworden, als seien meine Hände die richtigen Hände, meine Ruhe die richtige Ruhe. Und was ich tue, muss getan werden. Es ist das Einzige, was getan werden muss – richtig und dringlich und entscheidend.

In meiner Wut komme ich zur Ruhe. So wie es sein soll. Wie es immer gewesen ist.

Ich weiß genau, was ich tue.

Ich habe es immer gewusst.

Schau den Baum an, wie er mich ansieht. Wie er sieht, was ich tue. Und getan habe.

LOBOS Aufgebläht und blau. Auf den Grund ihres eigenen Pools gesunken. Wo sie schon mindestens einige Stunden lag. Ein dummer Unfall – wo wir doch alle aufgefordert sind, zu unserer eigenen Sicherheit zu Hause zu bleiben. Die Blutergüsse an ihrem Hals und die geplatzten Gefäße in den Augen sprechen allerdings eine andere Sprache.

Hässlichkeit inmitten von Hässlichkeit. Erstickt und ertrunken. Ein doppelter Tod, als würde einer nicht reichen.

»Ich nehme an, das ist die Mutter«, bemerkt Easton.

Lobos greift nach ihren Mintdragées. Leer. Das darf nicht wahr sein!

»Glaubst du ...?«

»Und du?«, fragt Lobos. »Glaubst du, Baum hat ihre Mutter umgebracht? Ihr Haus verwüstet?«

»In letzter Zeit weiß ich nicht mehr, was ich glauben soll.«

»Ich glaube es nicht.«

»Ja«, sagt Easton. »Aber man weiß nie.«

Er hat seine Haltung geändert. Plötzlich sind Frauen zu allem fähig. Und er hat nicht unrecht. Man muss sich den Tatort bloß anschauen.

»Ein Streit wegen Geld. Verweigerte Unterstützung. Ich gehe nur die Möglichkeiten durch.«

»Und welche passt?«, fragt Lobos.

Easton legt den Kopf zur Seite, als suche er nach der richtigen Antwort. »Es ist einfach beschissen.«

Die Techniker heben die Leiche heraus. Eine Nachbarin hat die Polizei gerufen. Was für eine Geschichte. Da glaubt man, man lebt in der eigenen Neun-Millionen-Dollar-Villa zurückgezogen und sicher wie in Abrahams Schoß. Man muss nur drinnen bleiben, die Türen geschlossen halten, dann kann einem nichts passieren.

Aber dann schaut man aus dem Fenster im ersten Stock und sieht auf dem Grundstück nebenan eine Frau auf dem Grund ihres Pools. Das Haus ist verwüstet, die Kampfspuren lassen sich nicht übersehen.

Vielleicht hat man den Kampf beobachtet.

Vielleicht hat einer der Nachbarn ihn beobachtet.

Lobos schreckt vor der Vorstellung zurück, in dieser Atmosphäre, wo die Nähe zu anderen Menschen mehr Angst macht als alles andere, von Haustür zu Haustür ziehen zu müssen. Man wird ihr maskiertes Gesicht durch die Kamera der Gegensprechanlage sehen und sie für eine Todesbotin halten. Trotz der Polizeiausweise wird man Easton und sie behandeln, als käme die Pest auf eine Tasse Kaffee vorbei. Als wäre es ihre Schuld, dass sie ihre Arbeit erledigen müssen. Als wären sie ein Risiko für die Allgemeinheit, nicht andersherum.

Die Techniker bugsieren Florence' Mutter aufs Pooldeck und heben sie dann auf eine bereitstehende Trage.

Im Pool schlagen kleine kräuselnde Wellen gegen die Betonränder, das Wasser reflektiert den Sonnenuntergang.

Lobos starrt ins Blau und Orange. Es kommt ihr vor, als würde sie in eine andere Dimension gezogen. Wie diese leicht psychedelischen Bildeffekte, die signalisieren, dass die Handlung einen Sprung zurück oder seitwärts in eine andere Realität macht. Denn plötzlich ist der Pool nicht mehr leer. Dort treibt eine Leiche mit dem Gesicht nach oben, die Leiche ihres Mannes. Sein lebloser Blick fixiert den Himmel. Wie schwierig würde es sein, ihn unten zu halten, ihn zu erdrosseln und zu ertränken? Wie würde es sich anfühlen, seinen

Todeskampf in den Händen zu spüren, das Nachgeben seiner Luftröhre, seinen letzten Atemzug? Würde sie spüren, wie die Blutgefäße in seinen Augen platzen? Würde es sich wie Noppenfolie anfühlen? Würde sie das letzte Aufbäumen des Lebens registrieren, bevor es erlischt und dann ... im Nichts verschwindet?

Wie viel Kraft würde sie brauchen?

»Lobos?«

Mehr, als sie hat, so viel ist sicher. Was nicht nur an ihrer Statur liegt. Solche Kraft kommt aus dem Inneren. Eine übermenschliche Energiequelle. Fast bewundernswert, wenn es nicht so kaputt wäre.

Lobos schaut auf ihre Hände. Sie biegt die Finger, testet die Muskeln und Gelenke. Dann schiebt sie sie in die Taschen.

»Alles klar?«

Easton steht neben ihr und hat ihr die Hand auf den Rücken gelegt.

»Sie müsste ziemlich kräftig gewesen sein.«

»Lass uns das Opfer ansehen, bevor es abtransportiert wird«, schlägt Easton vor.

Ihre Haut hat die Farbe gequetschter Früchte – verschiedene Violetttöne, Blau und Schwarzgrau. Fast kann man die Fingerabdrücke auf dem Fleisch erkennen, sie zeichnen sich wie Pockennarben ab, als hätte jemand weit mehr Kraft aufgebracht als nötig. Ihre Augen sind rotgefleckt und starr.

Lobos zieht einen Gummihandschuh über und hebt einen Arm der Frau hoch – eine feuchte Masse, die sich nach der Zeit im Pool irgendwie noch lebloser anfühlt.

Sie dreht die Hand um. Abgebrochene Nägel, die Zeichen eines vergeblichen Kampfs.

Wie viele Opfer hat sie in ihrer Laufbahn zu Gesicht bekommen? Hundert? Doppelt so viele? Zwanzig Jahre bei der Polizei, und sie hat alles nur durch die Augen der Verletzten und der Toten gesehen. Aber jetzt schau es dir andersherum an. Lies das Drehbuch neu. Aus der mächtigen Position. Wie fühlt sich das an?

Besser. Es fühlt sich besser an. Weniger Schmerz. Es wird leichter, das Verbrechen als das zu sehen, was es ist. Die Erkenntnis kommt mit einem Schaudern. Wie ein elektrischer Schlag. Als würde ihr jemand den Finger tief ins Hirn stecken und die Verkabelung durcheinanderbringen.

Sie legt den Arm der Frau wieder auf die Trage.

Die andere Hand – auch hier gebrochene Fingernägel. Und noch etwas anderes: Zwei Finger sind seltsam gekrümmt, als wären sie beim Versuch, sich ans Leben zu klammern, gebrochen oder ausgerenkt. Lobos dreht die Hand um. Da sieht sie, dass zwischen Handfläche und dem Ansatz des Ringfingers eine Strähne tintenschwarzer Haare klemmt.

Sie zieht sie mit einer Pinzette heraus und hält das kleine Büschel hoch.

»Sandoval«, sagt Easton.

Lobos verstaut die Haare in einem Beutel.

»Was hat sie vor?«, fragt Easton.

Lobos schließt die Augen. Unwillkürlich greift sie nach ihren Mints, dann fällt ihr ein, dass keine mehr übrig sind.

Wo fängt es an? Sandoval war wegen schwerer Körperverletzung verurteilt. Selbstverteidigung. Sie hatte mit einem Handy die Knochen an der Augenhöhle des Angreifers gebrochen.

Aber wenn es nicht so war? Wenn mehr hinter dieser Geschichte, diesem Angriff steckte?

Wenn nun ...? Was hat das Gefängnispersonal über Sandoval gesagt oder nicht gesagt? Was hat Lobos zwischen den Zeilen herausgehört? Was fehlte?

Sie haben Sandoval nicht zu fassen bekommen, haben sie nicht begriffen. Etwas an ihr hat sich einer Einordnung widersetzt, einer Beschreibung.

Schau in die Vergangenheit.

Wann hat es angefangen?

Wie ist es passiert?

Was hat sie in der Akte gelesen? Sie war Stipendiatin. Eine Art regionale Schachmeisterin. Auf dem College ein weiteres Stipendium. Ein besonders begehrtes, das von einem Tech-Mogul gestiftet wurde. Was ist mit ihr passiert?

Wie und wo hat es angefangen? In Queens? Zu Hause? In den Projects? Oder in der Schule? Auf dem College?

Lobos setzt sich in einen Liegestuhl und hält die Hand hoch. *Ich denke nach.* Sie starrt in den allzu blauen Pool. Ihr Mann, wo hat es mit ihm angefangen? Dieselbe Frage wie seit Jahren schon, seit es zu Hause unerträglich wurde, seit er gefährlich und sie schwach wurde.

Aber wenn nun ...

Lobos stützt den Kopf in die Hände.

Aber wenn nun ...

Ausgerechnet jetzt und hier steigt das, wovor sie sich bisher versteckt hat, aus dem Pool hoch und präsentiert sich im hellen Licht des Tages. Wenn es nun schon die ganze Zeit da gewesen ist? Wenn der Fehler ursprünglich bei ihr lag und das Leben – mit seinen kleinen Rückschlägen und größeren Konflikten – die Wut ihres Mannes bloß hervorlocken musste?

Der Gedanke, dass er sich verändert hat, ist leichter zu ertragen als die Möglichkeit, dass er von Anfang an mit Problemen belastet war. Weil sie dann nur einen Fehler begangen hätte, nicht zwei.

»Lobos?«

Wieder hält sie die Hand hoch. Irgendwo heulen Sirenen.

Es gibt einen Augenblick, an dem sie den Absturz ihres Mannes festmacht – den Autounfall, infolge dessen er seinen Job verlor, was ihn zum Day-Trading führte, zum Handel rund um die Uhr. Ein Sklave seiner Monitore, ein Sklave verschiedener Währungen, ein Sklave von Desinformation und Gift und was sonst noch zur vierundzwanzigstündigen YouTube-Todesspirale gehört. Aber dieser Unfall, war er nicht auch seine Schuld, ein durch seine Probleme, seine Gereiztheit, seine Unzulänglichkeiten ausgelöster Flächenbrand? Was war vor dem Unfall? Und davor? Wo liegt der Augenblick, der ihn zu dem Mann werden ließ, der ihr die Hand um die Kehle legte und sie gegen die Wand stieß? Der ihren Loft durchwühlte, der sie sogar während ihrer Arbeit verfolgte und das Kontaktverbot missachtete? Der ihre Arbeit herabwürdigte, ihren Dienstrang und alles, wofür sie steht?

Über Jahre hinweg hat sie sich auf diesen Augenblick fixiert und die Möglichkeit außer Acht gelassen, dass es ihn vielleicht nicht gab und dass sie noch viel länger den Atem angehalten hat, als sie dachte.

Wenn es nun keine Vergangenheit gibt? Nur die Gegenwart?

Dieses Lied – das über das hereinsickernde Licht. Das Lied, das sich auf sämtlichen Therapeuten-Websites findet?

Wenn es nun keinen Riss gibt? Kein Licht? Wenn es auf dem Weg nach unten nur Dunkelheit gibt? Man könnte sich ein Gebäude vorstellen, das mehr aus Rissen als aus Wänden besteht, aber es würde keine verdammte Rolle spielen. Es wäre einfach nur dunkel. Also lass das ganze Gebäude in sich zusammenfallen. Lass es bersten und zerbröseln. Auf der anderen Seite gibt es nur Dunkelheit, das Licht ist nur ein Mythos.

»Sie hat nichts vor«, sagt Lobos. »Sie ist einfach so.«

Easton schaut sie an, als glaube er, sie hätte sich versprochen.

»Warum denn nicht? Warum ist das schwerer zu glauben als alles andere?«

»Es geht nicht darum, dass ich es nicht glaube. Ich muss es nur verdauen«, sagt er.

Easton legt den Kopf auf die Seite und schließt die Augen, als suche er die Antwort irgendwo ein Stück rechts von sich. »Und das fällt mir nicht leicht«, fügt er hinzu.

Lobos nickt. »Denk mal an unseren letzten Fall«, sagt sie.

»Die Feld-Wald-und-Wiesen-Messerstecherei unter Obdachlosen.«

»Was hatte der Täter vor?«

Easton zuckt die Achseln. »Ich würde sagen, es ging um das Übliche.«

»Das ist kein besonders überzeugendes Motiv, Detective.« Lobos dreht sich zu ihrem Partner hin. Sie reicht ihm kaum bis ans Kinn, also neigt sie den Kopf ein Stück, damit sie sich in die Augen schauen können. »Wir suchen nach Gründen, damit wir nicht den Verstand verlieren. Wir brauchen die Gründe für uns selbst – um dem, was wir tun, einen Sinn zu verleihen. Aber es muss sie nicht unbedingt geben. Manche Leute sehen die Welt einfach gern brennen, anderen wollen sie zum Brennen bringen.«

Lobos hasst das Autofahren, also sitzt Easton am Steuer. Er hat eine Hand am Lenkrad, dreht den Kopf in ihre Richtung und behält die Straße mit einem Auge im Blick. Für die nächtliche Stunde eine leichtsinnige Fahrweise, von der er auch nicht ablässt, als ein entgegenkommendes Fahrzeug ohne Licht auf sie zurast.

Zwei Stunden Haustürbefragungen im ganzen Block. Sämtliche Häuser waren abschreckend gesichert. Die Hälfte der Befragungen hat über Gegensprechanlagen stattgefunden oder lautstark über mehr als die empfohlenen zwei Meter Abstand hinweg. Und alles umsonst. Fast freut sie sich darauf, dass irgendwann die Zeiten der unzuverlässigen Zeugen und der Verwechslungen zurückkehren. Immerhin besteht dann die Chance, wenigstens einen Anflug von Wahrheit aus den Leuten herauszukitzeln. Alles besser als dieser Wahnsinn des Nichtssehens, Nichtssagens, Nichtstuns. Als würde man schon krank, sobald man aus dem Fenster schaut, die Straße und die nähere Umgebung im Blick behält, die Menschen, die mit einem im selben verdammten Bus sitzen.

»Wenigstens haben wir die Haare«, hat Easton gesagt, als er in den Wagen stieg.

Das Labor wird seine Arbeit erledigen. Vielleicht nicht so schnell wie erhofft. Aber früher oder später werden sie ihre Bestätigung bekommen.

Sie nehmen die Kurve zwischen Sixth Street und Rimpau Boulevard zu schnell. Lobos hält sich am Armaturenbrett fest.

Easton macht große Augen. »Vierzig Meilen pro Stunde, schneller fahre ich nicht«, sagt er.

»Ich hab doch nichts gesagt.«

Immer noch achtet er mehr auf sie als auf die Straße.

»Er ist mein Mann, falls es dich interessiert.«

Easton schaut nach vorn und fährt langsamer als bisher an einem Auto vorbei, das links abbiegen will.

»Der Mann vor dem Revier.«

»Ich wusste nicht, dass du verheiratet bist.«

»Getrennt lebend. Die Scheidung ist eingereicht. Es ist kompliziert. Und ...«

»Ich muss das nicht wissen«, sagt Easton.

Er wendet sich der Straße zu, ändert seine ganze Sitzposition, weg von Lobos.

»Ich habe ein Kontaktverbot erwirkt«, sagt Lobos. »Er darf mir nicht ...«

»Aber er hat es trotzdem gemacht.« Easton überquert die Western. Die große Kreuzung ist verwaist. »Ich nehme mal an, du hast ihn nicht angezeigt. Aber das ist deine Sache. Ich frage gar nicht weiter. Jeder hat seine Gründe.«

Jetzt ist es Lobos, die Easton so lange anstarrt, bis er herüberschaut – ganz egal, dass er wieder nicht auf die Straße achtet. »Hast du noch mehr zu sagen?«

»Du hast das Thema aufgebracht.«

»Es geht nicht um Schwäche, verstehst du?«

»Das sage ich auch nicht.«

Nur eine einzige Chance, es ihm zu zeigen. Mehr will sie nicht. Eine Chance, sich ihrem Mann entgegenzustellen. Lobos schwört sich, sie beim nächsten Mal zu ergreifen, statt ihrer Angst nachzugeben und sich klein zu machen. Beim nächsten Mal wird sie ihm ihr wahres Ich zeigen, dem es gelingt, Mördern und brutalen Zuhältern Geständnisse zu entlocken und die wirklich miesen Typen zu bändigen.

Eine Chance, und sie wird sie beim Schopf packen. Weil sie Glück hat. Sie ist nicht wie die anderen Frauen auf den Straßen oder sogar zu Hause, die keine zweite Chance bekommen, sich zu behaupten. Die getötet oder so brutal geschlagen werden, dass sie sich nicht wehren können.

Sie hat ihre Chancen gehabt, das Problem mit ihrem Mann selbst in die Hand zu nehmen – ihm entgegenzutreten –, aber jedes Mal war sie zu schwach, diese Chancen zu nutzen. Jedes Mal hat sie sich zurückgezogen oder das Problem delegiert. Jedes Mal. Aber damit ist jetzt Schluss.

Schweigend fahren sie durch die stille Sperrholzstadt – eine mit Graffiti geschriebene und überschriebene Geschichte. Sie kommen an einem der lebendigen Wandgemälde vorbei, das von den flackernden Straßenlampen angestrahlt wird. Koreatown wird von Pico Union abgelöst. Pico Union von Downtown. Die Wolkenkratzer bleiben dunkel. Über ihnen steigen die ersten Hubschrauber auf, machen sich bereit für das, was kommt oder auch nicht.

Aber bisher ist niemand vor der Tür. Keine Versammlung, kein Protest, keine Randale.

Easton parkt vor dem Revier.

Die Zelte stehen. Sie stehen hier immer, dicht an den Mauern des Reviers. Sie suchen die Nähe derer, die mit Härte gegen sie vorgehen.

Die Treppe hoch zum Eingang. Lobos wendet den Kopf prüfend nach links und rechts. Sie bemerkt, dass Easton dasselbe tut. Er hält um ihretwillen Ausschau.

Außer den Obdachlosen, die zu nahe gekommen sind, ist niemand da.

Sie betreten den dämmrigen Eingangsbereich. Der Sergeant am Empfang trägt eine Maske. Der Warteraum ist leer.

»Easton, Moment mal.«

Aber Easton ist schon am Empfang vorbei.

So schnell wird man alte Gewohnheiten nicht los. Lobos muss noch einmal zurück. Ein letzter Blick. Sie öffnet die Tür und tritt hinaus.

»Detective Lobos?«

FLORENCE Die Polizistin ist noch kleiner, als Florida sie sich vorgestellt hat. Sie sieht nicht nach einem echten Cop aus, eher wie ein Maskottchen – winzig, mini. Eine kleine Spielzeugpolizistin.

Als Aufseherin im Knast hätte sie keine Chance gehabt, wenn es brenzlig wurde. Die Frauen hätten sie bei lebendigem Leibe verspeist. Vielleicht hätte sie aber auch durch besonders festes Zuschlagen und sinnlose Bestrafungen auf ihre Autorität gepocht.

Wie wäre sie genannt worden? Taschenkamerad? Erdnuss? Kinderportion?

Oder Schlimmeres?

Schwanzlutscherinnengroß?

Zum Blasen geboren?

Etwas im Blick der Frau sagt Florida, dass mit ihr nicht zu spaßen ist.

»Detective Lobos, ich hab auf Sie gewartet. Sie haben etwas, das mir gehört.«

Die Polizistin kommt die Treppe herunter und mustert Florida.

Ihr ist bewusst, wie sie aussieht. Die Frau vor Rennys Wohnung hat ihr Gesicht übel zugerichtet. Ihre Hände sind noch blau von den Schlägen, die sie Drew verpasst hat. Ihre Klamotten haben Risse von den Büschen und dem Unrat in der Stadt. Vor lauter Hunger müssen ihre Wangen eingefallen aussehen. Ihre Augen wild. In ihren Haaren hängt noch der Chlorgeruch aus dem Pool ihrer Mutter.

Sie fühlt sich auf links gedreht.

»Florence?«

Beim Klang ihres alten Namens blinzelt Florida unwillkürlich.

»Florence Baum?«

Florida nimmt im Ton der Polizistin etwas wahr, das sie nicht einordnen kann.

»Meine Bankkarte?«

»Möchten Sie hereinkommen?«

Florida schiebt die Hände in die Taschen und geht ein paar Stufen nach unten. »Ich will nur meine Karte. Ich hab nichts getan.«

»Außer gegen Ihre Bewährungsauflagen zu verstoßen«, sagt Lobos. »Und es ist nicht auszuschließen, dass Sie Komplizin bei einem Mord waren. Oder sogar eine Mörderin.«

»Ich war nicht mal im Bus, als es passiert ist. Ich hab aus der Zeitung davon erfahren.«

»Das klingt eher unwahrscheinlich. Aber sagen wir einfach, dass ich Ihnen glaube.«

Die Polizistin lügt. Frauen wie Florida nicht zu glauben, ist ihr Job.

»Dann geben Sie mir die Karte, und ich bin vor meinem Termin beim Bewährungshelfer wieder in Arizona.«

»Ich glaube nicht, dass es so funktioniert.«

Florida schaut über Lobos' Schulter in Erwartung von Verstärkung, die nicht zu kommen scheint, von Kollegen, die ihr Handschellen anlegen und sie abführen. Sie wartet auf das ernüchternde Ende des Schlamassels, den Dios angerichtet hat.

Schwach, würde Dios sagen. *Kampflos besiegt. Du hast aufgegeben, als hättest du nichts Besseres verdient.*

»Möchten Sie sich setzen?«, fragt Lobos.

»Hier?« Florida schaut auf die Stufen hinunter.

Lobos kommt näher und setzt sich auf die niedrige Mauer an der Sixth. »Sie stecken in ziemlichen Schwierigkeiten.«

»Der Mann im Bus – das war ich nicht. Ich hab's Ihnen doch gesagt.« Aber was hat sie Polizisten früher nicht alles erzählt? Wie viel davon war gelogen? Wie viel stimmte, wurde ihr aber nicht geglaubt? Was hat es jetzt noch zu bedeuten, was sie getan oder nicht getan hat? Was haben ihre Worte zu bedeuten? Man ist das, was sie über einen sagen. Und am Ende des Tages macht man, was sie einem vorschreiben.

In diesem Punkt hatte Dios recht. Sie erschaffen einen Menschen neu.

Lobos zieht eine leere Tic-Tac-Dose aus der Tasche und klopft damit auf die Mauer. »Waren Sie schon zu Hause?«

»Das ist nicht mein Zuhause.«

»Wann waren Sie zuletzt dort?«

»Heute Morgen.«

»Haben Sie jemanden gesehen?«

Florida wirft einen schnellen Blick auf die Polizistin. Sie weiß Bescheid. »Dios.«

»Und sonst?«

»Nein.«

»Haben Sie sie allein im Haus gelassen?«

»Ja.«

»Warum?«

»Dios ist ... Dios will ...« Florida gerät ins Stocken. »Sie will mich zerstören.«

»Warum?«

»Weil sie glaubt, wir sind gleich.«

»Sind Sie das?«

Florida schaut auf ihre ramponierten Hände. »Sie ist verrückt. Ich bin nur kaputt. Sie erkennt den Unterschied nicht und wird mich so lange verfolgen, bis ich ihrer Meinung bin.«

»Und Ihre Mutter? Haben Sie sie gesehen?«

Die Scham – nichts anderes kann dieses seltsame Gefühl sein – ist ihr unvertraut. Wie ein flüchtiger Blick auf eine Welt, die sie nur ansatzweise begreift. »Sie hat uns angezeigt, ja. Ich bin abgehauen, bevor sie mit dem Anruf fertig war.« Über Lobos' Schulter hinweg wirft sie einen Blick ins Revier. »Ist sie da drin?«

Lobos reibt sich mit den Händen über die Oberschenkel der Jeans. »Vor einigen Stunden haben wir einen Anruf von den Nachbarn Ihrer Mutter bekommen.«

Man glaubt, dass man den tiefsten Punkt erreicht hat, wundgekratzt ist, am Boden liegt, nichts mehr fühlt. Man glaubt, die Fähigkeit verloren zu haben, sich um irgendetwas zu scheren, das einem selbst oder anderen passiert. Und dann ...

Florida hört Lobos' nächste Worte kaum, sie spürt sie wie eine Übelkeit erregende Verwirrung, als würde sie von einer Klippe stürzen und einfach nicht den Boden erreichen. Stattdessen fällt und fällt sie immer weiter, anscheinend eine Ewigkeit lang.

Sie wird für den Rest ihres Lebens durch dieses Fegefeuer stürzen.

Man glaubt, da ist nichts mehr. Kein Ich im Ich. Kein Da im Da. Man glaubt, man ist leer und versteinert, ohne jede weiche Stelle, die noch verletzt oder zerstört werden kann.

Aber dann findet jemand einen Schwachpunkt, etwas, das noch heil und zerbrechlich ist. Und trampelt darauf herum, verstümmelt und zerstört es, was mehr schmerzt als alles zuvor, weil man dachte, man hätte den Schmerz längst hinter sich. Man dachte, man wäre härter als der Schmerz. Man dachte, man wäre weniger menschlich und härter als hart.

Sie riecht nach dem Tod ihrer eigenen Mutter.

Daran wird sie sich vor allem erinnern. Komisch, wie man von einem Augenblick auf den anderen weiß, was einem für den Rest des Lebens nachhängen wird.

»Ich weiß, wo sie ist«, sagt Florida.

»Sagen Sie es mir.«

»Ich weiß, wo sie sein wird. Ich kann sie finden. Ich kann Ihnen helfen, Dios zu schnappen.«

»Nein«, sagt Lobos. »So funktioniert es nicht.«

Florida steht auf. »Ich hab nichts mehr. Keinen Plan. Nichts. Lassen Sie mich gehen, dann sage ich Ihnen, wo wir uns treffen. Ansonsten ist nichts zu machen.«

»Florence ...«

»Ich heiße Florida.«

»Sie wissen doch, dass ich Sie nicht gehen lassen kann.«

»Wenn nicht, bekommen Sie Dios nie zu fassen. Morgen haut sie von hier ab. Lassen Sie mich gehen, dann helfe ich Ihnen, sie zu finden.«

Auch Lobos steht auf. Sie stützt die Hände in die Hüften. Florida kann den Ausdruck in ihren Augen nicht richtig deuten. »Wir bekommen nicht immer die Chance, unsere eigenen Kämpfe auszufechten. Manchmal ist der Kampf da, bevor wir überhaupt reagieren können, manchmal ist schon alles außer Kontrolle, ehe es richtig losgeht. Aber wir laufen zu oft vor unseren Kämpfen davon.« Lobos hält die Bankkarte hoch. »Wenn Sie mir die Information geben, gebe ich Ihnen die Karte zurück. Wenn möglich, helfe ich Ihnen, damit Sie den Bus nach Arizona nehmen können.«

»Ich glaube Ihnen nicht.«

»Es kann ganz einfach oder ganz übel laufen. Kommen Sie rein.«

»Nein«, sagt Florida und tritt einen Schritt zurück. »Wenn Sie mich mit reinnehmen, sage ich kein Wort. Dann verschwindet Dios einfach.«

»Wenn es schlecht für Sie läuft, dann wahrscheinlich ziemlich schlecht«, sagt Lobos. »Und ich kann Sie nicht schützen.«

»Wollen Sie Dios oder wollen Sie sie nicht?«

»Und Sie?« Lobos hält Floridas Blick stand, ihre Frage klingt herausfordernd.

»Wir wollen dasselbe.«

»Das glaube ich nicht unbedingt«, sagt Lobos. »Vielleicht wollen wir dasselbe Resultat.«

Florida tritt einen weiteren Schritt zurück, und noch einen. Sie wartet auf einen Zugriff, der nicht kommt.

»Wo finde ich Dios?«

Florida zieht sich über die Sixth zurück ohne Lobos, die weiterhin auf der Treppe zum Revier steht, aus den Augen zu lassen. Florida achtet nicht auf möglichen Autoverkehr, sondern nur auf die winzige Polizistin.

Als sie den gegenüberliegenden Bürgersteig betreten hat, legt sie die Hände an den Mund. »An der Kreuzung von Olympic und Western. Morgen Mittag um zwölf.«

»Wo genau?«

»Mehr weiß ich nicht und mehr bekommen Sie nicht.«

In der Dunkelheit ziehen die Hubschrauber ihre Kreise wie Geier in Erwartung eines Blutbads.

Auf der Figueroa trifft Florida auf eine Gruppe Demonstranten, die noch zu wenige für einen Protestmarsch sind. Wo es Demonstranten gibt, taucht bald die Polizei auf.

Also geht Florida schneller und biegt Richtung Süden ab, bis sie zu der Auffahrt an der Stelle kommt, wo sich die 110 und die 10 kreuzen.

Sie geht immer weiter am und unter dem Freeway durch die endlosen Elendsviertel voll provisorischen Baracken und Rückzugsorten für Fixer.

Ein Handel.

Ein Geschäft.

Ein Tausch.

Wie bekommt man etwas für nichts? Sie beeilt sich, behält im Vorbeigehen die Quartiere im Auge, hält nach Weggeworfenem, nach Schrott, nach irgendetwas von Wert Ausschau. Nach etwas, das niemand vermisst, aber irgendwer brauchen kann.

Aber alles wurde schon von irgendwem für sich reklamiert, umfunktioniert oder verstaut. Es ist schwer, Leute zu bestehlen, die sowieso nichts haben.

Aber hier kommt eine Tankstelle. Eine freie Tankstelle ohne Kreditkartenautomaten an den Tanksäulen. Kein Minimarkt. Keine Kunden.

Florida schaut durch eins der schmutzigen, zerkratzten Fenster. Der einzige Mitarbeiter sitzt hinter kugelsicherem Glas. Er verbirgt sich hinter einer Maske und hat den Stuhl weit vom Tresen abgerückt. Auf einem Schild an der Tür steht: BITTE DURCHS FENSTER BEZAHLEN.

Florida sieht ein nachträglich herausgeschnittenes Fenster, durch das die Kunden ihre Kreditkarten schieben können, ohne das Gebäude betreten zu müssen. Sie versucht es an der Tür. Der Mitarbeiter hämmert gegen das Glas und scheucht sie wütend weg.

Aber die Tür ist nicht verschlossen. Nichts außer dem

Schild hält die Leute vom Eintreten ab. Sie wird sich beeilen und so schnell laufen müssen, wie es eben geht.

Florida tritt ein. Gleich neben der Tür befindet sich ein Ständer mit roten Benzinkanistern. Noch bevor der Kassierer hinter seinem hermetisch abgeriegelten Tresen hervorstürmen kann, hat sie sich zwei Kanister geschnappt und ist wieder draußen.

Ihre Beine sind taub. Bei der atemlosen Flucht zur Auffahrt der 10 schlagen die Kanister bei jedem Schritt gegen ihre Oberschenkel. Der Mann aus der Tankstelle hat ihr halbherzig hinterhergerufen, die Verfolgung aber beendet, bevor sie richtig losgegangen ist.

Jetzt ist Florida auf dem Freeway. Wie beim letzten Mal liegen riesige Abstände zwischen den wenigen vorbeifahrenden Autos.

Inzwischen ist eine Wolkendecke aufgezogen, der Himmel schwarz.

Hier ist ein Buschbrand auf der anderen Seite des Freeways – Flammen, die von einem Baum auf den nächsten überspringen.

Hier sitzt ein Mann auf der Leitplanke und trinkt etwas aus einem Champagnerglas.

Hier ist ein Schrein.

Hier ist ein Zelt auf dem Seitenstreifen.

Am bedeckten Himmel explodieren Feuerwerkskörper. Hunde jaulen. Sirenen kreischen – ihr Lärm schwillt immer weiter an, ohne zum Ende zu kommen.

Der Mann steht vor seinem Lager. Die Bänder, Spiegel und Windspiele schaukeln in der leichten Brise. Er trägt einen offenen schmutzigen Morgenrock aus Seide und Shorts aus einem Material, das wie Sackleinen aussieht. Er ist nicht allein. Eine korpulente Frau sitzt auf einem umgedrehten Eimer und webt zerrissene Stoffstreifen zusammen.

»Du bist zurückgekommen«, stellt der Mann fest.

»Die hier hab ich mitgebracht«, sagt Florida und hält die Kanister hoch. »Zum Handeln.«

»Stell sie hin«, sagt der Mann.

»Ich will sie eintauschen.«

»Stell sie hin.«

Florida gehorcht.

Die Frau schaut von ihrer Handarbeit auf. »Du riechst nach Ärger«, sagt sie.

»Ich muss etwas erledigen«, sagt Florida. »Und dafür brauche ich etwas.«

»Du hast Ärger«, sagt die Frau. »Und das wird dir noch mehr Ärger einbringen.« Ihre Hände arbeiten flink und geschickt. Die Nägel erinnern an harte schwarze Krallen. »Manchmal ist Ärger das einzige Ziel. Dann kannst du genauso gut den schnellsten Weg nehmen.«

»Setz dich«, sagt der Mann und deutet auf einen Campingstuhl. Unter Floridas Gewicht sinkt er ein und lässt sie fast hintenüberkippen. »Zieh die Schuhe aus«, sagt der Mann.

»Schon gut. Ich brauche nur ...«

»Sie hat dir schon gesagt, dass wir dich hinbringen, wohin du musst«, sagt der Mann. »Und dass wir dir geben, was du brauchst.«

»Aber ich hab noch um gar nichts gebeten.«

Bevor Florida protestieren kann, kniet ihr der Mann zu Füßen und öffnet ihre Schnürsenkel. »Ich hab dir doch gesagt, dass sie als Erstes die Füße kontrollieren. Was immer dich erwartet, die Füße kommen zuerst.«

»Ich brauche kein ...«

Die Frau mustert Florida von oben bis unten. »Du hast praktisch nichts, also fang jetzt nicht mit einer Liste von Sachen an, die du brauchst. Die Liste wäre wahrscheinlich lang.«

Floridas Füße atmen durch. Der Wind streicht über ihre Zehen.

»Sag mir, wohin dein Weg führt«, fordert die Frau sie auf.

»Zu nichts Gutem«, antwortet Florida.

»Erzähl mir nichts, was ich schon weiß. In dieser Welt gibt es keine Magie. Nur die Notwendigkeit, einen Fuß vor den anderen zu setzen, bis man zum nächsten Punkt kommt. Es bringt nichts, die Vergangenheit zu erklären oder sich den Kopf darüber zu zerbrechen, was kommen mag. Das Einzige, was zählt, ist das, was unmittelbar vor uns liegt.«

Der Mann reicht Florida eine mit Wasser gefüllte Limonadenflasche. Sie trinkt. Dann gibt er ihr einen Stofffetzen. »Wasch dich«, sagt er.

Sie macht den Stoff nass, legt ein Bein über das andere und fängt an, ihren von Blasen gequälten Fuß zu säubern.

»Wir sind nichts als unsere Narben«, sagt die Frau. »Aber die verraten nicht die Zukunft. Sie erinnern uns nur an die Vergangenheit.«

Kojoten jaulen – ein wildes, fieberhaftes Lied. Florida hört, wie die Hühner hinter dem Lager zur Antwort panisch gackern.

Es gibt Essen in Dosen – Würstchen und Bohnen, die sie kalt verspeisen. Die Plastikgabeln sind vom häufigen Gebrauch verbogen und instabil. Der Mann schaltet ein Radio ein und findet einen Sender auf der Grenze von Spanisch und Rauschen.

Die Mahlzeit setzt Floridas Magen unter Strom, entfacht

ein Feuer in ihren Nerven, belebt sie vom Kopf bis in die Fußspitzen.

Feuerwerkskörper steigen in den Nachthimmel hoch und erblühen in Gelb und Lila, Weiß und Blau.

Auf der 10 taucht eine Autokarawane auf. Sie hupen und lassen selbstgemachte Transparente flattern, auf denen die Namen der misshandelten Schwarzen stehen.

»All die Reichen hauen von zu Hause ab«, sagt die Frau. »Immer glauben sie, sie könnten vor ihren Problemen weglaufen, statt auf die Idee zu kommen, dass sie selbst das Problem sind.«

Die Kolonne fährt vorbei, der Lärm ebbt ab.

Jetzt schleichen die Autos wieder in unregelmäßigen Abständen über den Freeway. Ihre Scheinwerfer wirken wie Augenpaare, die sich durch die Dunkelheit tasten.

»Die verlassen die Stadt, damit wir tun können, was wir wollen«, sagt die Frau. Sie steht auf, nimmt Floridas Hand und führt sie tanzend ums Lager herum.

Auf der anderen Seite des Lagers tauchen Kojoten auf, ihre Augen leuchten grün. Sie starren, ohne zu blinzeln, herüber, dann umkreisen sie das Gelände, bis die Jagd sie weiterruft.

Florida weiß, dass sie in dem Moment, wenn sie die Hand der Frau loslässt, in eine neue Welt getanzt sein wird. Sie wird ihre alte Haut abgeworfen haben und unter einem gewalttätigen Mond neugeboren sein. Sobald sie loslässt, wird sie sich in einem Moment wiederfinden, aus dem es kein Entrinnen gibt.

Wieder macht der Mann ihr ein Bett, diesmal im Schutz zweier Oleanderbüsche. Sie kampiert auf einem alten Schlafsack und benutzt ihre Jeans als Kissen. Sie kann das Knistern des Radios hören. Sie hört, dass der Mann und die Frau sich leise unterhalten. Sie starrt in das Gewirr von Zweigen, die sie vor der Stadt beschützen.

Sie träumt weder vom Freeway noch vom Gefängnis, ihrer Mutter oder dem Haus ihrer Mutter. Sie träumt vom Ozean, wie sie ihn mit neun erlebt hat. Sie träumt von dem felsigen Einschnitt, in dem die Gezeitenströmungen sich fingen und die Wellen peitschten und zischten. Wo der Strandwächter ihr das Schwimmen untersagte. Wo sie trotzdem schwamm. Wo sie spürte, wie der Ozean sie in zwei verschiedene Richtungen zog, bevor er sie wieder sicher an den Strand spülte.

Ihre Eltern waren woanders. Sie passten nicht auf.

Der Strandwächter erblasste angesichts ihres Wagemuts. Er riet ihr zur Vorsicht. Warnte sie.

Trotzdem ging sie wieder hinein und tauchte zum Ufer zurück. Sie ließ sich von der Strömung zu den Felsen ziehen. Ließ sich von den Wellen durchschütteln und hin und her werfen. Sie spürte, dass sie dieses gefährliche Stück Ozean unter Kontrolle hatte. Dass sie es zähmte. Es mit ihrem Temperament bezwang. Klein und mächtig. Die Welt, der Ozean – nichts war ihr gewachsen.

Bis der Ozean zum Gegenangriff überging. Sie bewusstlos schlug. Ihr den Schädel brach und sie glücklicherweise an den Strand zurückbrachte, halbtot, halb ertrunken, aber plötzlich mit einem Gefühl dafür, was Zerstörung bedeutet.

Sie erwacht aus einem tiefen Schlaf und fühlt sich gestärkt.

Der Mann und die Frau sind schon auf. Sie haben ihr ein aus Bohnen bestehendes Frühstück gemacht. Als Florida gegessen hat, geben sie ihr frische Socken und ein frisches T-Shirt. Die Frau kämmt ihr die Haare, bis sie ihr locker vom

Kopf abstehen wie ein verbrannter, gelblicher Heiligenschein. Dann bindet sie die Haare wieder zusammen.

Der Mann reicht Florida ein kleines Kästchen. Es enthält nicht das, weswegen sie hier ist, aber sie nimmt es trotzdem. Darin befinden sich ein paar kleine Schminkpaletten und Pinsel. Er taucht einen Pinsel in eine Wassertasse, tupft schwarze Farbe auf und malt zwei Linien unter jedes von Floridas Augen. Dann spült er das Schwarz aus, nimmt stattdessen Rot und zeichnet die Kurve ihrer Wangenknochen nach.

Schließlich legt er die Farben weg.

Die Kanister sind noch da, wo Florida sie bei ihrer Ankunft abgestellt hat. Der Mann nimmt sie, verschwindet zwischen den Büschen und macht sein Bett.

Er kommt mit dem Revolver zurück und reicht ihn Florida. Sie überprüft die Kammer. Voll. Dann steckt sie die Waffe in den Bund ihrer vom Staat gestellten Hose.

Jetzt ist es Zeit, ein paar Dinge zu Ende zu bringen.

Florida überquert den Pico Boulevard. Dem Stand der Sonne nach zu urteilen ist es fast Mittag, obwohl sich das unter dem Küstennebel nicht genau sagen lässt. Die exakte Zeit weiß sie nicht, aber die Zeit spielt im Moment keine große Rolle – das wird sie auch in absehbarer Zukunft nicht tun. Jedenfalls wird Florida rechtzeitig dort sein. Sie wird auf Dios warten.

Sie wirft einen Blick auf die Straßenschilder, um sicherzugehen, dass sie richtig ist. Wie die Zeit spielt auch der Ort an sich keine Rolle. Es ist bloß eine Straße, die eine andere Straße kreuzt, leer wie der Rest der Stadt – undurchsichtige Fenster, verwaiste Parkplätze, verschwundene Läden. Eine Welt, die sich verpisst hat.

In ihrem Rücken steigt die Western leicht an und nimmt

die Sicht auf die südlichen Bezirke der Stadt – Gegenden, denen die Orientierung verloren gegangen ist. Nach Norden hin bildet die Straße einen tiefen Einschnitt in Richtung der Hügel und des weit entfernten Hollywood Signs, das dort ausharrt wie ein längst nicht mehr willkommener Traum.

Die Läden und Restaurants an der Straße sind mit Sperrholz verrammelt, dessen Graffiti bereits mit neuen Graffiti übermalt sind. Geschichten auf anderen Geschichten, die irgendwann ausradiert und vergessen werden.

Vor dem sanften Anstieg zum Olympic Boulevard senkt sich die Western leicht ab. Ein schwacher Wind weht, die Luft ist frei von Abgasen, trägt aber die Gerüche des sich auf den Bürgersteigen stapelnden Mülls und des Lebens auf der Straße mit sich.

Der Wind wirbelt Masken und Handschuhe auf und weht sie über rissige, von Müll und Unkraut überzogene Bürgersteige Richtung Süden.

Florida setzt ihren Weg fort, ohne sich von dem Chaos irritieren zu lassen. Ihr Blick geht über die Unordnung hinaus. An welchem Punkt wird das Durcheinander zur Norm? Wann nistet es sich ein und verströmt auf verdrehte Art ein Gefühl von Ordnung?

Im Gefängnis hatte alles seinen Sinn. Im Chaos gab es eine ganz eigene Art von Ruhe.

Hier wird selbst die Ruhe zum Chaos.

Die vereinzelten Geräusche der Stadt nimmt sie nicht wahr. Sie hört nur die Schritte ihrer Stiefel – das Maß der Zeit zwischen Leben und Tod.

Auf den Bürgersteigen sind nur wenige Fußgänger unterwegs, sie verletzen die neue Unordnung der Welt. Sie bleiben stehen, um ihr nachzusehen, um ihren Weg zu verfolgen. Sie merken, dass sie es mit einer Macht zu tun haben, die nicht gestört werden darf. Mit etwas Entschiedenem und Entscheidendem, mit einer Lenkerin von Schicksalen.

Florida achtet nicht auf die Menschen, die sie sehen. Sie sind nicht mehr oder weniger wichtig als die leeren Gebäude und die sich ablösenden Plakate aus einer vergessenen Welt.

Sie kommt an einem geschlossenen mexikanischen Restaurant vorbei, das im Stil der spanischen Missionen gebaut ist. Sie kommt an einem weißen zweigeschossigen Ladenzentrum vorbei, geisterhaft und verlassen.

Sie nimmt die Steigung zum Olympic in Angriff, vorbei an einem Klaviergeschäft mit eingeworfenen Fensterscheiben, vorbei an einer Bank, bei der das Sperrholz seinen Zweck erfüllt hat, vorbei an einem viergeschossigen Einkaufszentrum mit LED-Anzeigen und leuchtenden elektronischen Reklametafeln, die auf Koreanisch und Englisch um Kundschaft werben, die nicht kommen darf.

Sie ist als Erste da.

Aber sie ist nicht allein. Zwei Männer sitzen trinkend auf einer Bank vor einem verrammelten Geldinstitut. Vor der Tankstelle auf der anderen Straßenseite hat jemand sein Zelt aufgeschlagen. Sechs Personen lehnen an den übermalten Fenstern eines nicht mehr existierenden Ladens, offenbar auf Abstand zu einer improvisierten Bushaltestelle bedacht.

Ein Stück weit vor sich hört Florida ein Klappern. Sie schaut in die Richtung, aus der das Geräusch kommt. An der Mauer hinter der Tankstelle hat ein junger Mann mit abstehenden Dreadlocks ein Wandbild begonnen, aus seiner Spraydose spritzt die Farbe.

Florida hat damit gerechnet, dass die Wut durch ihren

ganzen Körper strömen und ihr Herz dazu bringen würde, fester und schneller zu schlagen. Aber sie ist innerlich bereit und hält die Augen Richtung Norden gerichtet.

Ein loses Brett, das gegen das Fenster der Bank klopft, zählt den Countdown herunter, markiert die Zeit an einem Ort, an dem die Zeit stehengeblieben ist.

Sie wartet.

Die Leute am Spielfeldrand schauen zu, wollen aber nichts mit ihr zu tun haben. Sie haben einen Sinn für das Ungute entwickelt. Wenn es erst geschehen ist, werden sie keine Aussagen machen.

Klapper, klapper. Das Zischen der Farbe wirkt in der Stille übertrieben laut. Auf der Wand erscheint ein Streifen Grau.

Ein Windstoß weht Müll heran, treibt ihn diagonal über die Kreuzung. Etwas bleibt an Floridas Fuß hängen und legt sich wie eine Stahlkappe auf die Stiefelspitze. Sie schüttelt es ab.

Acht Spuren ohne Verkehr. Dies ist nicht die Stadt, von der sie drei Jahre lang geträumt hat. Aber sie ist auch nicht mehr der Mensch, der diese Träume hatte.

Das Brett klopft.

Die Sonne verbirgt sich.

Der Augenblick zieht sich hin.

Dann nimmt sie eine Veränderung in der Atmosphäre wahr. Die Trinker, die Leute in der Nähe der Bushaltestelle und der Zeltbewohner positionieren sich neu, um Platz für etwas zu machen, das sich geräuschvoll von Norden her nähert.

Der Künstler malt weiter.

Florida stützt eine Hand in die Hüfte und legt die andere auf das improvisierte Holster in ihrem Hosenbund. Mit beiden Füßen steht sie fest auf dem Boden, stabil wie ein Baum und gut verwurzelt.

Bei dem Geräusch handelt es sich nicht um Schritte oder Kriegsgeheul, sondern um das Quietschen von Rädern. Florida versteift sich am ganzen Körper. Die Zuschauer in ihren Ecken schätzen das Maß ihrer Anspannung ab. Sie wappnen sich, treten einen Schritt zurück, als könne das, was da kommt, gleich über sie herfallen.

Florida fühlt mit den Fingern nach ihren Handflächen. Die Hände sind trocken.

Die Räder kommen näher, mitten auf der Western, wo auch Florida steht. Es ist eine Frau, die einen Einkaufswagen mit vier blauen Getränke-Kühlboxen schiebt. Ihr Gesicht ist mit Stoff umwickelt, nur die Augen sind zu sehen. Als sie sich dem Olympic nähert, ruft sie etwas auf Spanisch. *Champorado.*

Das Wort klingt, als wäre es vor Jahrzehnten auf die Reise geschickt worden – eine Nachricht aus einem anderen Universum.

Die Frau bringt ihren Wagen auf dem nördlichen Zebrastreifen zum Halten. Sie ist aus einer anderen Welt hierhergekommen, eine präapokalyptische Vision.

Champorado.

Die Frau schwenkt den Wagen mühsam nach links, geht zum Bürgersteig und überlässt Florida die Straße.

Die Leute, die auf den Bus warten, vergessen ihre Vorsätze, was den Abstand angeht, sobald die Frau aus den Plastikhähnen der Kühlboxen Becher füllt. Als sie fertig ist, schiebt sie den Wagen über den Zebrastreifen. Bald ist sie Richtung Süden verschwunden, das Quietschen ihrer Räder und ihr monotones Rufen sind nicht mehr zu hören.

Das lose Brett vor der Bank klopf-klopft die Sekunden herunter.

Der Wind frischt auf und weht mehr Abfall heran – Becher

und Papiertüten, Styropor und Muschelschalen aus Plastik. Die Stadt spuckt sich selbst aus.

Einer der Männer auf der Bank hinter Florida wirft seine leere Flasche auf die Straße, wo sie zerschellt.

Florida wartet, sie ist die Wächterin der Kreuzung. Ihr Körper hat den Rhythmus des Bretts übernommen, eine ihrer Stiefelspitzen tippt im Takt und will die Zeit vorandrängen.

Auf dem Olympic tut sich etwas – eine Bewegung rechts von Florida. Sie dreht sich zur Seite und sieht einen Bus – ohne Beschriftung, ohne Anzeige des Fahrziels. Er bleibt an der Ecke stehen. Die Fahrgäste werfen ihre Champorado-Becher auf den Boden und steigen ein.

Der Bus wartet, bis die Ampel auf Grün umschlägt, dann fährt er weiter Richtung Westen. Der Fahrer bleibt vor Florida stehen und kurbelt sein Fenster herunter. Sieben Augenpaare suchen Blickkontakt. Sieben Augenpaare versuchen, ihr Starren zu durchdringen.

Der Fahrer beugt sich heraus.

¡Muevelo!

Das Brett klopft. Der Bus wartet im Leerlauf.

Mach schon!

Florida starrt den Bus an, als könnte sie hindurchsehen. Sie legt die Hand an die Hüfte, wo ihre Waffe zu sehen ist.

Mit quietschenden Reifen fährt der Bus los, er hinterlässt den Geruch von verbranntem Gummi und eine eklige Abgaswolke.

Als der Qualm sich verzieht, steht plötzlich Dios da. Ihre schwarzen Locken sind zu zwei dicht am Kopf liegenden Zöpfen geflochten, die bis zur Mitte ihres Rückens fallen. Auf ihren Wangen sind frische Kratzspuren zu erkennen. Die Wunde an ihrer Lippe hat sich wieder geöffnet.

Trotzdem ist sie schön, auf eine Art, wie auch eine Kobra schön ist.

Sie trägt ein enges schwarzes T-Shirt mit rosafarbenen Streifen an Hals- und Armöffnungen, dazu graue, an einem Knie eingerissene Jeans und flache rote Stiefel. Diese Kleidung hat einmal Florida gehört. Um ihren Hals hängt ein Dienstausweis. Natürlich ist der Name darauf nicht ihrer.

»Pero nunca se fijaron / En tan humilde señora / Por la espalda le dieron muerte / Con una Ametralladora.« Dios lächelt. »Du hast nicht richtig aufgepasst. Ich hab nicht gesagt, ich wäre die bescheidene Dame. Damit warst immer du gemeint, Florida. Niemand hat *dich* kommen sehen. Außer mir.«

Es bleibt nicht viel Zeit zum Reden. Worte lenken ab. Sie sind Dios' Falle. Ihre gemeinsame Zeit ist fast vorbei. Die Zeit, die es nie hätte geben sollen, die aber unausweichlich war.

Florida zieht die Waffe.

Sie ist schwer. Ihr Arm zittert, als sie sie ausstreckt und Dios anvisiert.

Wie fühlt sie sich an? Wie ein Spielzeug? Wie ein Anhängsel, das nicht zu ihr gehört? Ein Requisit aus einer ganz anderen Geschichte?

Der Wind frischt weiter auf.

Klopf-klopf.

Klopf-klopf.

Der Rhythmus des Bretts wird schneller.

Florida spürt, dass sich auf dem Bürgersteig jemand aus dem Staub macht, jemand, der hier nicht zusehen will. Aber andere werden gaffen, wie Geier von der Aussicht auf den Schmerz einer anderen Person angelockt. Von diesem Schmerz gestärkt.

Sie krümmt den Finger.

Denk nach. Denk an all die Momente zurück, die auf genau diesen hier hinausgelaufen sind. Die Hunderte oder Tausende Sekunden, die dich zu der gemacht haben, die du bist.

Schau nach links, vielleicht siehst du Ronnas Geist auf dem Olympic. Vielleicht ist sie gekommen, um Zeugin des letzten Gefechts auf deinem verheerenden Weg zu werden. Und um endlich zu begreifen, dass sie nur ein zufälliges Hindernis war, das aus dem Weg geräumt werden musste. Ein Kollateralschaden auf deiner Reise.

Spür den sanften Wind.

Stell dir deinen Fuß auf dem Gaspedal vor, auf der rasenden Fahrt in den Untergang.

Tritt fester durch.

Fahr blind.

Bald ist es vorbei.

Florida spürt das Gewicht der Waffe. Das kühle Metall. Den genoppten, vom häufigen Anfassen abgenutzten Griff. Sie spürt das Gewicht einer Entscheidung, die schon gefällt wurde. Ihr Leben ist weitergegangen, über diesen Punkt hinaus. Sie muss nur noch eine kleine Sache erledigen, um die Verbindung zur Gegenwart zu kappen.

Die Frau am Freeway hatte recht. In dieser Welt gibt es keine Magie. Es bringt nichts, Muster und Probleme zu entwirren. Sich selbst für andere zu rationalisieren, sich wegzuerklären und den eigenen nächsten Schritt vorherzusagen. Es hat keinen Sinn, zu behaupten, sie sei zu diesem Zeitpunkt an dieser Stelle, weil sie Carter die Streichhölzer gereicht hat. Wer wir sind und warum wir etwas tun, lässt sich nicht logisch herleiten. Es hat keinen Sinn, darüber nachzurätseln. Es ist Zeit, den nächsten Schritt auf der Reise zu machen. Sich zu stabilisieren.

Wie zum Beispiel der Baum vor dem Gefängnis. Er stand nicht für Freiheit. Alle haben das falsch verstanden. Er war standhaft. Er hat sich gegen jede Wahrscheinlichkeit der Natur gehalten.
Aber er wusste Bescheid.
Er verstand.
Er war sich seines ungeheuerlichen Anspruchs bewusst, seines gottlosen Zustands. Und er blieb dort stehen, bis der Blitz ihn fällte.
Also schau dir den Baum an. Sieh ihn im Geist ein letztes Mal vor dir. Sieh, wie er Widerstand leistet und am Platz bleibt. Sieh, wie stolz er in seiner Kahlheit ist. Und wie viel stolzer noch, wenn er blüht.
Schau ihn an.
Schau ihn an, während du abdrückst.

Man ruft ihr etwas zu, fordert sie zu etwas auf.
Florida hört ihren alten Namen.

KACE Woran wirst du dich erinnern? Was wirst du mitnehmen?

Spür den Rückstoß, den Widerhall.

Spür den Unterschied, den ein Zentimeter ausmachen kann, eine unbedeutende Bewegung, in der alles enthalten ist.

Spür, wie du in diesem winzigen Raum explodierst.

Denn während dieses Moments, der nur einen Herzschlag andauert, kannst du dich nicht verstecken. Nicht täuschen oder lügen.

Und bevor sich alles ändert – alles endet –, zeig der Welt, wer du bist!

FLORIDA

Es ist nicht viel – ein simples Krümmen des Fingers, als kratzte man sich an der Stirn, zöge ein Stück Schorf ab, schnippte eine Fluse weg.

Aber in diesem Augenblick liegt eine Entscheidung.

In diesem Augenblick gibt es Raum.

In diesem Augenblick erblüht eine ganze Welt, in der man schreien kann: *Das bin ich.*

LOBOS

»Florence!«

Wie viele Dinge können in einem winzigen Augenblick gleichzeitig passieren?

Vor einer Sekunde kamen Lobos und Easton mit quietschenden Reifen zum Stehen, mitten auf der Kreuzung von Olympic und Western.

Der Bus war zu früh dran.

Sie sah ihn losfahren, als sie über den Olympic rasten.

Sie begreift, dass der Bus unwichtig ist.

Ihr Blick bleibt an etwas hängen. Einem jungen Mann, der ein Graffiti-Mural malt. Dafür ist jetzt keine Zeit.

Gleichzeitig springen Easton und sie aus dem Auto, die Waffen gezogen, die Türe als Schilde benutzend. Es war ihr Fehler, dass sie zu spät gekommen sind. Ihr Fehler, weil sie nicht in der Lage war, ihrem Partner offen zu sagen, dass sie Florida hat gehen lassen. Ihr Fehler, weil sie versucht hat, alles allein zu regeln, weil sie ihre Schwäche und ihr Bedürfnis nach Unterstützung erst eingestehen konnte, als Easton ihr beides mühsam abgerungen hatte.

Und jetzt ... Baum und Sandoval stehen wenige Meter vor ihnen. Keine der beiden dreht sich beim Eintreffen der Polizisten um.

Sandoval ist unbewaffnet.

Baum visiert sie mit einem Revolver an, der fast als Antiquität durchgehen könnte.

Lobos hört Easton seine Waffe spannen.

Sie hört sich dasselbe tun.

»Florence.«

Sie behält Baums Abzugsfinger im Blick, will ihn zum Stillhalten hypnotisieren, zum Kurshalten.

Sie spürt ein Prickeln am Hals. Hellwach nimmt sie jede Zehntelsekunde wahr.

Und dann ...

Baums Finger krümmt sich.

Jetzt oder nie.

»Florence«, ruft Lobos noch einmal.

Als die Waffe losgeht, dreht Florence den Kopf zu Lobos. Ihre Blicke treffen sich. Baum zielt zu tief, die Kugel bohrt sich in Sandovals Oberschenkel, nahe der Leiste.

Aber Lobos' Schuss ist ein Volltreffer, mitten in Baums Brust.

Sie hört, wie Easton neben ihr aufatmet. Sie weiß, was er gedacht hat. Dass sie nicht schießen würde. Dass sie im letzten Moment versagen würde. Dass sie ihr Chaos zu seinem Problem machen würde.

Sie läuft zu Florence Baum, deren Blut die Western bemalt.

Aber es ist zu spät – so wie das Licht hereinsickert, sickert das Leben hinaus. Am Ende gewinnt die Dunkelheit.

Lobos springt zu Sandoval in den Krankenwagen. Durch das Heckfenster kann sie sehen, wie der Künstler unbeeindruckt an seinem Mural arbeitet, das die Kreuzung zeigt. Warum malt man etwas, das direkt vor einem liegt?, fragt sich Lobos, als die Sirene aufheult und ein Bus sich aus dem Staub macht.

Sandovals Augen sind vor Schmerz glasig. Ihre Stimme klingt fiebrig.

»Zersplitterter Hüftknochen«, sagt der Notfallmediziner.

Sandoval wirft den Kopf hin und her. Sie zieht die Sauerstoffmaske ab. »Wasser.«

Der Mediziner hilft ihr beim Trinken. Die Flüssigkeit rinnt ihr übers Gesicht. Sandoval räuspert sich.

»Unsere Geschichte wird man noch in Generationen erzählen. Die von Ihnen, mir und Florida. Eine Geschichte über gewalttätige Frauen. Ein Lied für die Ewigkeit, mit einem überraschenden Ende.«

»Ich hab genug Geschichten gehört«, sagt Lobos.

»Wie dunkel ist die Dunkelheit in Ihnen, Detective?« Sandoval kann vor Schmerz kaum sprechen. »War sie immer schon da, oder ist sie gewachsen, als man Ihnen erzählen wollte, wie schwach Sie wären?« Der Krankenwagen fährt über eine Bodenwelle. Sie verdreht die Augen. »Wollen Sie denen wehtun? Wollen Sie uns wehtun?«

Lobos schiebt den Unterkiefer vor.

»Wie verdammt gut fühlt es sich an? Sagen Sie es mir, Detective.«

»Ruhe jetzt«, sagt Lobos.

Sie macht dem Mediziner ein Zeichen, der daraufhin Sandoval die Maske wieder überzieht und sie so zum Schweigen bringt.

Es gibt nur den Moment, in dem etwas geschieht. Alles, was ihm vorausgeht, bleibt im Nebel der Spekulation verborgen. Ein Rätsel, das einen mit dem Versprechen von Klarheit lockt, bloß um einen dann erneut zu verwirren.

Sie schaut auf die wütend unter ihrer Maske liegende Sandoval hinunter. Sie weiß, dass es Menschen geben wird, die zu viel in Sandovals abwegige Begründungen hineinlesen und ihren Verbrechen eine Bedeutsamkeit zumessen werden, die sie nicht hatten. Sie werden analysieren und forschen, dem Unsinnigen einen Sinn zuerkennen, bis sie zu einer mundgerechten Entschuldigung für ihre Verbrechen gelangen. Sollen es doch die Schattenland-Experten, die sich nebenher in Lobos' Arbeitsbereich tummeln, übernehmen, die Frau zu erklären. Sollen sie sämtliche Entschuldigungen für ihre Taten finden und nur den einen Punkt außer Acht lassen: wer sie wirklich ist. Eine gewalttätige Frau. Kein Unterschied zu einem gewalttätigen Mann.

Am Ende ist geschehen, was geschehen ist, es lässt sich nicht rückgängig machen.

Sollen andere eine Geschichte daraus stricken, wenn sie denn wollen.

Sollen sie ihre Lieder singen.

Die Sirene heult und macht die freien Straßen frei.

Sandoval schlägt auf ihre Trage.

Sie hat noch mehr zu sagen.

Lobos hat geglaubt, sie wolle zum Zuhören mitfahren – um Sandovals Code zu knacken, um das Rätsel zu lösen. Aber wie sich herausstellt, ist ihr die Stille lieber.

Als Lobos zurück aufs Revier kommt, wartet Easton beim Sergeant am Empfang. Sie weiß, was sie erwartet – der Papierkram, die Prozedur, die jeder Waffengebrauch im Dienst nach sich zieht. Die Befragungen und Psychologentermine, die auf die Erschießung einer Verdächtigen folgen. Und natürlich muss sie in Zukunft damit leben, dass Easton weiß, dass sie Baum hat gehen lassen.

Es wird Monate dauern, bevor sie den offiziellen Teil hinter sich hat.

Den Rest ihres Lebens, bis die ganze Geschichte hinter ihr liegt.

Zu ihrer Überraschung hält Easton eine Flasche Whiskey hoch. »Du hattest recht. Sie ist freiwillig gekommen.«

»Du willst mich auf den Arm nehmen«, sagt Lobos.
»Eine Wette ist eine Wette.«
Sie nimmt die Flasche, weiß aber, dass sie keinen einzigen Schluck davon genießen wird.
Sie hat Florence Baum die Wahl gelassen, ihr die Bedingungen klargemacht.
Man kann es so sehen, dass sie Florence den Weg in den Tod gewiesen hat.
Oder so, dass sie ihr gestattet hat, ihre Geschichte selbst zum Abschluss zu bringen.
Eine Gnade, die nicht jedem von uns zuteilwird.
Sie betrachtet ihre Hand, beugt die Finger. Hätte sie nicht geschossen, dann hätte Easton es getan, mit demselben Ergebnis.
»Kommst du, Lobos?«
Jetzt erst bemerkt sie, dass sie auf dem Weg zum Empfang stehengeblieben ist.
»Im Vernehmungsraum wartet jemand auf dich.«
Also geht es schon los. Der bürokratische Wust bei den besonders unschönen Fällen. Die Befragungen, der Papierkram, all die Abläufe und Konferenzen, die eine kleine Bewegung des Fingers in Gang setzt.
Aber es geht nicht um *eine* Bewegung, stimmt's? Es geht auch um die Summe dessen, was im Vorfeld passiert ist, richtig?
Falsch.
Lobos wirft sich die letzten Mintdragees in den Mund.
Es gibt nur das Jetzt. Alles andere ist eine optische Täuschung.

Sie folgt Easton hinein. Er bringt sie zum Verhörraum, macht einen Schritt zur Seite und lässt ihr den Vortritt.

Die Vorhänge sind geschlossen.

Nur wenige Lampen sind eingeschaltet.

Easton zieht sich zurück, schließt die Tür und lässt Lobos mit ihrem Mann allein.

Seine Frisur ist wirr, sein Gesichtsausdruck wild, er wirkt struppig und geisterhaft in einem. Er ist ihr Mann und auch wieder nicht. Er ist der Fremde, den sie früher nicht hat sehen können. Alles, was in diesem Raum geschieht, bestimmt sie, niemand außer ihr erfährt davon.

Die Wut breitet sich von ihrem Gehirn in die Brust, über die Arme und bis in die Hände aus. Lobos ballt die Fäuste.

Sie drückt so fest zu, dass die Fingernägel sich in ihre Handflächen graben.

Sie zieht einen Stuhl unter dem Tisch hervor, will sich setzen, will loslegen, will den letzten Nagel in die Bruchstücke ihrer gemeinsamen Geschichte schlagen.

Wo soll sie anfangen?

Was soll sie sagen?

Was soll sie tun – wo niemand hört oder sieht, was in diesem Raum geschieht?

Sie schaut den Mann auf der anderen Seite des Tischs an. Die Straßen haben sich in sein Gesicht eingegraben. Sein Geruch ist nicht seiner. Die Augen und das Kräuseln seiner Lippen spiegeln seine wirren Gedanken wider. Wer zum Teufel ist er? Und ... und warum interessiert sie das?

Hier ist nur eins zu tun.

Sie lockert die Hände. Sie rollt die Schultern, schließt die Augen und stößt den Atem aus, den sie viel zu lange angehalten hat.

Nichts.

Was geschehen ist, ist geschehen. Auch diese Geschichte ist zu Ende. Wie auch immer Easton ihren Mann gefunden hat, ist seine Sache. Er ist nur ein Fall unter vielen. Ein Täter unter vielen. Ein Stalker, der ein Kontaktverbot missachtet hat.

Für solche Fälle gibt es ein klares Prozedere. Darum kann sich Easton kümmern.

Lobos wird kein Wort sagen.

Sich abzuwenden – ruhig zu bleiben und nichts zu tun – ist keine Schwäche. Es ist keine Schande, keine Blamage. Es ist kein Zeichen von mangelndem Vertrauen in sich selbst oder ihre Dienstmarke.

Es ist Zeit, dieses Buch in aller Stille zu schließen.

KACE Nicht mal Marta hat mir geglaubt. Sie kommen immer zurück, mit Ausnahme derer, die krank abtransportiert werden. Der Rest kommt auf die eine oder andere Art zurück.

Sogar die, die sich für was Besonderes halten. Gerade die, die sich für was Besonderes halten.

Und hier sind sie wieder.

Hier ist Dios in ihrem Käfig, beobachtet mich auf dem Hof aus ihrem Gefängnis-im-Gefängnis. Beobachtet mich, als wüsste sie etwas, was ich nicht weiß. Als würde die Einzelhaft sie irgendwie überlegen machen.

Ich weiß, was sie mir zu sagen versucht, aber ich hab keine Zeit zum Zuhören. Das muss ich auch nicht. Natürlich will sie mir sagen, dass Florida es nicht hierher zurück geschafft hat – dass sie frei ist und endlich sie selbst sein kann. Ich weiß, dass Dios mir sagen will, Florida hätte Flügel bekommen, sie wäre zu einer perversen Art von Schönheit erblüht. Sie wäre sie selbst geworden.

Ich hab das alles schon gehört. Trotzdem ist es gelogen.

Denn sie ist hier, Dios. Sie ist immer bei dir. Du hast sie zu uns zurückgebracht. Sie wird hierbleiben und dich nach Hause rufen. Ein Gummiband, das du niemals zerreißen kannst. Es wird immer an dir ziehen und zerren.

Hörst du ihre Stimme? Ist sie in deinem Kopf? Oder verschließt du deine Ohren vor ihr wie vor Tina? Lässt du sie im Stich, jetzt, wo du ihre Geschichte zu Ende gebracht hast? Bist du schon mit der nächsten Sache beschäftigt?

Bald werde ich sie hören. Ganz egal, dass du nicht abgedrückt hast. Wir alle wissen, wer sie zur Strecke gebracht hat.

Schau dich an in deinem Käfig mit deiner einen Stunde an der frischen Luft. Du schaust uns zu, wie wir unsere begrenzte Freiheit leben, die trotz allem viel besser ist als deine. Du schaust uns zu, als wüsstest du etwas, das wir nicht wissen.

Aber es gibt nichts zu wissen.

Du bist eine von uns. Das warst du schon immer. Du stehst nicht über uns.

Sie kommen immer zurück.

Und du bist hier.

Jeden Tag geht die Sonne unter. Manche dieser Ladys glauben, die Sonne täte das nur für sie. Als hätte die Sonne ihre Lieblinge.

Morgen wird sie wieder aufgehen. Und übermorgen. Sie geht immer auf, kommt immer wieder, um aus unseren Tagen einen hübschen Kreislauf zu machen. Nichts Besonderes. Nur dieser große, brennende Himmelskörper, der uns für eine Weile leuchtet, bis wir von vorn anfangen müssen.

Nur dass ich eine neue Reise antrete. Ich gehe. Werde entlassen. Ich hab meine Zeit abgesessen und gehe als Siegerin hervor.

Sie lassen mich nicht deshalb gehen, weil ich nach ihren Regeln gespielt hätte, sondern weil ich meine eigenen hatte. Ich hab auf die Stimmen in meinem Kopf gehört. Sie haben mich geleitet, leiten mich noch immer – die Geschichten von anderen machen es mir leichter und treiben mich voran.

Ich hab alles vorbereitet. Ein Auto wird mich erwarten und für eine Weile zu einer Freundin bringen. Dann suche ich mir eine Wohnung. Vielleicht irgendwann einen Job. Mir macht es nichts aus, hier in der Wüste zu bleiben, wenn der Ort mich haben will. Ich brauche nicht viel. Ich will nur, was mir bestimmt ist. Und vielleicht komme ich ja auch zurück. Wir sind, wer wir sind.

Aber erst kommt die Reise.

Am Himmel hängt eine fahle Wintersonne, der Tag unterscheidet sich nicht von denen davor und von denen, die kommen werden.

Auf den Straßen herrscht Betrieb, Autos und Fußgänger, die kommen und gehen und wer weiß wohin wollen.

Ich nehme denselben Weg, den Florida genommen hat, die Western entlang Richtung Norden. Ich bleibe auf dem Bürgersteig, will nicht die Straße beanspruchen, wie sie es getan hat. Ich bin eine Zuschauerin, eine Beobachterin. Nicht die Hauptattraktion.

Ich komme an Geschäften und Ladenzeilen und Einkaufszentren vorbei.

An koreanischen Restaurants und Cafés.

An Bussen und Banken. Die Stadt kehrt langsam ins Leben zurück.

Ich kenne Los Angeles nicht. Ich kann nicht sagen, was hier normal ist und was nicht. Ich hab den Verdacht, die Stadt ist erst in Teilen wieder aktiv, aber letztlich interessiert es mich nicht.

Marta schweigt. Seit der Entlassung ist sie ruhiger geworden. Ihre Arbeit ist fast getan, sagt sie. Sie weiß, dass ich begriffen hab, was ich getan habe, und dass es sich nicht mehr ändern, sondern nur ertragen lässt. Und so schauen wir nach vorn. Gemeinsam.

Auf der Kreuzung ist viel los. Sie ist riesig, vier Spuren in jeder Richtung. Vor der Bank hat sich eine Freitagnachmittagsschlange gebildet. Genau gegenüber tanzt die Neonreklame des Einkaufszentrums stumpfsinnig im Sonnenlicht.

Auf der Western stauen sich die Autos, die auf das Ende der langen Rotphase warten.

Was sehen sie?

Achten sie darauf? Oder bleibt das Mural in der Eile unbemerkt, weil die Leute unbedingt irgendwo anders hinwollen?

Ich merke sofort, dass es sich bewegt.

Ich sehe Florida, wie sie mit schnellen Schritten die Western heraufkommt. Ich sehe, wie sie sich dem Ende ihrer Geschichte nähert.

Was sie in der Hand hält, ist eine Waffe. Auf dem Gemälde erkennt man das nicht, aber ich weiß es.

Ich weiß, wie die Sache ausgehen wird.

Ich überquere die Straße, um bessere Sicht zu haben.

Die Stadt verschwindet. Die Autos und Busse, die Stimmen. Das Brummen des Verkehrs und das leise Heulen des Windes.

Dios steht in selbstbewusster Haltung da. Sie liegt in ihrer Zuversicht falsch. Versucht, die Situation bis zum letzten Moment zu dominieren.

Nur dass die Entscheidung bereits getroffen ist – diese magische Kraft hat der Künstler ihr nicht zugestanden. Von einer losen Haarsträhne abgesehen, steht Dios unbewegt da, reglos.

Aber die Schönheit des Murals liegt in seiner Bewegtheit. Und das ist Florida. Florida ist in Bewegung. Florida übernimmt die Kontrolle. Florida kommt die Western herauf, in der Bewegung verewigt.

Die meisten huschen am Mural vorbei – die Autos und Fußgänger, die Kunden, die den Minimarkt der Tankstelle betreten oder verlassen.

Aber ich kann den Blick nicht abwenden. Ich bleibe davor stehen, bis die Sonne sich nach Westen davonmacht, über den Ozean, von dem ich immer noch hoffe, dass ich ihn mal sehen werde.

Ein Mann tritt aus dem Laden, um eine zu rauchen.

»Das Ding da«, sagt er und bläst den Qualm Richtung Mural. »Es bewegt sich, stimmt's?«

Wir schauen hin.

»Wissen Sie«, sagt er und wirft seine Kippe weg. »Dahinter steckt eine Geschichte, ganz sicher.«

Womit er recht hat. Aber ich muss diese Geschichte niemandem mehr erzählen.

»Komm«, sage ich zu Marta. »Gehen wir.«

»Mit wem sprechen Sie?«, fragt der Mann.

»Mit allen«, erwidere ich.

DANKSAGUNGEN

Ich danke meiner wunderbaren Agentin und außergewöhnlichen Freundin Kim Witherspoon, die das Buch vom ersten Moment an begleitet, und meiner großartigen Lektorin Daphne Durham, die es so viel besser gemacht hat. Wie immer danke ich Jessica Mileo und Lyndsey Blessing bei Inkwell, außerdem William Callahan, dessen Bearbeitungen rigoros, aber größtenteils notwendig waren. Danke an Brianna Fairman, Sarita Varma, Claire Tobin, Sheila O'Shea, Bri Panzica, Daniel del Valle und alle bei MCD und Farrar, Straus and Giroux. Sowie an Smith Henderson. Ganz besonderen Dank schulde ich Jonathan Lethem, der mich mit nach Upland und Mount Baldy genommen und mir gestattet hat, sie auszuborgen. Susan Straight hat mir Ratschläge und Zuversicht gegeben, als ich sie am dringendsten brauchte. Weiterhin danke ich dem einzigartigen Gary Frenkel, der meine Website gestaltet und über so viele Jahre hinweg gepflegt hat. Danke an Justin und Loretta. Und nicht zuletzt an meine Eltern, Philip und Elizabeth Pochoda, die wie immer meine ersten und besten Leser waren und ohne die ich ... nun, wer weiß?

ZITATNACHWEIS

Cormac McCarthy, *Kein Land für alte Männer*. Übersetzt von Nikolaus Stingl. Rowohlt Verlag, Reinbek bei Hamburg, 2008. S. 62.

Denis Johnson, *Engel*. Übersetzt von Bettina Abarbanell. Alexander Fest Verlag, Berlin, 2001. S. 239.

Ausgezeichnet mit dem
Barry Award 2022, dem
Edgar Award 2022 und dem
Deutschen Krimipreis 2023

James Kestrel
Fünf Winter
Thriller
Aus dem amerikanischen Englisch
von Stefan Lux
Herausgegeben von Thomas Wörtche
st 5419. Broschur. 499 Seiten
(978-3-518-47419-8)
Auch als eBook erhältlich

Honolulu, Dezember 1941. Detective Joe McGrady, mit der Untersuchung eines grausamen Mordfalls beauftragt, folgt einem Verdächtigen bis nach Hongkong, das gerade von den Japanern eingenommen wird. Nicht nur der Krieg, sondern auch die Liebe zu einer Frau werden sein Leben für immer verändern. *Fünf Winter* ist ein gewaltiges Epos im Cinemascope-Format: ein fesselnder Thriller, ein erschütterndes Porträt des Krieges und eine herzzerreißende Liebesgeschichte in einem.

»Eine höllisch gute Geschichte. *Fünf Winter* hat mich umgehauen.« *Stephen King*

»Elegant und hochspannend.« *Frankfurter Allgemeine Zeitung*

»*Fünf Winter* gehört zu den ganz großen amerikanischen Kriminalromanen, die man gelesen haben muss.« *Tobias Gohlis*

»Poetisch, gewalttätig, intelligent, atemberaubend: ein überwältigendes Buch.« *The Wall Street Journal*

suhrkamp taschenbuch

Weitere Informationen erhalten Sie unter www.suhrkamp.de
oder in Ihrer Buchhandlung.